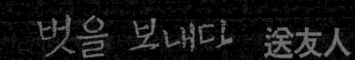

벗을 보내다 送友人

푸른 산은 북쪽 마을에 가로누워 있고
흰 물살은 동쪽 성을 감아 흐른다
여기서 한 번 이별하면
외로운 다북쑥처럼 만 리를 떠돌 테지
떠가는 저 구름은 나그네 마음
지는 이 해는 오랜 벗의 정
손을 흔들며 이제 떠나가니
쓸쓸하다 외로운 말의 울음소리여

靑山橫北郭, 白水遶東城
比地一爲別, 孤蓬萬里征
浮蕓遊子意, 落日故人情
揮手白玆去, 蕭蕭班馬鳴

狂氣 광기

Fantastic Oriental Heroes

광기 1

담천 新무협 판타지 소설

초판 1쇄 찍은 날 § 2005년 7월 11일
초판 1쇄 펴낸 날 § 2005년 7월 21일

지은이 § 담천
펴낸이 § 서경석

편집장 § 문혜영
편집책임 § 장상수
편집 § 김민정 · 서지현 · 최하나

펴낸곳 § 도서출판 청어람
등록번호 § 제1081-1-89호
등록일자 § 1999. 5. 31
어람번호 § 제2-0646호

주소 § 경기도 부천시 원미구 심곡1동 350-1 남성B/D 3F (우) 420-011
전화 § 032-656-4452 팩스 § 032-656-4453
http://www.chungeoram.com
E-mail § eoram99@chollian.net

ⓒ 담천, 2005

ISBN 89-5831-630-6 04810
ISBN 89-5831-629-2 (SET)

※ 파본은 본사나 구입하신 서점에서 교환하여 드립니다.
※ 저자와 협의하여 인지를 붙이지 않습니다.

담천 신무협 판타지 소설

狂氣 광기

第一幕 배반정자(杯盤狼藉)
Fantastic Oriental Heroes

1

도서출판 청어람

|목차|

제1막 배반낭자(杯盤狼藉)

序

사람의 마음속엔 야차(夜叉)가 살고 있다.

그 야차는 때때로 누군가를 미워하고, 저주하고, 망가뜨리고 싶어한다. 하지만 그것이 불가능할 때 스스로를 미워하고, 저주하게 만든다.

미움, 저주, 원한, 복수, 절망, 공포, 탐욕, 죽음, 광기.

상대도 용서할 수 없고, 자신도 용서할 수 없을 때 강호엔 풍운이 일어난다.

강호란 어디인가?

세상사 모든 것이 강호에서 일어나고, 사람이 사는 곳이 강호가 아니던가.

제1막

배반낭자(杯盤狼藉)

제1장

항해(航海)

인간은 변화가 필요할 때 먼 길을 생각한다. 그러나 길을 떠나기 전에 걷는 법부터 배워야 한다.

—연무필이 연자심에게

이른 아침, 포구(浦口)는 사람들로 가득했다.

거친 새벽 바다를 달려온 수십 척의 어선 주위로 바쁘게 움직이는 어부와 아낙들의 손길이 분주하고, 물고기가 가득한 바구니를 힘겹게 메고 가는 사람들로 시장통을 방불케 했다.

연무필(燕武必)은 어지럽게 돌아가는 사람들 사이로 길을 뚫고 있었다. 축축한 해풍에 실린 포구의 지독한 비린내는 코를 무용지물로 만들어 버린 지 오래지만 오늘만큼은 아무래도 상관없었다.

앞만 보며 걷던 그가 힐금 뒤를 돌아보곤 희미하게 미소 지었다. 자신이 만든 길을 따라오는 소년의 모습에서 자신이 바라던 염원(念願) 중 하나를 오늘에서야 이루었다는 만족감에 가슴이 벅차올랐다.

분주한 포구를 조금 벗어난 연무필이 걸음을 멈추자 소년도 멈춰 섰다. 그가 바다 위에 떠 있는 커다란 배를 손가락으로 가리키며 말했다.

"저기, 저 배다."

연무필의 손가락을 좇던 소년의 눈이 배[船]를 향하자 그는 입가에 한가득 미소를 지으며 만족한 얼굴로 고개를 끄덕였다. 한동안 만족감에 젖어 있던 그가 표정을 바꿨다. 이제까지 짓고 있던 부드러운 표정이 아닌 엄숙한 아버지의 얼굴로 아들의 눈을 보았다.

"자심아, 이제 이곳은 모두 잊어라. 네가 이곳에 돌아올 때는 금의환향(錦衣還鄕)이어야 한다."

연자심(燕子心)은 가슴 한구석이 서늘해지는 것 같았다. 아버지는 성공하기 전에는 돌아오지 말라고 명령하고 있었다.

"준비해라."

"……."

연자심은 아버지의 차가운 목소리에 자신도 모르게 움찔거렸다. 잠시 아들을 바라보던 연무필이 고개를 천천히 저으며 말했다.

"나는 하급 무장으로 이런 후미진 곳에서 힘겹게 살아왔다. 네 할아버지는 평생 떠돌이처럼 살았다. 할머니와 나만 남겨두고……."

그의 목소리가 조금씩 떨리고 있었다. 언제나 그랬다. 할아버지 이야기를 할 때면 아버지는 떨리는 목소리에, 차갑게 굳은 표정을 풀지 못했다.

"할머니는 나를 위해서 온갖 궂은일을 마다하지 않으셨다. 하지만 내가 자질이 미치지 못해 할머니의 염원을 한 가지도 들어드리지 못하고 이렇게 살고 있다."

연무필의 자조적인 목소리에는 비애(悲哀)와 한탄(恨歎), 원망이 가득했다.

평생을 떠돌이처럼 살다 가신 할아버지와 평생을 기다림으로 보낸 할머니, 그리고 모든 것을 지켜보았던 아버지.

"이제 네가 연씨 가문을 일으켜야 한다."

연자심은 이 한마디 말속에 모든 것이 들어 있음을 느꼈다.

아버지의 기대와 염원, 소망, 꿈, 그리고 미래…….

그 모든 것이 아버지에게서 아들인 자신에게로 이어지는 것 같은 환상을 느꼈다. 그것은 절대 부정하거나 항거할 수 없는 운명 같았다.

연자심이 천천히 고개를 끄덕이며 답했다.

"알겠습니다."

"노자와 물건은 모두 잘 챙겨 넣었느냐?"

그의 물음에 연자심은 자신의 등에 매달린 봇짐을 힐금 보며 답했다.

"예!"

작은 봇짐이었지만 그 안에는 아버지의 몇 년 치 녹봉이 들어 있었다. 연자심은 다시 한 번 가슴이 무거워짐을 느꼈다. 이 돈을 마련하기 위해 아버지는 몇 년을 고생했던 것일까. 한 치의 여유도 없는 삶을 살아온 아버지에게 연자심이 할 수 있는 것은 최선을 다하겠다는 약속뿐이었다.

연무필은 연자심의 어깨에 양손을 올려 힘주어 잡으며 다시 부드러운 눈길로 장성한 아들을 보았다.

"잊거라. 할아버지도, 나도, 네 어미도, 그리고 동생도 모두……. 넌 앞으로 나가거라. 네 길을 가는 거다. 외롭고, 지치고, 힘들고, 어려울 때도 많을 것이다. 그때도 우리를 기억하지 마라. 네 과거는 이곳에 두고 갓 태어난 아이처럼 너는 저 배에 올라 앞을 향해 가는 거다. 네가 돌아올 과거는 이곳에 없다. 가거라."

마디마디 힘이 들어간 목소리에 연자심은 입을 꼭 다물었다. 이런 식의 과거와의 단절은 아버지의 평생 지론임을 알기 때문이다. 그는 입버릇처럼 '기는 아이가 걷기 위해선 기는 법을 버려야 한다'는 말로 자신의 생각을 밝히곤 했다.

아버지는 지금 자신에게 미래로 가기 위해서 과거를 버리도록 요구하고 있었다.

연자심은 아랫입술을 지그시 깨물며 고개를 끄덕였다. 내심 이런 대답이 올바른 선택은 아닐지라도 최소한 아버지에게 만족감을 줄 것이라 생각했다.

지금은 그것만으로도 충분했다.

아들의 표정에 만족한 듯 연무필이 희미하게 웃었다.

연자심은 미소 짓는 연무필을 뒤로하고 연락선 위에 올랐다. 이렇게 헤어지면 언제 다시 돌아올지 알 수 없는 길을 떠나며 아버지에게 눈물을 보일 수 없었다.

파도에 흔들리는 작은 배 위에서 연자심은 흘금 뒤를 돌아보았다. 멀리 뱃사람들 사이로 사라져 가는 아버지의 흔들림 없는 뒷모습이 보였다.

연자심은 한숨을 내쉬며 멀어지는 포구만큼 다가오는 거대한 배를 보았다. 배는 타고난 방랑자다. 멈추지 않는 방랑자가 멈출 때는 죽음이 다가왔을 때다.

문득 할아버지 생각이 났다. 할아버지의 방랑기는 아무도 말릴 수 없는 것이라 했다. 그런 할아버지의 얼굴을 처음 본 것이 일곱 살 무렵, 남루한 옷차림에 피곤한 얼굴로 들어서는 노인을 보고 어머니의 치마 뒤에 숨어버렸다.

할머니는 힐긋 할아버지를 보곤 고개를 돌려 버렸다. 그것이 할머니가 할 수 있는 최선의 대답 같았다. 그날 저녁 집에 돌아온 아버지는 할아버지에게 고함을 치며 싸우려 들었지만 고개만 숙인 채 말이 없던 할아버지를 어쩌지 못하고 결국 망연한 얼굴로 앉아 있기만 했다.

그리고 일 년 후 할머니가 돌아가셨다. 할머니는 돌아가시는 날까지 할아버지와 마주하지 않았다. 할아버지가 돌아왔던 처음 그날처럼 말이다.

끝내 외면하고 돌아가신 할머니에 대한 미안함인지, 아니면 평생을 내버려 둔 죄책감 때문인지 할아버지는 돌아가시는 날까지 할머니의 묘를 떠나지 못했다.

할아버지와 같이 보낸 오 년, 연자심에겐 나름대로 행복한 시간이었다. 비록 할머니나 아버지에게는 미안한 마음이 들기도 했지만, 할아버지의 젊은 시절 이야기와 넓은 강호를 종횡무진(縱橫無盡)하던 무용담은 어린 연자심에게 아련한 이상향이 되어 가슴 한구석에 남아버렸다.

그러나 연자심이 할아버지와 종일 같이 보낸 걸 연무필에게 들키는 날이면 평상시 보지 못했던 아버지의 모습을 봐야만 했다. 하지만 그것도 그리 오래가지 않았다. 할아버지가 점차 쇠약해지고 죽음이 얼마 남지 않았음을 알게 된 후, 연무필의 마음도 조금 변했는지 아니면 자식으로서 아버지에 대한 마지막 배려였는지 이전처럼 화를 내지는 않았다.

　연자심이 잠시 상념에 빠져 있는 동안에도 연락선은 쉼없이 달려, 마침내 거대한 배에 닿았다. 멀리서 봤을 때만 해도 단순히 크구나, 하고 생각했는데 막상 눈앞에 두고 보니 단순히 크다는 느낌보다 시선을 압도할 만큼 거대했다.

　어림잡아 보아도 십오 장(45미터)은 될 듯한 배의 위용은 아무리 험한 바다라도 거뜬히 헤쳐 나갈 수 있을 것 같았다. 고개를 뒤로 힘껏 젖혀야 끝이 보이는 세 개의 돛대가 불사(佛舍)의 일주문(一柱門)처럼 우뚝하고, 선두(船頭)에는 바다를 헤쳐 나가는 청룡의 모습과 투박하지만 힘찬 기세로 쓴 청룡(靑龍)이란 글자가 선명했다.

　"청룡호라……."

　어선이 들락거리는 포구에 살며 수많은 배를 봤지만 이렇게 큰 배는 처음이었다.

　삼판(杉板:갑판)의 삼분지 이는 단층으로 된 선실이 길게 이어져 있고, 배의 중앙에는 삼층탑처럼 생긴 망루가 솟아 있었다.

　배 옆에 매달린 그물을 타고 오르자 이른 새벽임에도 많은 사람들이 분주하게 움직이고 있었다. 처음 오른 배의 낯설음에 이리저리 두리번거리던 연자심에게 한 사람이 다가오며 반가운 목소리로 말했다.

　"오! 네가 자심이로구나."

　"예?"

　자신을 아는 척하는 낯선 사내에게 놀란 연자심이 조금 당황한 얼굴로 머뭇거리자 그는 하얀 치아를 드러내며 웃었다. 바닷바람과 강렬한

햇볕에 구리빛으로 그을린 상체를 그대로 드러낸 사내는 순박한 인상을 하고 있었다.

연자심은 그가 누구인지 기억하려 했지만 쉽지 않았다.

"그런 바보 같은 표정 짓지 마라. 네 아버님의 부탁을 받았다. 나는 한때 연 백호장님 밑에서 십보장(十步長)으로 있던 노구겸(勞九兼)이라 한다. 많이 컸구나. 어릴 때 모습이 조금 남은 것 같기도 하고."

노구겸이 친근한 미소를 지었다. 얼굴은 기억나지 않지만 인연이 있는 사람을 만났다는 건 좋은 일이었다.

연자심이 예를 갖춰 정중하게 인사했다.

"잘 부탁드립니다."

노구겸이 손사래를 치며 말했다.

"부탁은 무슨, 큰형처럼 생각해라. 그래, 백호장님은, 아니, 이젠 정천호(正千戶)시던가. 어쨌든 안녕하시고?"

"네."

"남릉서원(南陵書院)에 들어간다니 대단하구나."

연자심은 쓰게 웃었다. 당대의 이대서원 중에 하나인 남릉서원에서 자신을 받아준다는 연락을 받고 연무필은 잔치를 벌였다. 그것은 아버지가 바라고 바라던 일이었기 때문이다. 아버지에게 남릉서원은 성공으로 가는 지름길이었다. 수많은 고위 관료들을 배출해 낸 남릉서원의 수학은 아들의 앞날에 많은 도움이 되리라 믿고 있었다.

"네가 요만했을 때 백호장님을 따라와 검을 들고 휘두르던 생각이 나는구나. 조그만 아이가 자신만큼 큰 검을 날렵하게 휘두르는 모습에 다들 훌륭한 장군이 될 거라고 생각했는데."

노구겸의 말에 연자심이 짧게 한숨을 쉬었다.

열두 살 때던가, 아버지를 따라 병영(兵營)에 갔던 날, 병사들의 충동질로 검을 들었다. 어린아이가 자신의 키만큼 큰 검을 휘두르는 모습이 귀여웠던지 많은 병사들이 몰려와 환호성을 지르며 즐거워했다.

하지만 그날 이후 연무필은 다시는 연자심을 병영에 데리고 가지 않았다. 그리고 며칠 동안 굳은 얼굴로 세뇌(洗腦)를 하듯 무관(武官)의 단점을 부각시키고, 문관(文官)의 장점을 이야기해 주었다.

그것도 모자랐는지 연무필은 연자심에게 검은 물론이고, 막대기조차 손에 쥐지 못하게 했다. 아버지의 집요함은 점점 더 심해져 집 안에 놓여 있던 자신의 병기를 감췄고, 그것으로도 안심이 안 되었던지 연자심을 서원에서 기숙(寄宿)하게 만들어 버렸다. 이러한 처사에 내심 불만이 많았지만 아버지의 명을 거역할 수는 없었다.

"나는 네가 건장한 청년의 모습을 하고 있을 줄 알았는데 조금 왜소하구나."

노구겸이 말이나 소의 상태를 살피는 사람처럼 연자심의 어깨와 팔을 만져 보며 말했다.

"하긴, 서생이 이 정도면 괜찮은 거겠지."

그가 격려라도 하듯 연자심의 어깨를 툭툭 치며 호탕하게 웃었다. 연자심은 환하게 웃는 그가 너무나 친근하게 느껴졌다. 그리고 어느새 홀로 여행길에 오르는 부담감이 조금은 가벼워진 것 같았다.

"따라와라, 곧 출항해야 하니까. 우선 선주님을 소개해 주지."

높이 솟은 망루를 향해 앞서 걷던 노구겸이 말을 이었다.

"이 배는 아주 먼 바닷길엔 적합하지 않지만, 크기에 비해 높이가 낮아 장강도 거뜬히 거슬러 올라갈 수 있고, 근해(近海)를 운항하는 것도 전혀 문제가 없지. 거기다 화물을 주로 싣고 다니긴 하지만 승객용 선실도 있는 배다.”

청룡호처럼 바닥이 넓은 배는 둥근 배보다 더 많은 짐을 실을 수 있고, 강을 거슬러 올라가는 것도 무리가 없었다.

배의 내부는 삼 층으로 나누어 맨 아래는 짐칸으로 사용하고, 중간 층에는 좌, 우측에 각각 열다섯 개의 노가 있어 바람이 없는 곳과 강을 거슬러 올라갈 때 사용하였다. 그리고 삼판 바로 아래층은 선실과 창고가 좌우로 나란히 배열되어 있었다.

노구겸은 높이 솟은 망루 밑에서 발걸음을 멈추고 고개를 젖혀 위를 향해 소리 질렀다.

“선주님, 제가 말한 아이입니다!”

퉁퉁한 얼굴에 조금 비대한 몸집을 가진 사내가 망루의 난간 밖으로 상체를 내밀었다.

노구겸이 연자심을 손가락으로 가리키며 어깨를 으쓱거리자 선주는 손을 휘저으며 알았다는 표시를 내보였다.

노구겸은 고맙다는 인사를 하듯 고개를 한 번 숙이곤 연자심을 데리고 선내로 들어갔다. 좌우로 선실이 길게 배열된 좁은 통로를 따라 걷던 그가 발을 멈추며 말했다.

“여기가 네가 있을 곳이다.”

그가 가리킨 작은 선실은 좁고 퀴퀴한 냄새가 가득했다.

선실 안에 들어서니 좌, 우측으로 침상이 이 층으로 벽에 붙어 있을 뿐이었고 가구는 전혀 보이지 않았다.

"조금 썰렁하긴 하지만 여긴 잠잘 때만 들어오니까 문제될 게 없을 거다. 하루 종일 뛰어다니다 보면 눕자마자 잠이 들 테니까."

노구겸의 말에 연자심은 고개를 갸웃거렸다. 잠잘 때만 들어온다니 그게 무슨 뜻일까?

"뭐냐, 그 표정은? 그럼 넌 일도 안 하고 이 배를 탈 작정이었냐?"

"그게 무슨……."

"하하하, 백호장님이 아무 말도 안 했나 보구나. 넌 이 배를 타고 가는 손님이 아니라 두 달 동안 견습 선부다."

연자심은 가슴 한구석이 아려오는 것 같았다. 넉넉하지 못한 가정형편에 남릉서원에 보내는 것만으로도 힘에 겨웠을 것이다. 하물며 몇 달이 걸리는 여행길에 풍족한 노자를 기대하기란 어려웠다.

노구겸이 왼쪽을 가리켰다.

"이쪽 아래 침상을 사용해라. 짐은 침상 밑에 두고, 옷은 저기 걸려 있는 것을 입어라. 낡기는 했어도 뱃사람들 옷이다. 질긴 황소 심줄 같지. 자, 자, 빨리 옷 갈아입고 나와서 일해야지. 곧 출항이다."

말을 마친 그는 연자심에게 슬쩍 미소를 지어주곤 빠른 걸음으로 사라져 버렸다.

연자심은 한숨을 한 번 내쉬고는 입고 있던 옷을 벗어 자신의 침상 밑에 짐과 함께 넣어두고, 벽에 걸린 옷을 입었다. 조금 두툼해 보이지만 바람이 잘 통하고, 물기가 빨리 마를 수 있게 올이 굵고 성긴 실로 만든 옷이었다.

연자심이 삼판 위로 올라가니 어느새 배는 돛을 올리고 출항 준비를 서두르고 있었다.

"여기다. 이걸 저쪽에 붙들어 매라."

여섯 명이 돛대로 이어진 밧줄을 잡고 있었다. 노구겸은 맨 뒤에서 허리에 밧줄을 감고 바닥에 닿을 듯 뒤로 몸을 누인 채 턱으로 자신의 발밑을 가리켰다.

연자심은 그의 발밑에 흐트러진 밧줄을 잡았다.

"힘껏 당겨라. 그래, 거기다. 거기 튀어나온 곳에 감는 거야."

연자심은 그가 가리킨 기둥에 밧줄을 감기 시작했다.

"잠깐, 그렇게 감으면 안 돼. 이리 와서 이걸 잡아라."

밧줄을 감다 말고 연자심은 노구겸 곁으로 다가갔다. 그가 허리에 감고 있던 밧줄을 내밀었다. 연자심이 밧줄을 잡았다.

"윽!"

돛의 하중이 걸린 밧줄은 엄청난 무게였다. 연자심이 신음하자 노구 겸이 피식 웃으며 말했다.

"힘을 더 줘. 아직 난 놓지도 않았단 말이다."

"무… 게가 상당하네요."

"말할 기운 있으면 힘을 더 주는 게 나을 거다. 난 이제 손을 놓는 다."

"자, 잠……."

연자심이 미처 준비하기도 전에 노구겸이 밧줄을 놔버리자 앞에서 밧줄을 잡고 있던 사람들과 함께 몇 걸음 끌려갔다. 당황한 연자심이 발바닥을 삼판에 붙이고 힘을 주어 버티려 했지만 여전히 조금씩 끌려 가고 있었다. 그는 신발을 신고 온 것을 후회했다. 선부들 모두가 맨발이었다. 물기에 젖어 있는 나무 삼판 위에서 가죽신은 무용지물이라는 사실을 뒤늦게 깨달았다.

"힘껏 당겨, 몸을 뒤로 더 젖히고."

연자심은 몸을 힘껏 젖히며 얼굴이 붉어지도록 힘을 썼다. 노구겸은 재빠른 솜씨로 밧줄을 기둥에 감았다.

"휴, 죽는 줄 알았네요."

"하하하, 이제 놔도 된다. 그나저나 밥을 더 많이 먹어야겠어. 그래서 어디 힘이나 쓰겠냐."

노구겸이 가볍게 손을 털며 말했다.

연자심은 삼을 꼬아 만든 밧줄에 쓸려 잔상처가 난 손바닥을 내려다보며 인상을 찌푸렸다.

"그 정도는 아무것도 아니지."

그가 자신의 손바닥을 펴 보이며 말했다. 그의 손바닥은 굳은살과 상처로 덮여 있었다.

"안 아파요?"

"이게 상처 축에 낄 수 있나. 그리고 굳은살 때문에 아프지도 않아. 아! 우선 삼판 위에 있는 사람들과 인사를 해야지. 모두 모여!"

노구겸이 모이라고 큰 소리를 지르자 사람들이 하나둘 그의 곁으로 다가왔다.

연자심은 다가오는 사람들을 주의 깊게 바라보았다. 노인이 두 명, 중년인 정도 되어 보이는 사람이 여덟 명, 그리고 젊은 사람 네 명이었다.

"이 아이는 이번에 새로 들어온 아이니까 잘 데리고 놀아주도록. 인사해라."

"연자심입니다."

"자, 얼굴 봤으면 빨리 일들 해."

연자심은 노구겸의 급한 성질에 정신을 차릴 수가 없었다. 그는 쫓듯이 사람들을 돌려보냈다.

"네가 잠시 배를 탄다면 다들 좋아하지 않을 거다. 뭐, 나중엔 어떻게든 알게 되겠지만 사람들과 잘 지내려면 그런 건 되도록 입 다물고 있는 게 좋아."

그의 나직한 충고에 연자심은 지금까지의 그의 행동을 이해할 수 있었다. 처음 오른 배의 낯설음을 빨리 해소시키려는 그 나름대로의 배려였다. 연자심은 그의 마음씀씀이에 고마움을 느꼈다.

"다음엔 뭘 하죠?"

"글쎄, 청소라도 할래? 하하하. 초장부터 힘 빼면 안 되겠지. 주방에 가서 도와줘라. 삼판장이 보냈다고 하고."

노구겸의 장난스런 농담에 연자심은 질린 표정을 지었다. 초장부터 힘 빼면 안 되겠지, 라니 지금 힘을 쓴 건 힘이 아니란 말인가.

"그런데 주방은?"

"선실 있지? 거기서 계속 안으로 들어가면 된다. 그리로 가면 네 친구도 있을 거다."

노구겸이 어서가라는 손짓을 하고 연자심은 떠밀리듯 선실로 내려갔다. 길고 어두운 통로의 끝에 다다르자 여러 가지 냄새가 코를 찔렀다. 안으로 들어가니 두 사람이 마주 앉아 있었다.

"저……."

연자심이 말을 꺼내려 하자 두 사람 중 한 사람이 인상을 잔뜩 찌푸리며 조용히 하라는 손짓을 했다.

연자심은 그 자리에서 두 사람이 하는 것을 바라보았다.

눈을 부릅뜬 두 사람이 서로를 노려보고 있었다. 한 사람은 삐쩍 마른 몸의 중년인이었고, 또 한 사람은 연자심의 나이 또래로 보였다. 그렇게 노려보다가 중년인이 입을 열었다.

"어떠냐, 이만하면 사부의 자격으로 충분할 것 같지 않냐?"

비아냥거리는 듯한 중년인의 말투에 소년은 주먹을 움켜쥐며 소리쳤다.

"아직 승부는 멀었어!"

"눈가에 흐르는 그것은 뭐냐?"

"눈물이 나는 것으로 승패를 가르자고 한 건 아니잖아."

연자심은 고개를 절레절레 저었다. 두 사람은 양총(洋蔥:양파)을 한 자루 쏟아놓고 내기를 하고 있었다.

"포기해라. 눈물이 나기 시작하면 끝난 거야."

"제기, 끝은 무슨……."

소년의 눈꼬리가 파르르 떨리며 다시 눈물이 흘러내렸다. 그러나 소년은 지지 않겠다는 듯 아랫입술이 하얗게 되도록 깨물며 버티고 있었다. 중년인은 싱글싱글 웃으며 양총을 하나 집어 반으로 쪼갠 후 서로의 눈앞에 갔다 댔다.

"이건 반칙이야."

소년은 소리를 버럭 지르며 벌떡 일어섰다. 중년인은 여전히 싱글거리며 말했다.

"내기를 빨리 끝내려고 한 것뿐이다. 네가 졌으니 앞으로 날 사부라 부르고, 앞으로 설거지는 네 차지다."

"제기랄."

소년이 소매로 눈물을 닦으며 연자심에게 물었다.

"넌 누구야?"

연자심이 막 대답을 하려는데 중년인의 노성(怒聲)이 터져 나왔다.

"야, 말 돌리지 말고!"

"젠장, 하면 될 거 아뇨."

"말투부터 고쳐."

"원래 생겨먹은 게 이런데 뭘 고치라는 거야. 사부라고 부르는 것만 도 감지덕지지."

"빌어먹을 놈. 그런데 넌 누구냐?"

소년을 보고 혀를 차던 중년인이 연자심을 돌아보며 던진 물음이었다.

"연자심이라고 합니다. 삼판장이 보내서 왔습니다."

"삼판장은 무슨, 얼어 죽을 십장 주제에. 그나저나 새로운 일꾼이라. 가만……."

중년인은 아직도 눈물을 흘리고 있는 소년과 연자심을 번갈아 바라보며 눈을 번뜩였다. 그리곤 소년을 가리키며 말했다.

"이 썩을 놈을 제자로 거느리느니 파문시키고 새로운 제자를 들일까?"

소년은 콧방귀를 뀌며 답했다.

"흥. 제기, 맘대로 해. 나도 냄새나고 더운 이곳이 싫어지는 중이야.

더 더욱 설거지는 싫어. 나도 삼판으로 나가고 싶다고.”

소년의 대답에 중년인은 소년을 향해 눈을 가늘게 뜨며 말했다.

“빌어먹을 놈. 니 심보를 보아하니 더 더욱 안 되겠다. 설거지는 잊지 마라. 그리고 이 양총 모두 까라. 소채도 다듬고, 고기도 썰어라. 이 사부는 지금부터 취침하신다. 연자심이라고 했지? 너는 저놈이 시키는 대로 해라.”

중년인은 말을 마치자 휘적휘적 팔을 저으며 나가 버렸다. 너무나 빠른 상황 변화에 익숙하지 못한 연자심은 어떻게 대처해야 할지 몰랐다. 언제나 느긋하게 책을 읽으며 토론하던 서원의 분위기와 전혀 다른 이질감을 느끼긴 했지만 활기찬 사람 냄새가 나는 것 같아 좋았다.

연자심은 분이 풀리지 않아 양총에게 화풀이를 해대는 소년을 유심히 보았다. 자신보다 한 뼘은 더 커 보이는 큰 키에 거친 말투와는 다르게 곱상한 외모를 가지고 있었다.

잠시 어떻게 해야 할지 고민하던 연자심이 인사말을 건넸다.

“저는 연자심입니다.”

“제기, 샌님 같기는… 그냥 편하게 말해. 난 왕삼이야.”

연자심은 왕삼을 물끄러미 바라보다가 갑자기 자신이 바보 같다는 생각이 들었다. 자신은 지금 배를 타고 있고, 잠시 동안 선부로 지내야 했다. 그렇다면 당연히 선부처럼 행동할 필요가 있었다.

“반가워, 내가 할 일은 뭐지?”

왕삼은 연자심의 빠른 변화에 놀란 표정을 짓다가 이내 웃으며 말했다.

“양총이나 까.”

두 사람은 그때부터 눈물을 흘려가며 한 자루의 양총을 까기 시작했다.

"이런 일, 처음이지?"

부지런히 손을 놀리던 왕삼이 갑자기 물었다. 연자심은 어색하게 고개를 끄덕거렸다. 왕삼은 혀를 차며 말했다.

"너도 재수가 더럽게 없구나. 배를 타다니."

"왜? 배 타는 게 나빠?"

"생각해 봐라. 이 좁은 배에서 몇 달을 보내야 한다는 게 끔찍하지 않나. 매일 똑같은 사람에, 똑같은 음식, 냄새나는 방, 여자는 하나도 없고 말이야. 어디 이게 사람 사는 데냐? 짐승 우리지."

"그럼 뭍에서 일을 구하면 되잖아."

왕삼은 연자심의 당연하다는 듯한 대꾸에 어이없다는 듯 쳐다보았다. 잠시 그렇게 바라보던 그가 씹어뱉듯 입을 열었다.

"뱃놈이 뭍에 무슨 일이 있겠어."

그리곤 입을 굳게 다물었다.

연자심은 괜한 소리를 했다고 자책을 했으나 이미 늦은 일이다. 지루한 침묵이 계속되었다.

"난 뱃놈이라고……."

한참동안 말이 없던 왕삼이 한 자 한 자 씹어뱉듯 말했다.

연자심은 그의 말투와 표정 속에서 어쩌면 남들에게 말할 수 없는 사연이 있을지도 모른다는 생각이 들었다.

왕삼이 갑자기 밝은 목소리로 말했다.

"재수없는 소리 그만 하고, 여긴 늙은이들밖에 없어서 심심했는데

잘됐다. 지금은 출항이라 조금 바쁘지만 일단 출발을 하면 다음 항구
에 도착할 때까지 바쁜 일은 없다고, 만날 청소에 밥하는 게 일이지."

"사람이 꽤 많은 것 같던데."

왕삼은 손가락을 꼽아가며 말했다.

"많기는, 선주하고 바닷길 찾는 해로수 노인이 한 명, 삼판 일꾼이
열다섯 명, 목수가 한 명, 요리사 겸 의원이 한 명, 그리고 조심해야 할
사람들로 무사가 네 명 있어. 그들은 성질이 지랄 같으니깐 상대 안 하
는 게 좋아. 마지막으로 너하고 나까지 모두 스물다섯 명이지."

"아까 그분이 요리사 겸 의원이야?"

연자심이 놀랍다는 표정으로 물었다. 조금 전 이곳을 떠난 삐쩍 마
른 중년인은 앞치마를 두르고 있었지만 전혀 요리사나 의원 같아 보이
지 않았다.

"요리사는 무슨, 만들 줄 아는 건 개죽뿐이고 아프다면 먹다 남은 며
칠 된 개죽을 약이라고 가져다주지. 그래도 천약성수 장방(將房)이라고
떠벌리고 다닌다. 절대로 아파도 장방한텐 알리지 말라고."

"그런데 이 큰 배에 고작 스물다섯 명밖에 없어?"

"지금이야 그렇지. 바람이 좋을 때니까. 하지만 장강에 들어가기 전
마지막 항구에서 노잡이를 태워 그때는 사람이 세 곱절로 많아지지, 그
땐 정말 바쁘다고. 다들 신경도 날카로워지고 말이야."

"해적이라도 나타나면 어떻게 하지?"

왕삼이 코웃음을 치며 말했다.

"해적이 나타날 염려는 없어. 먼 바다로 나가면 모를까, 이쪽은 있어
봐야 좀도둑 수준이라고. 그리고 그놈들은 이렇게 큰 배는 공격 못해.

여러 척의 큰 배로 몰려다니는 왜놈들이라면 모를까. 하지만 요즘 계절엔 이렇게 멀리까진 오지 않아. 거기다가 무사들이 있어서 괜찮아. 그런 일이 있으면 우린 조용히 선실에 있으면 된다고."

"요즘 계절?"

"한 달 정도 있으면 태풍이 몰아칠 시기거든."

태풍이라는 말에 연자심은 등골이 오싹해짐을 느꼈다. 바닷가에 살면서 태풍의 위력과 무서움은 뼈저리게 체험했다. 만약 배 위에서 태풍을 만나게 된다면……. 애써 불길한 상상을 떨쳐 내며 물었다.

"무사들은 어디 있지?"

"그들은 언제나 선주 근처에 있어. 특히 오른쪽 얼굴에 칼자국이 있는 놈은 성질이 대단하니깐 조심해야 돼. 난 그놈하곤 상종도 안 해."

말하는 왕삼의 표정이 좋지 않았다. 이후 대화가 멈춰지고 왕삼은 능숙한 솜씨로 소채를 다듬고, 고기를 써는 데만 열중했다. 연자심은 뭐든 도우려 애썼지만 오히려 거치적거리는 입장이 되었다.

한동안 말이 없던 왕삼은 기분이 풀렸는지 아니면 오래간만에 말 상대가 생긴 것이 기쁜 것인지 다시 입을 열고 쉴새없이 배에 관한 이야기를 해댔다. 덕택에 연자심은 청룡호에 대해 좀 더 많은 것을 알게 되었다.

두 사람이 거의 일을 마칠 때쯤 장방이 기지개를 켜며 들어섰다.

"아직도 다 못했냐?"

"끝나가."

장방의 퉁명스런 물음에 왕삼이 똑같은 투로 답했다.

"썩을 놈, 말투부터 고치라고 했지. 그럼 지금부터 일을 해볼까나.

너는 이걸 씻……."

"젠장, 사부 혼자 해!"

장방에게 질 수 없다는 듯 반발하는 왕삼을 보며 연자심은 질린 표정을 지었다. 기이하다고 할 수밖에 없는 관계였다. 장방이 눈을 부라리며 소리를 질렀다.

"뭐야?"

"제길, 지금까지 손가락이 부르트도록 일을 했는데, 늘어지게 자다 와선 또 일을 시키려고! 난 못해. 자심아, 가자."

왕삼이 도망치듯 나가 버렸다. 장방은 부들부들 떨며 왕삼이 사라진 곳을 노려보다 고개를 절레절레 저으며 팔을 걷어붙였다.

연자심은 이 괴상한 사제를 보면서 쓴웃음을 지을 수밖에 없었다.

"저 똥물에 튀겨 죽일 놈, 넌 삼이 녀석 닮지 마라. 말도 걸지 말고, 그놈이 다가오면 피하고, 군자는 소인배와 같이 놀면 안 된다."

말은 그렇게 했지만 장방의 표정은 그리 기분 나빠하지 않는 것 같았다. 왕삼은 그렇게 사라져 버렸고, 연자심은 장방을 도와 음식을 만들기 시작했다. 두 사람이 일을 끝마칠 무렵 왕삼이 어슬렁거리며 들어왔다.

"아직도 다 못했어?"

"끝나가."

들어오자마자 던진 왕삼의 질문과 장방의 대답을 들으며 연자심은 또다시 질린 표정을 지었다. 똑같은 사제지간이었다.

장방이 앞치마에 손을 닦으며 말했다.

"이제부턴 니가 해라."

왕삼은 당연하다는 듯 고개를 끄덕였다. 장방은 앞치마를 벗어 던지곤 그대로 사라졌다.

"도대체가⋯⋯."

왕삼은 연자심의 표정을 보곤 알겠다는 듯 웃으며 말했다.

"하하하⋯⋯. 심심하니까 이런 짓이라도 하지 않으면 재미가 없잖나."

그가 팔을 걷어붙이고 세숫대야만한 그릇들을 꺼내 음식을 퍼 담았다.

"이건 일꾼들 거야."

그리고 작은 그릇들을 꺼내 음식을 담기 시작했다.

"이것들은 선주하고 무사들 거야. 그들은 절대로 우리와 같이 먹지 않지. 자! 나르자고. 아직 배에 익숙하지 않으니까 큰 건 내가 들고 작은 것들은 네가 들어."

왕삼은 뚜껑을 덮은 큰 그릇들을 차곡차곡 포개어 쌓으며 말했다. 포갠 그릇의 높이가 허리 높이만큼 쌓였다. 그는 무거워 보이는 그릇을 가볍게 들고 앞장섰다.

"밥 먹어요!"

왕삼이 삼판에 올라서며 소리를 질렀다. 삼판 가운데 그릇을 내려놓고는 연자심에게 따라오라는 고갯짓을 하며 망루로 향했다.

"식사 가져왔습니다."

망루의 이층 문을 두드리며 왕삼이 조심스런 목소리로 말했다. 그러나 문 안쪽에서는 대답이 없었다. 왕삼은 계속 기다렸다. 잠시 후에 들어오라는 느릿한 대답이 들려와서야 왕삼은 조심스럽게 문을 열었다.

넓어 보이는 공간의 사방에 네 개의 침상이 놓여 있었고, 가운데에 탁자가 있었다. 거대한 체구에 마치 쌍둥이들처럼 보이는 세 사람이 침상에 누워 있다가 천천히 일어났다.

연자심은 이곳이 무사들의 거처임을 알 수 있었다.

왕삼은 빠른 속도로 식탁에 음식을 내려놓고 방을 빠져나왔다. 연자심은 왕삼이 이들을 지나치게 두려워하는 것이 이상했지만 물어볼 수는 없었다.

남은 식사는 삼 인분이었다. 이것은 망루의 삼층으로 가야 할 것이다.

왕삼은 한 층 한 층 계단을 오를 때마다 크게 숨을 들이켜 심호흡을 했다. 두려움에 떠는 자신이 한심스러웠지만 연자심에게 약한 모습을 보일 수는 없다고 생각했다.

망루의 제일 상층의 문은 열려 있었다.

그곳에는 선주와 노인, 그리고 호리호리한 체구에 오른쪽 뺨에 칼자국이 있는 사내가 졸고 있는 듯 눈을 지그시 감은 채 앉아 있었다.

두 사람이 들어설 때까지 미동조차 보이지 않던 사내가 눈을 게슴츠레하게 뜨며 연자심과 왕삼을 보기 시작했다.

연자심은 자신을 주시하는 눈길을 느끼고 힐금 사내를 보았다. 눈이 마주친 순간 사내는 게슴츠레하던 눈을 번쩍 떴다.

단지 눈을 떠서 바라볼 따름인데 느껴지는 한기에 연자심이 몸을 부르르 떨었다. 주변의 공기가 몸을 옥죄듯 내리 눌러 가슴이 답답해져 오는 것 같았다. 등줄기를 따라 흐르는 땀방울은 뱀이 스쳐 지나간 것처럼 차갑고 섬뜩한 느낌을 주었다. 계속되는 오싹한 느낌 속에서 연자심은 이것이 바로 할아버지에게 말로만 듣던 살기가 아닐까 생각했다.

　"내가 열여덟쯤 됐을 땐가, 어느 날 진짜 고수를 만났지. 난 말이다, 그 앞에서 정말 고양이 앞에 쥐처럼 떨어야 했단다. 그것이 말로만 듣던 진짜 살기라는 생각이 들었지. 심장의 두근거림은 가만히 있어도 귀가 아플 정도로 크게 들려왔고, 등줄기를 타고 오르는 스멀거리는 느낌은 뱃속을 뒤집어놓는 것 같았단다. 움직여야 한다고 생각했는데 발은 얼어붙은 듯 꼼짝도 안 하고, 종아리와 허벅지가 실룩이며 저절로 떨더라고. 난 그때 생각했단다. 아! 이 사람은 정말 고수다, 라고 말이야. 그게 내 생애 첫 패배였단다. 그리고 십 년 후에 다시 그를 만났어. 더 이상 떨리지 않았지만 가슴속 어딘가에서 그를 두려워하고 있다는 것이 느껴졌지. 그게 두 번째 패배야. 다시 십 년이 지나고 그를 또 만났을 때 나는 그가 더 이상 두렵지 않았고, 가슴속에서 울려 퍼지던 두려움조차 없었지. 하지만 살기의 기억은 지금도 끔찍하다. 살기란 그토록 무서운 것이란다. 상대방을 죽이겠다는 마음을 먹는 순간부터 살기는 아지랑이처럼 피어오르고, 그의 눈을 보는 순간 아지랑이는 밧줄이 되어 내 몸을 속박하지……."

　"할아버지, 그럼 살기에서 도망치려면?"

　"도망? 허허허. 살기에서 도망이라……. 넌 두려울 때 어떻게 하느냐?"

　"엄마한테 가면 되지."

　"왜 엄마한테 가면 안 무섭지?"

　"엄마가 막아주니까, 뭐 든지."

　"그래, 그렇지. 그런 믿음, 그것이 살기를 누를 수 있는 하나의 방법이란다. 자신을 믿고 상대의 마음을 받아들일 때 비로소 살기에서 벗어날 수 있는 거란다."

"정말?!"

"그럼, 무서움이란 익숙하지 못하기 때문이란다. 네가 엄마 곁에 있으면 마음이 편안해지고 두렵지 않은 것은 엄마에게 익숙해져 있고, 엄마가 보호해 줄 거라는 믿음 때문이지. 언젠가 너도 커서 살기를 내뿜는 사람을 만나면 처음엔 익숙하지 못한 느낌에 두려울 테지만 두려움을 인정하고 받아들일 줄 알게 되면 더 이상 두렵지 않을 것이다. 하지만 무척이나 어렵지, 살기란 익숙해지기 정말 어려운 느낌이란다."

연자심은 이를 악물며 살기를 받아들이려 애썼다. 하지만 생각과 마음은 하나가 아니다. 생각대로 마음이 움직여 주지 않는다. 벗어나려 애쓰면 애쓸수록 사내의 살기는 그물처럼 엉켜들어 옴짝달싹할 수 없게 만들었다.

이마를 타고 땀방울이 흘러내렸다. 시간은 멈춘 듯했고, 주위의 사물이 일그러져 보이는 것 같았다.

"음……."

사내는 짧은 신음성과 같은 소리를 내며 뿜어대던 살기를 거두었다. 연자심은 마치 뜨거운 태양이 내리쬐는 한여름 대장간의 불가에 앉아 있다가 빠져나온 기분을 느꼈다.

사내의 살기에서 풀려난 연자심이 고개를 숙인 채 숨을 천천히 고르다가 고개를 들어 사내를 보았다. 사내의 눈빛은 차가울 뿐 조금 전 같은 기운은 전혀 느낄 수 없었다.

사내는 연자심이 고개를 들어 자신을 보자 순간적으로 놀란 듯 묘한 표정을 지었으나 이내 사라졌다.

연자심은 주변을 돌아보았다. 난간에 기대 바다를 바라보던 선주와 노인은 사내의 행동에 전혀 관심을 두지 않는 것 같았다. 그때 옆에서 거친 숨소리가 들렸다. 고개를 돌려보니 왕삼이 숨을 헐떡이며 파랗게 질린 표정을 짓고 있었다.

연자심이 왕삼의 어깨를 흔들며 괜찮냐는 눈짓을 해 보였다. 눈은 여전히 사내에게서 떼지 못한 채 고개를 황망히 끄덕거리는 그를 보며 연자심은 걱정이 되었다.

그때 사내가 말했다.

"호! 제법 뼈대가 굵구나."

연자심이 사내를 보았다. 입가를 살짝 비틀어 비웃는 것 같은 미소를 짓고 있는 사내에게서 역겨움이 느껴졌다. 그것은 사내가 뿜어낸 살기에 대한 적개심이기도 했다.

사내가 물었다.

"넌 누구냐?"

"연자심이라고 합니다."

연자심을 잠시 바라보던 사내는 처음 들어왔을 때처럼 의자에 깊숙이 등을 묻으며 눈을 감아버렸다. 연자심은 들고 있던 음식을 탁자에 내려놓자마자 얼어붙은 왕삼을 부축하듯 데리고 나왔다. 삼판에 나와 바닷바람을 맞은 후에야 왕삼은 가슴을 두드리며 크게 숨을 쉬었다. 숨소리가 여전히 거칠고 표정은 좋아 보이지 않았다.

두 사람이 주방에 도착하자 장방이 음식을 담은 그릇을 바닥에 내려놓고 있다가 왕삼을 보며 인상을 찌푸렸다.

"또 막괴강(莫魁剛), 그 죽일 놈 짓이지?"

왕삼은 장방의 노성에 멀뚱히 쳐다보다가 콧방귀를 뀌며 말했다.

"그래서 복수라도 해줄 거요, 사부!"

"뭐야!"

왕삼의 퉁명한 말투에 장방은 눈을 부릅뜨며 말했다.

"못할 것도 없지."

"흥, 그따위 식칼로 뭘 하겠다고!"

"이놈아, 이 칼이 날면 하늘을 두 쪽 내고 바다를 가른다."

"그놈에 허풍은 언제까지 칠 거요?"

으르렁거리며 싸우는 이상하고도 엉성한 사제의 모습을 보며 연자심은 왕삼의 정신이 제대로 돌아온 것 같아 안심이 되었다.

배는 순조롭게 항해에 들어가고, 선부들은 이제 숨을 돌리고 쉬고 있었다. 왕삼과 연자심 역시 구석에 앉아 바다를 보고 있었다.

"젠장… 빌어먹을……."

왕삼은 먼바다를 보며 작게 욕설을 내뱉었다. 그리고 바다에서 눈을 돌려 연자심의 얼굴을 똑바로 보았다.

"난, 난 바다가 싫어. 무서워도 도망칠 곳도 숨을 곳도 없어. 바다가 성내는 것을 봤어?"

연자심은 말없이 고개를 가로저었다.

"정말 무섭지. 산더미만한 파도에 따라 배는 미친년처럼 춤을 추지, 추고 싶어서 추는 춤은 아니야. 어쩔 수 없으니까……. 그래, 어쩔 수 없어서……."

자조적인 왕삼의 말소리가 잦아들었다. 잠시 말이 없던 그가 다시 고개를 돌려 바다를 보며 말을 이었다.

"아까 봤지? 막괴강…… 그 새끼가 이 배를 탄 게 석 달쯤 전인가. 처음에도 그랬어. 아니, 보는 사람마다 다 그래. 이 배를 탄 사람들은 모두 그 자식을 싫어해. 아니, 두려워한다는 게 맞는 걸 거야. 창피한 일이지만 처음 그 새끼가 노려볼 때 나도 모르게 오줌을 지렸어. 정말 무서웠거든. 그건…… 그건 마치 미친 바다 같았어. 난 그 앞에서 손가락 하나 까딱할 수 없었지. 그래도 위안인 건 다들 그랬다는 거지……."

왕삼이 킥킥거리며 말을 줄였다. 잠시 킥킥대던 그가 불쑥 물었다.

"넌 어땠어?"

"뭐가?"

의아한 얼굴로 반문하는 연자심에게 왕삼은 목을 움츠리며 소리 죽여 말했다.

"그 자식 말이야, 막괴강."

"글쎄, 처음이었어. 그런 기분은……."

"그게 다야?"

"그럼 뭐?"

연자심의 반문에 왕삼은 고개를 절레절레 저었다. 연자심이 쓰게 웃으며 말을 이었다.

"나도 무서웠어. 태어나서 그런 느낌은 처음이었으니까. 언젠가 들은 적이 있어, 무인들의 살기에 대해. 그건 보통 사람에겐 익숙해지기 어려운 느낌이라고 하더군."

"그래도 너는 제법 버텼잖아."

"그렇게 보였나."

왕삼이 부러운 눈으로 고개를 크게 끄덕이며 말했다.

"그래, 막괴강의 그 지랄 같은 눈빛에서 버틴 사람은 삼판장하고 엉터리 사부뿐이었어. 다들 얼어붙었으니까. 그런데 삼판장은 조금 달랐어. 막괴강이 노려보자 삼판장도 같이 노려봤지. 그 둘이 한참을 그렇게 서 있었는데 마치 한겨울 같았다니까. 삼판장은 배짱도 두둑하고 제법 칼부림도 할 줄 알거든. 그러나저러나 우리 사부는 말이야, 무슨 똥배짱인지 막괴강이 노려보는데도 눈 하나 깜짝 안 하고 실실 웃기만 하더라고."

연자심은 조금 놀란 표정을 지었다. 막괴강 같은 고수의 살기를 웃으며 받아낸다는 것은 보통 사람으론 힘든 일이다. 장방은 생각보다 간단치 않은 과거를 가진 것이 분명했다.

"나도 말이야, 바다를 떠나 무사가 되고 싶어. 막괴강이 같은 놈에게 다시는 놀림을 받고 싶지는 않아. 나도 힘을 갖고 싶다고."

"……."

연자심은 꿈꾸는 듯 아련한 왕삼의 눈빛 속에서 강한 열망을 읽을 수 있었다.

왕삼이 눈을 반짝이며 말을 이었다.

"일전에 삼판장이 싸우는 것을 본 적이 있는데 정말 멋졌어. 칼은 아니고 몽둥이였지만 그 몽둥이로 다섯을 순식간에 때려눕혔지. 한번 볼래?"

갑자기 벌떡 일어선 왕삼이 몽둥이를 집어 들고는 눈앞에 생사대적이라도 만난 듯 형형한 눈빛으로 몽둥이를 곧추세웠다.

왼발을 축으로 오른발을 내디딘 특이한 기수식을 보며 연자심은 놀란 표정이 되었다.

왕삼이 막대기를 오른쪽 아래에서 왼쪽 위를 향해 사선으로 길게 올려 긋고는 오른발로 중심을 옮기며 뒤로 돌아 아래로 내리그었다. 이어지는 왕삼의 검세는 오른발과 왼발을 번갈아 이동하며 비틀거리듯 움직였다.

"어때, 좀 이상하지? 삼판장이 할 때는 부드러운 게 춤을 추는 것 같았는데……."

연자심은 그가 흉내 내고 있는 검법을 너무나 잘 알고 있었다. 자신이 주변의 사물을 알아볼 수 있는 정도의 나이부터 이 검법을 봐왔고, 눈을 감고 모든 초식을 처음부터 끝까지 그려볼 수 있을 정도로 익숙한 것이다. 그것은 연가(燕家)의 검법이자 아버지 연무필이 매일같이 수련을 하던 연가십팔로무영검(燕家十八路舞影劍)이었다.

"삼판장한테 가르쳐 달라고 했더니 이 검법은 절대로 가르쳐 줄 수 없는 거라고 하더군."

연자심은 내심 고개를 끄덕였다. 노구겸은 분명 연무필에게 십팔로무영검을 배웠을 것이다. 따로 제자를 두지 않는 아버지였지만 검법이 필요한 사람에겐, 주로 병사들이었지만, 아낌없이 검법을 전수해 주었다.

"그 정도면 상당히 잘하는 거야."

연자심은 진심으로 감탄을 하고 있었다.

노구검의 가르침 없이 한 번 본 것을 흉내 낸 것이라면 왕삼의 눈썰미와 재질은 보통이 아니라 할 수 있었다.

왕삼이 놀란 표정으로 소리쳤다.

"너 이 검법을 알아?"

"아, 그거 십팔로무영검법 아냐?"

아무렇지 않게 대답하는 연자심을 보며 왕삼의 눈이 반짝였다.

"이 검법을 알아? 할 줄 아냐고?"

침을 삼키며 급하게 묻는 그의 표정을 보며 연자심은 아차 싶었다. 그러나 돌이키기엔 너무 늦었다.

"조, 조금……."

"가르쳐 줄 수 있어?"

왕삼이 얼굴을 들이밀며 급하게 다시 물었다. 연자심은 곤혹스런 표정을 지었다.

"그게……."

"그런 검법은 아무에게서나 배울 수 없는 것이다."

갑자기 들려오는 목소리에 놀란 두 사람이 재빨리 고개를 돌렸다. 언제 나타났는지 깡마른 몸에, 얼굴에 주름이 가득한 노인이 두 사람을 바라보고 있었다. 선주와 같이 있던 해로수(海路手) 고 노인이었다.

"제기랄……."

왕삼이 잔뜩 찌푸린 얼굴로 몽둥이를 집어 던지며 욕설을 했지만 고 노인은 아무렇지도 않은 듯 빙긋이 웃으며 다가왔다.

"십팔로무영검법은 그야말로 상승의 수법이다. 그런 것을 제대로 된 사부 없이 배운다는 것은 위험한 일이지. 그리고……."

화가 난 왕삼은 노인의 말이 끝나기도 전에 자리를 박차고 일어나 버렸다.

"저놈의 성깔하고는……."

혀를 차던 노인이 도망치듯 가버린 왕삼의 뒤를 쫓으려는 연자심을 불러 세웠다.

"어딜 가나. 내 말 끝나지 않았다."

"예?"

"연상인과 어떻게 되느냐?"

노인에게서 튀어나온 할아버지의 이름에 연자심은 놀란 표정을 감출 수 없었다.

"어떻게 할아버님을……."

"그렇군!"

노인은 고개를 끄덕였다. 연자심이 궁금한 얼굴로 노인을 바라보았지만 노인은 생각에 잠긴 듯 잠시 그렇게 서 있기만 했다.

"됐다. 가봐라. 그리고 막가 놈하곤 부딪치지 마라. 때론 져주는 게 이기는 법이다."

그것을 끝으로 할 말을 다했다는 듯 노인은 되돌아가 버렸다. 연자심은 멀어져 가는 노인의 뒷모습을 바라보다 고개를 갸웃거렸다. 요리사 장방과 해로수 노인, 평범한 선부라고 하기엔 어딘지 범상치 않은 사람들이었다.

연자심은 왕삼을 찾아 선실로 내려갔다. 침상 가에 앉아 있던 왕삼은 아직도 화가 덜 풀렸는지 끊임없이 욕설을 내뱉고 있었다. 연자심이 들어서자 왕삼이 자리에서 벌떡 일어나며 말했다.

"할 줄 알지? 알면 가르쳐 줘."

"아까 그 어른이 말했잖아. 제대로 된 사부 없이 배운다는 것은 위험한 거라고. 그리고 보기는 많이 봤지만 실제로 해본 적이 없어."

"봤으니까 알 거 아냐."

"그런 건 눈으론 안 되는 거야. 실제 몸으로 익혀야 알 수 있는 거지. 차라리 삼판장에게 가르쳐 달라고 하는 게 낫다."

"아까도 말했잖아. 절대로 안 된다고 그랬다고. 삼판장은 한 번 안 된다면 안 되는 사람이야."

왕삼의 실망 어린 표정을 보며 연자심은 자신이 노구겸에게 부탁한다면 그는 거절하지 못할 것이라 생각했다. 하지만 배에 처음 올랐을 때 노구겸이 했던 충고대로 자신의 신상이나 노구겸과의 관계에 대해 밝히는 것은 좋지 않았다. 게다가 연가의 십팔로무영검법은 왕삼에겐 어울리지 않는 검법이란 생각이 들었다.

"너한테는 맞지 않는 검법이야."

연자심의 말을 자신을 무시하는 뜻으로 받아들인 왕삼의 얼굴이 붉게 달아올랐다.

"이봐, 내 말을 끝까지 들어. 십팔로무영검법은 성격이 급한 사람은 대성하기 어려운 검법이야."

왕삼은 말도 안 된다는 듯 양손을 들어 허공을 휘저으며 말했다.

"무슨 소리야! 내가 무슨 성질이 급하다고."

"네 마음은 알겠는데, 네겐 그 검법이 어울리지 않아. 차라리 비도술이나 암기술이 났다."

"젠장, 그건 또 무슨 소리야?"

"검법은 기다릴 줄 알아야 하는데, 넌 성격이 급해서 기다리기보다는 먼저 공격하게 될 거야. 검이나 도처럼 몸에 가까운 병기를 쓰는 사람들은 선공보다는 상대의 공격에 따른 반격이 더 중요하거든. 하지만 암기술이나 비도술은 선공이 유리한 것이라 네게 더 맞아."

"젠장, 젠장! 빌어먹을, 빌어먹을!"

"그렇게 화낼 필요없어. 그리고 십팔로무영검법은 익히는데 너무 오래 걸리고, 무척이나 힘들지. 예를 들자면……."

연자심이 빗자루를 검처럼 들고 자세를 잡았다.

"처음 네가 검을 이렇게 휘둘렀지. 이것을 삼로불(三路ㅅ)이라고 하는데 이걸 수련할 때 어떻게 하냐면."

연자심은 빗자루를 오른쪽 하단에 두고 오른발을 곧추세워 앞으로 내딛고 왼발에 힘을 실었다.

왕삼은 연자심의 일거수일투족을 놓치지 않으려는 듯 눈을 반짝이며 바라보고 있었다. 하지만 연자심의 자세는 조금의 변화도 보이지 않고 있었다.

"뭐 하는 거야?"

"안 보이냐?"

연자심이 그럴 줄 알았다는 듯 빙긋 웃었다. 왕삼이 고개를 저으며 물었다.

"뭘?"

"내가 지금 한 게 안 보이냐고."

"빗자루 들고 가만히 서 있기만 했는데 보이긴 뭐가 보여?"

연자심이 고개를 좌우로 흔들며 말했다.

"가만있지 않았어."

"뭐?"

연자심이 빗자루를 흔들며 말했다.

"지금 두 치가량 움직였다고. 십팔로무영검법을 배울 때 어려운 점이 바로 이거야. 최대한 천천히 움직이는 것, 실제로 우하단에서 좌상단까지 한 번의 긋기지만 수련할 때는 목표가 반 각(7, 8분)이야. 한 초식에 반 각씩 십팔로를 모두 끝마치려면 한 시진(두 시간)이 넘게 걸리지. 할 수 있겠어?"

"농담하는 거지?"

왕삼의 어이없는 표정으로 던진 물음에 연자심은 고개를 가로저었다.

그가 소리쳤다.

"믿을 수 없어. 나보다 성질 급한 삼판장도 그렇게 했다고! 그게 말이 되냐?"

연자심이 쓰게 웃으며 말했다.

"글쎄, 아직은 잘 모르겠지만 삼판장은 생각보다 그리 성격이 급하지 않은 것 같아. 어쩌면 무척 세심하고 꼼꼼한 사람일지도……."

왕삼이 믿을 수 없다는 듯 고개를 마구 흔들어댔다. 지금까지 경험한 삼판장은 세심이라든가 꼼꼼함과는 무관한 사람이었다. 그것이 그를 알고 있는 모든 사람들의 평이기도 했다.

왕삼은 자신있게 말할 수 있었다.

"하하하, 지나가던 개가 웃겠다. 삼판장의 급한 성질은 알아준다고,

모르는 사람이 없는걸. 어쨌든 뭐가 그리 복잡하냐. 그냥 빨리 휙휙 휘두르면 되는 거지. 싸움엔 빠른 사람이 이기는 거 아냐?"

연자심이 다시 한 번 고개를 살래살래 저었다.

"아까 너도 그랬지, 삼판장은 춤추는 것 같았다고. 십팔로무영검법의 검의(劍意)는 바로 거기에 있어. 춤추듯 부드럽고 자연스럽게 그러기 위해선 힘의 이동을 알아야 하고, 힘이란 호흡과 동작의 조화에서 나오는 것이거든. 그걸 익히기 위해서 느리게 하는 거야."

왕삼은 연자심의 말을 더 이상 듣기 어렵다는 듯 고개를 절레절레 흔들며 말했다.

"뭐가 그리 복잡해. 그런데 어떻게 그렇게 잘 아는 거지?"

"내가 아주 잘 아는 사람이 이 검법의 고수거든. 그분한테서 들었지."

연자심은 왕삼의 질문을 예상했고 대답은 쉬웠다.

왕삼이 조금 실망한 얼굴로 말했다.

"나라면 무슨 짓을 해서든 열심히 배웠을 거야. 젠장, 젠장, 딴생각 말아야지……."

연자심도 그렇게 생각했다. 그랬다면 분명 모든 것을 걸고 열심히 했을 것이다.

어깨를 축 늘어뜨리며 힘없이 침상 가에 앉은 왕삼은 포기한 것처럼 보였다. 하지만 그의 열망이 줄어든 것은 아니었다. 하지 말라는 것은 어떻게든 해봐야만 직성이 풀리는 나이의 소년은 절대로 침착하게 앉아서 기다릴 수 없다. 오히려 도전하고 노력하는 것이 소년에게 어울리는 행동인 것이다.

말없이 앉아 있는 왕삼을 보며 연자심은 알 수 없는 불안감을 느끼고 있었다. 그러나 만난 지 하루도 지나지 않은 소년에게 할 수 있는 이야기는 그리 많지 않았다. 단지 지켜보는 것이 전부였다.

제1막

배반낭자(杯盤狼藉)

제2장

전야(前夜)

피할 수 없을 때 부딪치는 것이다.

—장방이 왕삼에게

전前
야夜

세상에서 제일 지루한 것이 무엇인가?

적응이란 익숙함이다. 익숙함이란 사람을 단순화시킨다. 단순함이 계속되면 사람은 지루해지기 마련이다. 매일 똑같이 반복되는 지루한 생활, 그것이 선상 생활이었다.

연자심이 배에 오른 지 반달이 다 돼가고 있었다. 처음 며칠은 익숙하지 못한 환경과 약간의 배 멀미에 불편한 점도 있었지만 시간이 지날수록 생활은 단순해졌다. 하루에 두 번 오전, 오후에 삼판 청소를 하고, 식사 준비를 거들고, 가끔은 목수에게 불려가 나무를 자르거나 가공하는 일이 전부였다.

남서풍은 지루한 일상처럼 단조롭게 쉬지 않고 불었다. 돛은 바람을 가득 안은 채 빠르지도 그렇다고 느리지도 않은 속도로 나아가고 있었다.

　바다 속에는 해초와 물고기가 많고, 그것을 식량으로 사용할 수 있었지만 인간은 물고기나 해초만 먹고 살 수는 없다. 신선한 야채와 고기, 물이 필요했다. 보름의 항해 끝에 배는 음식물을 보급하기 위해 항구에 들렀다.

　연자심에게 배가 어딘가에 머문다는 것은 의미가 없었다. 아직도 목적지는 한 달 반은 더 가야 했고, 목적지에 도달하기 전까지 일상의 변화는 거의 없을 것이기 때문이다. 그러나 음식물 보급을 위해 하루만 정박하고 떠난다던 배는 사흘을 머물고 있었다.

　연자심이 하루 종일 들어온 물건의 정리를 마치고 삼판으로 올라왔을 때 왕삼은 뱃머리에 누워 있었다.

　"무슨 일이지?"

　아직 이른 초저녁인데 선부들은 어디로 갔는지 보이지 않았다. 왕삼은 연자심의 질문에 고개만 저었다. 그 역시 궁금했지만 아무도 말해 주지 않았다. 아니, 말해 줄 만한 사람들은 이미 배에서 내렸다. 아마 그들은 지금 술집에서 여자를 끼고 술을 마시고 있을 것이다.

　하늘을 쳐다보고 있던 왕삼이 고개를 돌려 선주의 선실을 보았다. 선주의 선실엔 환하게 불이 밝혀져 있었다. 해 질 무렵에 찾아온 사람들은 아직도 선주의 선실에서 무엇인가 이야기를 하고 있었다. 입구는 네 사람의 무인이 지키고 있었다.

　"무슨 일일까?"

　왕삼은 혼잣말을 하듯 중얼거렸다. 연자심도 선실을 보았다. 잠시 선주의 선실을 바라보던 왕삼이 말을 이었다.

"이런 적은 한 번도 없었어. 거기다가 선부들까지 모두 밖으로 내몰고 말이야."

무슨 일인가 벌어지고 있는 것 같았다. 하지만 두 사람으로선 전혀 알 도리가 없는 일이다.

해로를 찾는 일은 해로수인 고노인이, 배를 조정하는 것은 삼판장인 노구겸 하고 있지만, 배의 목적지와 날짜를 결정하는 것부터 항해 중에 일어나는 모든 것은 배의 주인인 선주의 몫이다. 이러한 선주의 결정에 결코 영향을 미칠 수 없는 사람들은 많다. 그중 가장 대표적인 사람들이 바로 연자심과 왕삼이었다.

"젠장, 알게 뭐야."

퉁명스레 내뱉은 왕삼이었지만 결코 관심이 없는 것이 아니었다. 그렇다고 호기심에 선주의 선실에 다가갈 마음은 결코 없었다. 선주의 선실엔 그가 가장 싫어하는 인물이 있기 때문이기도 했다.

한동안 선주의 선실을 살펴보다 흥미를 잃은 두 사람은 삼판에 누워 하늘을 보고 있었다. 하늘은 빽빽한 어둠이 가득하고 작은 별들만이 반짝이고 있었다.

삐걱하는 삼판의 판자가 어긋나는 소리가 작게 들렸다. 둘은 고개를 들어 소리가 나는 쪽을 보았다. 검은 그림자는 다섯이었다. 그들은 빠른 걸음으로 배에서 내려 어둠 속으로 사라졌다.

배는 이틀을 더 머물렀다. 그 이틀간 왕삼과 연자심은 너무나 바빴다. 두 사람은 아침부터 저녁 늦게까지 선실에 있어야 했다. 그렇다고 선실에서 잠을 자고 쉬느라 바쁜 것이 아니었고, 대대적인 공사 때문이었다.

선실의 침상 바닥은 새로운 나무판으로 바뀌었고, 이부자리 역시 새 것으로 바꿔야 했다. 두 사람은 이틀 전에 방문한 사람들의 목적을 알 수 있었다. 그들은 청룡호에 승객으로 방문했던 것이다. 그들의 목적지가 어디인지는 모르지만 보통 사람들이 아님은 분명했다. 선부들까지 내쫓고 늦은 밤에 찾아와 흔적도 없이 사라지는 승객이란 쉽게 찾아볼 수 있는 것이 아니다.

이틀간 선부들 역시 바빴다. 엄청난 양의 식량과 짐이 도착했다. 새로운 일꾼도 왔다. 살아 있는 닭과 염소, 양과 돼지 같은 가축까지 배에 실렸다.

그리고 석양이 바다를 붉게 물들일 때 그들이 왔다. 다섯 명의 인도로 찾아온 사람들은 모두 나이가 어린 소년과 소녀들이었고, 그들의 수는 어림잡아도 육칠십 명이 훨씬 넘어 보였다. 재빠른 몸놀림으로 배에 오르는 소년과 소녀들은 지친 표정이었고, 곧장 객실로 들어가 버렸다.

기다리던 사람들이 모두 승선하자 이미 출항 준비를 마치고 있던 청룡호가 움직이기 시작했다. 어두운 바다를 헤치며 배는 서서히 속도를 높여갔다.

연자심과 왕삼은 평상시보다 반 시진이나 일찍 일어나 주방에서 음식을 만드는 것을 거들고 있었다.

말끔해 보이는 이십대 중반의 사내 둘이 주방에 왔지만, 이내 그들은 주방 일을 도우려는 것이 아니라 음식을 만드는 과정을 살펴보러

온 사람들이라는 것을 알 수 있었다.

　장방은 그런 그들을 보면서도 아무렇지 않은 것 같았다. 갑자기 늘어난 승객들 때문에 서너 배나 많은 음식을 만들어야 했지만, 익숙한 손놀림으로 썰고, 지지고, 볶는 일에 열중할 뿐이었다.

　주방에서 만들어지는 음식은 선부들 것과 승객들의 것으로 나누어졌다. 선부들의 음식은 그야말로 먹고살기 위한 음식이었지만 승객들의 음식은 그렇지 않았다. 그렇다고 아주 훌륭한 것도 아니었다.

　음식이 모두 준비되자마자 두 사내가 나누어 들고 가버렸다. 새로운 승객에 대해서 관심이 많았던 왕삼이 조금 실망한 표정이 되었다.

　"사부, 누구야?"

　"나도 모른다."

　왕삼의 물음에 장방은 고개를 저으며 답했다. 하지만 결코 모르고 있는 것 같지는 않다. 왕삼은 궁금했지만 다시 묻지 않았고, 연자심은 별로 궁금한 표정이 아니었다.

　왕삼은 커다란 통을 들고, 연자심은 층층이 쌓인 작은 통을 들었다. 두 사람 사이에는 하나의 묵계가 성립되어 있었다. 왕삼은 막괴강을 보는 것을 꺼려 했고, 그로 인해 선주와 무인들의 음식 배달은 연자심의 몫이 되어버린 것이다.

　연자심이 무인들이 머물고 있는 선실에 음식을 내려놓고 선주가 있는 위층으로 오르려 계단에 발을 내딛는 순간, 노구겸이 화난 얼굴로 선주의 선실에서 내려오고 있었다. 연자심이 재빨리 길을 비켜주었다.

　연자심의 앞을 막 지나치던 노구겸이 갑자기 발을 멈추며 물었다.

　"힘들지 않나?"

"괜찮습니다."

"그래. …그런데 미안해서 어쩌냐."

"예?"

연자심이 어리둥절한 표정을 짓자 노구겸이 인상을 찌푸리며 말했다.

"너와 상의를 했어야 했는데, 이번 항해가 조금 길어질 것 같다."

"무슨……?"

"서원에는 언제까지 도착해야 하느냐?"

노구겸은 연자심의 의문을 무시하며 물었다.

"서원의 도착 기일은 정해진 것이 아닙니다. 하지만 너무 늦어지면 곤란하기는 합니다."

"차라리 이번 항구에서 너를 내려줄 걸 그랬나. 미리 알았더라면 그랬을 텐데……."

노구겸은 뭔가 풀리지 않는 난제라도 만난 듯 머리를 긁어댔고, 연자심은 의아한 얼굴로 그를 바라보기만 했다.

"이번에 사람들이 탄 거 말이다. 그것 때문에 조금 지체될 것 같은데, 그 기간이 정확하게 정해지지 않아서 말이다. 선주한테 물어도 며칠 후에나 알려준다고만 하니 나도 어떻게 돌아가는지 알 수가 없다."

남릉서원에 도착하는 날짜가 정확하게 정해진 것은 아니었다. 하지만 전통적으로 남릉서원은 초가을에 사람을 받았고, 늦어도 11월을 넘기지 않았다.

기다림이 길어서일까, 아니면 기대가 큰 탓일까? 아버지의 채근으로 서둘러 길을 떠나 시간적으론 충분한 여유가 있었다.

"12월 전에만 도착하면 됩니다."

"12월이라… 그 정도면 충분하겠지. 설마……. 내가 어떻게든 늦지 않게 해주마. 넌 걱정하지 않아도 된다."

노구겸은 조금 굳은 표정으로 말했다. 연자심은 그의 마음 씀씀이에 고마움을 느꼈다.

처음부터 이상한 승객들 덕분에 약간 뒤숭숭하던 배 안의 분위기가 시간이 지날수록 묘하게 변하고 있었다. 객실에 들어간 사람들은 사흘째 미동조차 없었다.

선부들은 승객들의 이런 행동을 전혀 이해할 수 없었다. 이러한 불안감을 가중시키는 것은 청룡호의 항로 때문이기도 했다.

연해안을 따라 운항하던 청룡호는 현재 망망대해를 헤쳐 나가고 있었다. 연자심이 전혀 모르고 있었지만 뱃사람들은 항로가 변했고, 지금 먼바다로 나가고 있다는 것을 알고 있었다. 그들은 태양과 별, 그리고 바람만으로도 자신들이 어디로 향하고 있는지 알 수 있었다.

"사부, 우리 지금 어디로 가는 거지?"

"그렇게 궁금하냐?"

왕삼은 기회가 될 때마다 장방에게 묻고 있었다. 장방은 고기를 썰다 말고 물끄러미 왕삼을 보다가 결심한 듯 헛기침을 한 번하고 입을 열었다.

"지금 이 배는 운현도(雲玄島)로 가고 있다."

"운현도?"

"말 끊지 마."

왕삼의 물음에 장방이 소리를 질렀고, 찔끔한 왕삼은 입을 다물었다.

"운현도는 못 들어 봤을 거야. 평생 뱃놈도 들어보지 못한 이름일 테니까. 지금으로부터 백 년 전쯤에 십절존사(十節尊師)라고 불리던 분이 계셨다. 그분은 그야말로 십절이라 도, 검, 창, 편(鞭:채찍), 부(斧:도끼), 권, 장, 각 어떤 것이라도 자유자재로 다룰 수 있었지. 어느 날 그분이 강호를 떠돌며 당시 최강이라고 불리었던 사람들을 하나씩 찾아가 상대와 같은 무기로 겨루었다. 검을 든 자에겐 검으로, 창을 든 자에겐 창으로 맞서 모두 이겼고, 아무도 그분을 패배시키지 못했지. 그렇게 몇 년을 강호를 떠돌다가 말년에 그분이 은거한 곳이 운현도다."

장방은 흥이 나는지 차를 한 잔 따라 단숨에 들이키곤 말을 이었다.

"그분이 운현도에 은거를 한 지 이십 년쯤 지났을 때 강호에 소문이 돌았다. 십절존사가 운현도에서 죽었고, 그의 무공이 운현도에 남아 있다고. 그러자 사람들은 너도나도 운현도를 찾기 시작했지. 그러나 수년에 걸친 수색에도 운현도의 코빼기도 찾지 못했다. 다시 수년이 지나고 사람들이 하나둘 운현도를 잊어갈 때쯤 갑자기 운현도에 갔다 왔다는 사람이 나타났다. 사람들은 그를 기억했지, 오래전 운현도를 찾겠다고 떠났던 사람 중 하나였으니까. 그 사람에 의해서 운현도의 위치가 밝혀졌다. 하지만 문제는 그것이 아니었지. 운현도를 찾았다는 사람이 말하길 운현도에 들어가려면 사 년을 기다려야 한다는 것이었다. 사람들이 모두 물었지, 왜냐고. 그 사람이 말하길 운현도의 주위는 암초로 이루어져 있고, 암초 사이에는 바닷물이 기이한 방향으로 흘러 배가 들어가지도 나오지도 못하지만 매 사 년마다 한 번씩 유월 보름이면 달과 바닷물의 조화로 인해 운현도 밖까지 사흘간 한줄기 길이 열린다는 거야. 그 길을 따라 들어가거나 나올 수 있다는 거지."

왕삼이 못 믿겠다는 듯 콧방귀를 뀌며 말했다.

"거짓말!"

"쌍, 아가리 닥치고 듣기나 해!"

장방이 냅다 소리를 지르자 왕삼은 깜짝 놀란 눈으로 그를 보았다. 장방은 왕삼의 놀란 얼굴을 보며 재미있다는 듯 한동안 낄낄거리며 웃다가 다시 입을 열었다.

"그의 말을 믿은 사람들은 사 년을 기다렸지. 성질 급한 놈들은 운현도를 찾겠다고 먼저 떠났지만 돌아온 놈이 없었다고 한다. 하여간 사 년을 기다렸던 사람들이 만반의 준비를 갖추고 운현도로 들어갔다. 그렇게 운현도를 찾은 사람들은 모두 일백하고도 마흔두 명. 그러나 사 년 후 다시 물길이 열렸을 때 밖으로 나온 사람은 겨우 열 명뿐이었다. 모두 죽었지……. 그 후에도 사 년마다 사람들이 들어가고 나가기를 반복했지만 사람만 죽어갈 뿐 아무도 십절존사의 무공을 발견하지 못했다. 결국 사람들은 지쳐 버렸고, 더 이상 운현도를 찾지 않았다. 하지만 무림의 세가와 유명 방파의 사람들은 그렇게 생각하지 않았다. 매 사 년마다 사람들을 반드시 보냈고, 올해도 역시 사람들을 보냈다."

"그럼 지금 타고 있는 사람들이 모두 운현도로 가는 사람들이라는 말인가요?"

연자심의 질문에 장방이 고개를 끄덕이며 말했다.

"그렇다. 세가와 방파들은 십절존사의 무공이 있을지도 모르기 때문에 계속 사람을 보내는 것이고, 또한 상대를 견제하기 위해서라도 사람을 보낸다. 다른 방파의 사람들이 십절존사의 무공을 독차지하지 못하게 하려는 것이지. 아마도 지금 가는 아이들은 사 년 전에 그곳에 들어갔던 아이들의 동생이나 조카쯤 될 것이다."

"젠장, 사 년 동안 섬에 갇혀 살아야 하다니. 나라면 죽어도 안 가."

왕삼이 고개를 설레설레 저으며 말했다.

"너같이 못난 놈이야 그렇지. 이 배를 타고 있는 아이들은 수련을 목적으로 하려들 것이고, 아무도 섬에 들어가는 것을 무서워하거나 싫어하지 않을 것이다. 지금 그곳은 마치 무공을 익히는 사람들의 수련장처럼 사용되고 있다."

장방의 비아냥거리는 말투에 왕삼은 따지듯이 말했다.

"오십 년을 넘게 섬을 이 잡듯이 뒤졌을 텐데도 없다면 십절존사인지 뭔지 하는 그 늙은이가 무공을 남겨놓지 않았다는 거겠지."

"그래서 네가 정말 못났다는 거다. 십절존사의 무공은 거기 있다. 단지 아무도 찾지 못하는 곳에 숨겨 놓았기 때문이지. 자고로 자신에게 소중한 것이라면 결코 없어지게 내버려 두지 않는 것이 사람이다. 십절존사 역시 사람, 분명 그는 자신의 무공이 담긴 비급을 운현도 어딘가에 숨겨뒀다. 운현도는 작은 섬이 아니라 무척이나 크고 기이하면서, 또한 험한 섬이라 아직도 찾아보지 못한 곳이 많다고 하더구나."

왕삼의 눈동자가 초롱해졌다. 장방은 그런 왕삼을 보며 콧방귀를 뀌며 말했다.

"네놈도 그곳에 가고 싶은 게로구나. 아서라. 넌 찬밥 신세를 면하지 못한다. 송충이는 솔잎을 먹어야지."

"젠장, 내가 뭘 어쨌다고 나만 가지고……."

발끈한 왕삼이 자리를 박차고 나가 버렸다. 그러자 장방은 피식 웃으며 다시 칼을 잡았다.

연자심은 장방의 내력이 더욱 궁금했지만 장방은 말이 없었고, 연자심은 묻지 못했다.

장방의 손길은 무척이나 빠르고 정확했다. 번개 같은 솜씨로 썰고, 다듬고, 뒤집고, 젓는 동작을 해냈다. 눈이 돌아갈 정도로 빠르게 움직이던 장방이 오른손에 들고 있던 국자를 팽개치듯 집어 던지고 나가 버렸다. 그가 떠나자마자 왕삼이 급한 걸음으로 숨을 헐떡이며 들어왔다.

"나왔다, 나왔어!"

"뭐가?"

연자심의 물음에 왕삼이 호들갑을 떨었다.

"선실의 사람들 말이야. 전부 우리 또래인데 여자애들도 많아. 좀 전에 우르르 삼판으로 몰려 나왔어."

연자심은 관심없다는 표정으로 고개만 끄덕이고, 익숙해진 동작으로 음식을 그릇에 퍼 담기만 하자 왕삼이 연자심의 등을 치며 말했다.

"야, 궁금하지도 않냐?"

"아니."

"멋대가리없는 놈."

"그것보다 말이야. 지금 해야 할 일이 먼전 거 같은데. 네 생각은 어떠냐?"

연자심의 담담한 대꾸에 왕삼은 허탈하게 웃으며 말했다.

"젠장, 손발이 맞아야 뭘 해먹지. 넌 애 늙은이냐? 젊은 사람은 젊은 사람답게 말하고 행동하는 거야."

왕삼의 따가운 충고에 속내를 들킨 것이 쑥스러운 연자심이 머쓱하게 웃었다. 아직도 선상의 생활이 익숙하지 못했다. 몸은 매일 반복되는 일에 익숙해졌지만 마음은 그러지 못했다.

연자심이 지금 고대하는 일은 빨리 항해가 끝나 배에서 내렸으면 하는 것이었다. 이런 저런 이유로 연자심은 조금은 방관자적인 입장에서 생각하고, 행동하고 있었다.

연자심이 왕삼에게 말을 하려 하는데 입구에 들어서는 두 사람이 있었다. 그 두 사람은 처음 이틀간 식사를 만드는 것을 감시하듯 주방을 기웃거리다가 더 이상 오지 않았다. 식사가 준비되었을 무렵에 나타나 마련된 음식을 들고 횅하니 사라지곤 했다. 오늘도 그들은 준비된 음식을 들고 빠른 걸음으로 주방을 빠져나갔고, 연자심과 왕삼은 멀거니 두 사람을 쳐다보기만 했다.

"우린 사람도 아닌가. 이웃집 똥개 쳐다보듯 하니 더러워서."

왕삼의 투덜거림에 연자심도 내심 씁쓸했다. 선부들은 사람이 아니었던가. 그들은 철저하게 뱃사람들을 무시하고 있었다. 고개를 설레설레 젓던 왕삼이 커다란 통을 들고 앞장섰고, 연자심이 뒤를 따랐다.

두 사람이 삼판에 올라섰을 때 조금은 당황한 표정이 되었다. 삼판 가득 사람들이 자리잡고 앉아 조금 전에 가져간 음식을 먹고 있었다.

노구겸이 다가와 말했다.

"우린 조금 후에 먹자."

결국 왕삼은 구석에 음식을 내려놓고 앉아 삼판에서 식사를 하는 사람들을 구경하였고, 연자심은 선주의 선실로 향했다.

연자심이 돌아왔을 때도 여전히 삼판은 소란스러운 목소리로 가득했다. 소년과 소녀들은 뱃놀이라도 나온 듯 삼판에 앉아 바다를 내려다보거나 삼삼오오 모여 무엇인가 이야기를 나누고 있었다.

"제기, 이래 가지고 밥이나 제대로 먹겠나."

왕삼이 한마디 하자 선부들 모두 웅성댔지만 노구겸이 눈을 부라리며 선부들을 쏘아보자 모두 입을 다물었다. 노구겸도 조금 난처한 상황이었다. 몸으로 일하는 선부들에게 점심을 굶길 수도 없었다. 그렇다고 딱히 자리를 마련해서 먹기도 불편했다.

며칠간 갇힌 생활을 하던 소년 소녀들이 넓게 펼쳐 앉자 선부들은 한쪽 구석에 몰려 서 있어야만 했다. 노구겸은 잠시 생각에 잠겼다. 결국 소년과 소녀를 인도했던 사내를 찾아 해결을 봐야겠다고 생각했다.

힐금거리며 소년과 소녀들을 보고 있다가 노구겸이 움직이자 왕삼의 눈이 자연스레 노구겸을 좇았다.

노구겸은 난간에 기대 바다를 내려다보고 있는 사내에게 다가갔다. 자신을 향한 인기척에 사내가 뒤로 돌아섰다. 후리후리한 키에 긴 팔과 다리는 제비처럼 날렵했고, 정광이 흐르는 듯한 눈매는 매처럼 날카로웠다. 그의 왼쪽 어깨 위로 삐죽이 솟아 있는 검병(劍柄:검의 손잡이)과 거기에 매달린 붉은 검수(劍穗:검병에 매단 수실)가 바람에 나부끼고 있었다.

왕삼의 눈이 반짝거렸다. 연자심은 왕삼의 반짝이는 눈동자를 보며 고개를 미미하게 저었다. 노구검과 마주한 사내의 모습은 그에게 새로운 이상향처럼 보일 것이 분명했다.

연자심은 왠지 왕삼이 안쓰러웠다. 그것은 그를 가엽게 여기거나 혹은 불쌍히 여기는 마음이 아니었다. 아버지 연무필이 언제나 들려주었던 아기가 걷기 위해 기는 법을 버려야 한다는 것처럼 왕삼도 걷기 위해 기는 법을 버려야 할 때가 온 것 같았다.

"이건 사내대장부로서 우리들만의 비밀이다."

연자심은 할아버지의 속뜻을 이해했다. 우리들만의 비밀이란 아버지인 연무필에게 절대 말하거나 알리지 말라는 것이었다. 연자심은 초롱초롱한 눈길로 할아버지를 보며 고개를 끄덕거렸다. 할아버지는 얼굴 한가득 미소를 지으며 만족한 표정을 지었다.

"네게 이 할애비가 평생을 바쳐 온 것을 주겠다. 지금부터 하는 이야기는 절대로 잊으면 안 된다."

할아버지는 평소와는 다른 엄숙한 얼굴로 말했고, 연자심은 할아버지의 색다른 표정에 웃음이 나올 것 같았지만 애써 감추며 엄숙한 표정을 지었다.

할아버지는 그런 연자심이 귀여운 듯 빙그레 웃으며 말을 이었다.

"네 애비가 매일 아침마다 연무를 하는 것을 봤을 것이다. 그건 우리 연가의 가전 검법인 십팔로무영검법이란 것은 너도 알고 있겠지. 하지만 연가의 검법은 너무 부드러움을 추구하다 보니 패도적인 기세와 본래의 검의를 잊어버렸다. 나는 오랜 세월 연가의 검법에서 잃어버린 것들을 찾아 돌아다녔다. 그리고 만들어낸 것이 십팔로암영권(十

八路暗影拳)이다. 내가 검을 버리고 권을 추구한 것은 십팔로무영검법에 너무나 익숙했기 때문이다. 익숙함을 떨쳐 버릴 수 없었기에 새로운 시작으로 검을 버렸고, 그 결과가 바로 십팔로암영권이다. 바탕은 십팔로무영검법이지만 전혀 다른 것이다."

할아버지는 무영검법을 연무할 때처럼 천천히 움직이기 시작했다. 언뜻 보기에는 검 없이 펼치는 무영검법 같았다. 그러나 발의 움직임이 달랐다.

"발놀림을 잘 봐야 한다. 보통 발놀림은 보법(步法)이라 하지만 암영권에서 발놀림은 각(脚)이라 한다. 왜 다르게 부르는지는 나중에 알게될 것이다. 각은 모든 무공의 기초다. 각을 잡을 수 있다면 어떤 상대라도 이길 수 있다. 하지만 발놀림을 잡는다는 것은 어렵지. 그러나 사람의 몸은 따로가 아니다. 발이 움직이면 동시에 어깨가 움직인다. 넌지금부터 어깨를 잘 봐야 한다. 걷는 사람의 어깨, 뛰는 사람의 어깨, 싸우는 사람의 어깨 등 너는 앞으로 만나는 모든 사람들의 어깨를 보면서 발의 움직임을 예상해야 하는 것이다. 암영권의 기초가 바로 그것이다."

연자심은 그 후로 언제나 사람을 볼 때 어깨를 유심히 보는 버릇이 생겼다.

"암영권이란 그림자 같은 것이다. 사람의 손은 두 개지만 암영권의 손은 한 개일 수도 천 개일 수도 있다."

할아버지는 천천히 다가왔다. 그리고 가벼운 동작으로 손을 뻗기 시작했다. 연자심은 너무나 놀란 나머지 말문이 막혀 눈만 동그랗게 뜬채 할아버지의 손과 얼굴을 번갈아 보았다. 분명 할아버지의 손은 두 개였다. 하지만 방금 전 할아버지가 연자심을 향해 뻗은 손들은 하나가 아니었다. 무수히 많은 손이 순간적으로 나타났었다.

"몇 개로 보이느냐?"

연자심은 고개를 저었다. 수많은 손이 나타났다 사라졌고, 그것은 눈으로 확인할 수 없을 정도로 빨랐다.

"어깨를 봐라. 손은 수십 개지만 어깨는 하나뿐이다."

다시 한 번 할아버지는 손을 뻗기 시작했다. 연자심은 어깨를 보고 있었다. 팔이 움직일 때 어깨는 조금씩 위치를 이동하고 있었고, 발걸음 역시 어깨와는 반대 방향으로 움직이는 것을 알 수 있었다.

"진실한 무공은 말이나 글로 주고받을 수 없는 것이다. 지금의 느낌을 계속 생각하고, 생각하고, 생각하는 것이 첩경이다."

할아버지는 매일 같은 동작을 보여주고 느낌을 듣기를 원했다. 연자심은 매번 다른 대답을 해야 했기에 보다 많은 생각을 할 수밖에 없었다.

왕삼의 시선은 사내에게서 떨어질 줄 몰랐다.

노구겸의 이야기가 끝날 때까지 묵묵히 듣고 있던 사내가 선수로 걸어갔다.

사람들이 모이면 언제나 순서를 정한다. 어쩌면 그것이 모든 문제를 풀어갈 수 있는 가장 손쉬운 방법인지도 몰랐다. 선수로 걸어간 사내는 여러 명에게 둘러싸여 있는 청의를 입은 소년에게 이야기를 했다.

소년은 사내의 이야기를 들으며 고개를 끄덕였고, 이내 자리에서 일어나 사내를 따라 노구겸에게 다가왔다. 소년이 움직이자 그의 주변에 있던 소년과 소녀들이 그를 따라 움직였다. 소년이 노구겸 앞에 도착하자 그를 중심으로 둥글게 자리를 잡았다.

"나는 구양가의 수라고 하오. 미안하게 됐소. 오래간만에 쐬는 바깥바람이라 우리가 조금 과했던 것 같은데 이해해 주기를 바라겠소."

자신을 구양수라고 밝힌 소년은 나이답지 않은 노련함과 그의 나이다운 패기가 갈무리되어 있었다.

"별말씀을……."

노구겸은 집에 찾아온 손님을 대하듯 정중한 목소리로 말했다.

"곧 선미 쪽에 있는 사람들을 불러들이겠소."

구양수는 곁에 서 있던 사내에게 고개를 끄덕였고, 단지 그것으로 모든 문제는 해결되었다. 선미에 있던 소년과 소녀들은 모두 선수 쪽으로 옮겨갔다. 그리고 그것은 마치 청룡호의 중심을 기점으로 서로의 영역을 설정하는 것 같았다.

선부들이 모두 선미로 가고 있었다. 연자심은 선부들을 따라 발걸음을 옮기려다 멈춰 섰다. 왕삼이 제자리에서 꼼짝도 하지 않고 있었다.

연자심이 왕삼을 부르려 다가갔다. 하지만 왕삼은 연자심이 다가오는 것도 모른 채 선수 쪽을 정신없이 쳐다보고 있었다. 연자심은 자신도 모르게 왕삼의 눈길을 따라 선수 쪽을 보았다.

작은 체구의 소녀는 구양수의 곁에 앉아 봄날에 피어나는 목련처럼 활짝 웃고 있었다. 햇빛 아래 희게 빛나는 얼굴과 또렷한 눈망울은 보는 이를 절로 미소를 짓게 만들었다.

연자심이 왕삼의 어깨를 가볍게 쳤다. 퍼뜩 정신을 차린 그가 얼굴을 가볍게 찡그리며 고개를 숙였다. 연자심은 웃음이 나왔지만 모르는 척 그를 끌고 선미로 향했다.

연자심은 오후 들어 평소보다 두 배도 넘는 일에 시달려야 했다. 몽롱한 눈으로 꿈꾸는 표정의 왕삼은 전혀 일할 수 있는 상태가 아니었기 때문이다. 주방의 귀퉁이에 쭈그리고 멍하게 앉아 있는 왕삼을 발견한 장방이 물었다.

"저놈 왜 그러냐?"

"일몽(日夢)을 꾸고 있는 중이지요."

"일몽?"

"낮에 꾸는 꿈이니 일몽이지요."

"허, 그거 참."

장방은 잠시 왕삼을 바라보다가 다시 연자심에게 물었다.

"무슨 꿈을 꾸고 있나?"

"미래를 꿈꾸는 것 같습니다."

"미래?"

연자심은 점심 무렵 있었던 일을 장방에게 이야기했다. 장방은 연자심의 이야기를 듣다가 혀를 차며 말했다.

"드디어 저놈이 미쳐 버렸구나."

장방은 그 한마디만 하고는 아무렇지도 않은 듯 칼을 들었다. 연자심은 장방의 손에 들린 칼을 보았다. 채도(菜刀:야채를 써는 작은 칼)였다.

야채를 써는 칼, 장방은 절대로 그 칼을 사용하지 않았다. 장방은 어떤 재료든 하나의 칼을 사용했다. 그것은 커다랗고 네모난 도도(屠刀)였다.

장방의 무심한 눈은 채도를 집어 들었을 때부터 시작됐다. 연자심은 장방의 눈빛이 변하는 것을 보았다. 조금은 탁하고 흐릿했던 눈동자는 형형한 광채를 발하고 있었다.

연자심은 무의식적으로 장방의 어깨를 보고 있었다. 극히 미세한 움직임은 연자심이 어깨를 주시하고 있지 않았다면 결코 알아차릴 수 없는 움직임이었다. 그리고 흰 빛이 일직선으로 날았다.

쭈그리고 앉아 다리 사이에 머리를 묻고 있던 왕삼이 선불 맞은 멧돼지처럼 펄쩍 뛰었다. 화살처럼 날아간 채도가 왕삼의 가랑이 사이에 박혔기 때문이다. 한 치라도 빗나갔다면 그의 사타구니는 피투성이가 되었을 것이 분명했다. 왕삼보다 더욱 놀란 사람은 연자심이었다. 장방이 던진 채도의 정확도도 놀라웠지만 돌덩이처럼 단단한 바닥을 뚫고 들어가 손잡이 끝만 보이는 채도는 섬뜩한 기분을 느끼게 했다.

"무… 무슨 짓이야!"

파랗게 질린 얼굴로 소리를 지르는 왕삼은 어떤 일이 벌어졌는지 생각할 겨를도 없었다. 장방이 냉기가 뚝뚝 떨어질 것 같은 목소리로 말했다.

"네놈이 기어코 배우고 싶으냐?"

왕삼은 장방의 질문을 이해할 수 없다는 표정이었다.

"허리엔 검을 차고 떠도는 구름처럼 강호를 종횡하며 이름을 날리고 싶으냐?"

"젠장, 젠장, 젠장, 그 빌어먹을 설교 좀 하지 마!"

왕삼의 발작적인 외침에도 아랑곳없이 장방은 같은 어조로 다시 물었다.

"그렇게 되고 싶으냐?"

"몰라!"

"너는 네 아비의 유언도 잊었느냐? 평범하게 살게 해달라고……."

"하지만 뱃놈이 되라고 하지 않았어."

"그랬지. 그러나 되지 말라고 하지도 않았다. 그것은 내가 결정한다."

"알았어, 알았다고……."

왕삼은 자리를 박차고 일어서 밖으로 나가 버렸다. 연자심은 물끄러미 그의 등을 바라보다 혼자 내버려 둬서는 안 될 것 같은 기분에 그를 따라갔다.

왕삼은 빈 창고에 들어가 낮잠이라도 잘 요량인 듯 벌렁 드러누웠다. 연자심이 그의 옆에 앉았다. 배가 파도를 넘어서는지 크게 요동을 치자 어디선가 삐걱거리는 나무가 어긋나는 소리가 들렸다.

"웃기지. 정말 웃겨……."

말을 하며 웃는 왕삼의 표정은 슬퍼 보였다.

"장방은 나한테는 은인이지, 은인이고 말고. 하지만 말이야……. 우리 아버지가 뭐 하던 사람인 줄 알아? 어느 부잣집의 일꾼이었어. 그런데 어느 날 피투성이로 다 죽어가던 사람을 아버지가 발견해 집으로 데려와 치료를 해줬는데 그가 장방이었어. 장방이 자세한 이야기는 안 해줘서 잘은 모르지만 그때 누군가에게 쫓기는 중이었고, 그들에게 부상을 당했다고 하더군. 거의 죽을 고비를 넘기고 살아난 장방은 이내 떠났지만 며칠 후 사람들이 들이닥쳤어. 저녁이었는데 커다란 칼을 든 사람들이 수도 없이 들이닥쳐 눈에 보이는 사람은 모조리 베어버렸어. 집은 불타고, 사람들은 비명을 지르고, 아버지는 어쩔 줄 몰라 했지. 그때 장방이 나타났지만 놈들은 너무 많았어. 아버지는 나를 장방에게 맡기며 반드시 살려달라고 했어. 나는 그렇게 장방의 품에 안겨서 살아남았고, 그게 칠 년 전이야. 그리고 그 부잣집이 남창에 있던 화씨세가(禾氏世家)였지. 일 년 넘게 이리저리 떠돌다가 배를 타게 됐는데 지금까지 이렇게 배를 떠나지 못하고 있어……."

그는 자조 섞인 목소리로 혼잣말을 하듯 그렇게 자신의 이야기를 했다.

"장방은 내가 혼자서 모든 것을 할 수 있을 때 나를 보내주겠다고 하지만, 난 이미 모든 것을 혼자 힘으로 해낼 수 있는 나이가 됐는데도 놔주지 않아."

그는 잔뜩 조바심난 어린애 같았다. 저 밖에 나가면 무엇이든 할 수 있을 것 같은 어린아이처럼 안달을 하고 있었다.

연자심은 그 마음을 이해할 수 있을 것 같았다. 자신도 아버지의 끊임없는 기대와 강요에 숨이 막힐 것 같은 압박을 느껴야 했고, 할아버지처럼 정처없이 강호를 떠돌며 넓은 세상에서 자유를 만끽하고 싶었다.

하지만 몸이 강호를 떠돈다고 자유로울까?

진정한 마음의 자유가 없다면 넓디넓은 강호 어디에도 자유는 없다. 아버지의 그늘에서 벗어나지 못하면 그것은 자유가 아니라 또 다른 구속일 뿐이다.

연자심은 어떤 말로도 왕삼을 위로할 수 없다고 생각했다. 마음의 준비가 되어 있지 않은 상대에게 대화란 무용지물이다.

"너무 답답해, 미칠 것처럼 말이야……."

왕삼이 흐릿한 눈으로 천장을 쳐다보며 말을 줄였다.

폭풍이 일기 전에 고요가 찾아오는 것처럼 시작을 알리는 모든 것은 침묵이다. 그는 그렇게 침묵과 고요 속으로 빠져 들어갈 것만 같았다.

"장 어른도 생각이 있으시겠지."

연자심은 수많은 경서를 읽고 배웠지만 그 어디에도 왕삼을 위로할 말이 없음을 알았다.

도대체 무엇을 배워야 사람의 도리를 알고, 사람의 마음을 헤아릴 수 있는 것인가? 그저 시간이 흘러 마음이 진정되기를 바라는 것만이 전부일까.

누군가와 오래도록 함께 지내다 보면 상대를 아주 잘 안다고 생각한다. 부모와 자식처럼, 형제와 자매처럼 서로를 잘 안다고 생각하지만 실상은 전혀 모르고 있다. 그것은 익숙함 때문이다. 상대에게 익숙해지면 단순해져 버린다. 이런 단순함의 결과는 상대방에게 묻지 않고 짐작한다는 것이다. 하지만 짐작은 올바른 해답이 아니다.

장방과 왕삼의 관계는 너무나 단순해져 서로의 진실한 마음을 묻지 않는다. 두 사람은 더 늦기 전에 마주 앉아 대화를 해야 할 때가 올 것이다. 연자심은 그 시간이 너무 늦지 않기를 바랐다. 장방을 위해서,

그리고 왕삼을 위해서도…….

그러나 지금은 기다려야 할 때였다.

다음날부터 청룡호에는 활기가 넘쳐흐르는 것 같았다. 재잘대는 새들처럼 소년과 소녀들은 웃고 떠들었다.

그러나 왕삼의 눈에 비친 소년과 소녀들은 결코 편안한 것 같지 않았다. 장방이 이야기해 준 운현도의 이야기가 사실이라면 이들은 모두 사 년이라는 시간을 작은 섬에서 보내야 할 것이다. 그것은 그리 즐겁지 않은 일일 것이다.

소년과 소녀들 사이를 오가며 삼판에 버려진 쓰레기를 치우는 왕삼은 무표정을 가장하려 애쓰고 있지만 쉽지는 않았다. 또래의 아이들은 많았지만 그들은 별세계 사람들이었다. 질 좋은 옷에 하얀 얼굴의 소년과 소녀들, 왕삼은 하층의 사람이었고 그들과 결코 어울릴 수 없는 부류였다.

"어이, 거기, 차 좀 가져와."

검고 굵은 눈썹이 돋보이는 붉은 얼굴의 소년이 왕삼에게 말했다. 왕삼은 속에서부터 치밀어 오르는 것을 느꼈지만 묵묵히 고개를 끄덕이곤 차를 담아 내왔다.

찻주전자를 건네주자마자 도망치듯 자리를 벗어났다. 잠시라도 머뭇거린다면 이들은 자신을 주루의 점소이처럼 여길 게 분명했다.

눈길을 마주하기 싫어 고개를 숙인 왕삼은 소년과 소녀들을 피해 빠른 걸음으로 삼판을 가로질러 가다 문득 서늘한 느낌에 고개를 들었다.

그의 얼굴이 잔뜩 찌푸려졌다. 선실로 내려가는 입구를 가로막고 있는 막괴강과 정면으로 마주쳤다.

막괴광의 싸늘한 눈빛은 언제나 사람을 주눅 들게 만들었다. 왕삼이 주춤거렸다. 청룡호에서 마주치기 싫어하는 유일한 사람, 그의 발길은 쉽게 옮겨지지 않았다.

막괴강은 왕삼의 주춤거리는 모습을 보며 입가를 묘하게 비틀었지만 그가 웃는 것인지 아니면 비웃는 것인지 왕삼은 전혀 알 수가 없었다. 마주하는 시간이 길어질수록 왕삼의 표정은 굳어갔고 창백해져 갔다.

연자심은 삼판으로 올라오려다 입구를 등지고 서 있는 막괴강을 보았다. 연자심의 표정이 기이해졌다. 지금까지 막괴강의 모습을 삼판에서 본 적이 없었다. 언제나 그는 자신의 선실이 아니면 선주의 곁에 있었다. 연자심은 막괴강에게 가려 보이지 않던 왕삼을 발견했다. 순간 가슴이 덜컥 내려앉는 것 같았다.

연자심은 즉시 발길을 돌려 장방을 찾아갔다. 연자심이 다급한 목소리로 왕삼의 상태를 이야기했지만 장방은 고기를 썰던 손을 멈추지 않았다.

장방은 천천히 움직였다. 오른손에는 고기를 썰던 번쩍이는 도도를 들고 느린 발걸음으로 삼판을 향했다. 연자심은 장방의 뒤를 따르면서 장방의 손에 들린 칼을 보자 마음이 불안해졌다.

연자심과 장방이 삼판으로 통하는 입구까지 왔을 때도 여전히 같은 모습으로 막괴강과 왕삼은 마주 보고 서 있었다. 주위에는 새로운 구경거리라도 생긴 듯 몇몇 소년과 소녀들이 흥미로운 눈길로 두 사람을 보고 있었다.

"놈!"

장방이 버럭 소리를 질렀다.

막괴강이 희미하게 웃으며 뒤를 돌아보았다. 왕삼은 잔뜩 인상을 찌푸린 채 아랫입술을 힘껏 깨물었다.

장방이 막괴강을 노려보며 말했다.

"어린아이 데리고 뭐 하는 짓이냐. 삼이 너는 내려가라."

막괴강은 장방의 말을 무시한 채 여유로운 웃음으로 장방의 뒤에 서 있는 연자심을 한 번 쳐다본 후 말했다.

"개를 때리면 주인이 뛰어나오는 법. 너를 불러내려면 이 방법이 가장 쉽지 않느냐."

연자심은 그의 말에 의혹을 느꼈다. 지금까지 보아온 바로는 막괴강이 장방에게 할 이야기가 있을 것 같지도 않았고, 있다 하더라도 이런 식으로 장방을 격동시켜 가며 불러낼 이유가 없었다.

두 사람 사이에 무슨 일이라도 있었던가?

연자심으로선 도저히 알 수 없는 일이었다. 하나 한 가지 추측할 수 있는 것은 장방과 막괴강의 그간의 행적이다. 두 사람은 서로 부딪치지 않으려 했다. 장방은 주방과 선실만 오갔고, 막괴강 역시 그러했다. 하지만 왜? 왜 지금 막괴강은 장방을 도발시키려 하는 것인가.

"막가 놈아, 정말 죽고 싶으냐."

"호! 이제 상대할 마음이 생겼느냐?"

장방과 막괴강이 선실의 입구에서 대치하는 형국으로 서로를 노려보고 서 있었다.

장방이 연자심에게 말했다.

"삼이를 데리고 내려가 있어라."

"싫어!"

왕삼이 버럭 소리를 질렀다. 주위에 있던 사람들의 시선이 그에게로 모아졌다.

막괴강은 빙긋이 웃으며 뒤돌아 왕삼을 보았다. 시선이 마주치자 왕삼의 얼굴이 다시 굳어졌다. 막괴강이 한 걸음 다가가자 반사적으로 왕삼이 한 걸음 물러섰다.

막괴강은 작게 소리 내어 웃었다. 그의 웃음소리에 왕삼은 주먹을 불끈 쥐며 크게 숨을 들이마셨다. 그가 다시 한 걸음 다가섰다. 왕삼은 눈을 질끈 감으며 움직이지 않으려 했지만 어깨와 다리가 조금씩 떨리고 있었다.

잠자코 지켜보던 장방이 갑자기 움직였다. 그러나 그는 결코 서둘지 않았다. 그리고 손에 들린 고기 조각과 약간의 피가 묻어 있는 도도 역시 놓지 않았다. 막괴강의 곁을 스쳐 지나간 장방이 왕삼의 앞에 섰다.

왕삼은 눈을 감은 채 떨리는 어깨를 진정시키려 애썼지만 쉽지 않았다. 문득 자신의 앞에 누군가 서 있는 느낌에 조심스럽게 눈을 떴다. 장방이 굳은 얼굴로 자신을 보고 있었다. 왕삼은 고개를 숙여 버렸다. 안도의 눈물인가, 뿌옇게 눈을 가리는 습막을 들키고 싶지 않았다. 잠시 그렇게 왕삼을 바라보던 장방은 굳은 얼굴을 풀고 빙긋 웃으며 왕삼의 어깨에 손을 얹고 가볍게 토닥거렸다.

막괴강은 무표정한 얼굴로 장방을 보고 있었다. 검을 찬 무사와 앞치마를 두르고 투박한 도도를 든 요리사의 대치는 사람들에게 묘한 감응을 불러일으켰다. 이제 모든 사람들의 시선이 두 사람에게 모아졌다.

두 사람의 거리는 일 장여, 갑자기 주위를 메우는 싸늘한 한기에 연자심은 침이 마르는 것 같았다.

장방이 입을 열었다.

"원하는 게 뭐냐?"

"글쎄……. 그건 네가 더 잘 알고 있을 텐데."

"그런가! 누구냐?"

"오래 기다린 사람. 외눈으로 계절이 바뀌는 것을 보아온 사람."

두 사람의 기묘한 대화는 거기서 잠시 멈추었다. 장방이 다시 물었다.

"그는 잘 있는가?"

"아니, 결코 잘 있지 못해."

장방이 고개를 끄덕거리곤 다시 물었다.

"몇이나?"

막괴강이 피식 웃으며 말했다.

"셋."

장방은 고개만 끄덕였다. 다시 침묵이 이어졌다. 장방이 이번엔 침중한 목소리로 말했다.

"지금 싸우면 둘 중 하나는 죽는다. 나중에 싸울 수는 없는가?"

"목적지가 코앞이야. 끝낼 때도 됐지, 안 그런가?"

"그런가? 좋군."

장방은 말을 마치고 하늘을 올려다봤다. 푸른 하늘에 구름이 몇 조각 흘러가고 있었다. 고개를 돌려 왕삼을 보았다. 십여 세 남짓부터 자식처럼 동생처럼 돌봐왔다. 그리고 왕삼에게 보다 나은 미래를 열어 주고 싶었다. 그러나 시간은 언제나 오래 기다리지 않는다.

장방의 표정을 보며 왕삼의 얼굴이 일그러졌다. 갑자기 풍겨오는 장방의 냄새는 예전의 그가 아니었다. 왕삼은 무엇인가 말을 해야 한다고 생각했지만 아무런 말도 하지 못했다.

"기억하고 있겠지? 만약 나와 헤어지면 어떻게 해야 하는지."

"자, 장방!"

왕삼의 부름에 장방은 고개를 가로저으며 빙긋이 웃었다.

"걱정하지 마라. 아직은 아니다. 아직은 말이야."

"하지만……."

장방은 손을 들어 왕삼의 말을 막았다. 그리고 손에 들린 도도를 살짝 들어 올렸다.

"내가 그랬지, 이 칼이 날면 하늘을 쪼개고 바다를 가른다고. 오늘 그것을 볼 것이다."

장방은 뒤로 돌아 막괴강을 보았다. 팔짱을 끼고 있던 그가 팔을 풀며 말했다.

"끝났나?"

장방은 갑자기 빙긋이 웃었다. 그러나 웃고 있는 그의 얼굴과는 다르게 온몸에서 피어오르는 살기에는 막괴강조차 놀란 표정이었으나 이내 사라지고 다시 냉막한 표정으로 돌아갔다.

청룡호를 타고 있던 사람들이 모두 모여 있는 것 같았다. 연자심은 노구겸을 찾았다. 그는 돛대에 등을 기대어 앉아 무표정한 얼굴로 대치하고 있는 두 사람을 보고 있었다. 연자심은 고개를 내밀어 선주가 있는 삼판 위의 높은 목옥을 보았다. 대나무 발이 내려져 있는 창가 너머로 희미한 사람의 그림자가 보였다. 모두 보고 있었다. 청룡호를 타고 있는 사람들 모두가 그렇게 무심한 눈길로 혹은 흥미로운 눈길로 두 사람의 대치를 보고 있었다.

연자심은 청룡호에서 벌어지고 있는 일들에 모든 사람들이 관련이 있을지도 모른다는 생각이 들었다. 어쩌면 막괴강과 장방은 복마전의 시작을 알리는 신호탄이 아닐까?

"소면비도(笑面飛刀)라, 역시……"

막괴강이 낮은 목소리로 중얼거렸다. 그의 낮은 목소리를 알아들은 몇몇 사람은 놀란 눈으로 장방을 보았다. 나이가 많거나 혹은 강호의 상식이 많은 사람들은 막괴강이 말한 소면비도의 뜻을 알고 있었다. 웃는 얼굴로 사람의 인후(咽喉)에 비도를 날리던 사내, 아니, 비도를 손에 들면 잔잔한 미소가 얼굴에 떠오르는 사내는 흑룡당(黑龍黨)과의 혈투에서 두 시진(네 시간) 동안 한 자루의 비도로 서른 명의 목숨을 거두어들였다. 그리고 흑룡당의 최고고수인 대금도(大金刀) 거경(居敬)을 쓰러뜨린 후 자취를 감추었다.

장방이 미소 띤 얼굴로 말했다.

"한 수면 족하겠지?"

막괴강은 침중한 얼굴로 고개를 끄덕였다.

연자심은 장방의 모습을 보면서 어쩌면 세상에서 제일 무서운 얼굴을 보고 있다고 생각했다. 미소 띤 얼굴로 살인을 할 수 있는 사내의 마음은 어떻게 생겼을까?

평상시 장방의 모습을 기억하며 현재의 모습을 찬찬히 살펴보았다. 왕삼의 응석 같은 투정을 모두 받아주면서도 화를 내는 것을 본 적이 없었다. 언제나 웃는 얼굴로 요리를 했고, 그것은 결코 가식이 아니었다. 하지만 현재의 장방은?

연자심의 생각이 여기까지 미치자 왠지 장방의 웃음은 자신의 운명에 대한 슬픔의 표현은 아닐까 하는 생각이 들었다.

두 사람은 천천히 움직였다. 장방은 거리를 벌리려 했고, 막괴강은 좁히려 했다.

왕삼은 눈을 부릅뜬 채 장방의 모습을 좇고 있었다.

평상시에 넓어 보이던 청룡호의 삼판이 갑자기 너무나 좁아 보였다. 거리를 넓히려는 자와 좁히려는 자, 두 사람에게 이 공간은 한 줌밖에는 되지 않을 것이다. 조금씩 움직이던 두 사람이 손발을 맞춘 듯 정지했다. 사람들은 숨을 죽이고 두 사람의 일거수일투족을 놓치지 않으려는 듯 유심한 눈길로 바라보고 있었다.

막괴강이 오른발을 앞으로 내디디며 웅크린 자세로 검병에 손을 올렸다. 두 사람의 거리는 여전히 일 장을 유지하고 있었다. 막괴강과 같은 고수에게 일 장의 거리란 공격하기 알맞은 거리다.

막괴강은 장방의 손에 들린 칼을 보았다. 비도술을 쓰는 그에게는 어울리지 않는 칼이었다. 저 큼직한 도도를 비도처럼 사용할 수는 없다. 그렇다면 장방의 공격은 왼손에서 발출하는 비도가 될 것이다.

그러나 쉽사리 공격할 수 없었다. 한 번의 발검으로 찌르기를 하든 베기를 하든 장방의 오른손에 들린 칼이 막아낸다면 자신에게 기회란 없을 것이기 때문이다.

장방은 느긋한 심정으로 기다렸다. 하지만 이런 상황은 곧 파탄에 이르리라는 것을 알고 있었다. 막괴강은 절대로 먼저 움직이지 않을 것이다. 자신이 불리한 점은 하나, 칠 년간 싸워보지 못했다는 점이다. 감각적으로 그에게 많이 뒤처져 있을 것이 분명했다.

장방이 먼저 움직였다. 발을 굴러 뒤로 몸을 튕기며 사선으로 떠오르는 그는 마치 보이지 않는 줄에 매달린 것 같았다.

막괴강은 전력을 다해 일직선으로 내달렸다.

장방은 오른손에 들린 도도의 손잡이에서 손을 떼었다. 스스로의 무게에 의해 빙글빙글 돌며 떨어져 내리는 칼.

막괴강은 떨어지는 칼을 보며 흠칫했으나 상황은 이미 활을 벗어난 화살처럼 되돌릴 길은 없었다.

장방은 가볍게 손을 털었다. 그것은 마치 물 묻은 손에서 물기를 털어내듯 가벼웠지만 어느새 손가락 사이사이에는 여덟 자루의 비도가 고개를 내밀고 있었다.

장방의 비도가 준비됐을 때 막괴강의 검은 검집을 벗어나고 있었다. 장방이 비도를 날렸다. 쏜살같이 날아드는 여덟 개의 비도는 매의 발톱처럼 사냥감을 찢어발기듯 막괴강을 덮쳐 갔다.

막괴강은 날아오는 여덟 자루의 비도 중심부를 향해 뛰어들었다. 어차피 장방과 같은 고수를 상처 하나 없이 이길 수는 없는 노릇이었다. 그러나 상처는 최소한으로 줄여야 했다. 그의 손이 움직이기 시작했다.

연자심은 놀란 눈으로 막괴강의 검법을 보고 있었다. 어깨의 움직임을 줄이고 엄청나게 빠른 손목의 움직임으로 검을 휘둘러 비도를 봉쇄하는 모습은, 마치 새의 깃털이 바람에 흩날리듯 사방으로 비산(飛散)하는 것 같았다.

"끝이다!"

막괴강의 외침은 승리자의 포효 같았다. 놀랍게도 그는 눈에 보이지도 않는 속도로 날아드는 여덟 개의 비도를 모두 막아냈다.

장방의 공격은 실패로 돌아간 것 같았다. 그의 몸은 아직도 허공에 떠 있었다.

막괴강의 검은 장방의 단중혈을 노리고 날아들었고, 아무것도 그의 날카로운 검을 막을 수 없을 것 같았다.

그러나 그때, 아무도 믿을 수 없는 일이 벌어졌다.

막괴강의 검이 장방을 막 찌르려는 순간 장방의 손에서 떨어져 내리던 도도가 삼판에 부딪치며 믿을 수 없는 속도로 튀어 올랐다.

쒜에엑—

한 자루의 도도는 승천하는 용처럼 기성을 울리며 하늘로 치솟았다.

막괴강은 바닥에서부터 치밀어 올라오는 서늘한 기운에 깜짝 놀라 급하게 왼쪽으로 몸을 비틀었다. 허리가 뿌드득 하는 비명을 지르고 아랫배에서부터 신음 소리가 튀어나왔다.

그러나 그의 힘겨운 노력에도 불구하고 엄청난 속도로 튀어 오르는 도도를 완전히 피할 수 없었다. 도도는 그의 오른쪽 허벅지를 베고 공중으로 튀어 올라 둥글게 회전하며 장방에게 날아갔다.

막괴강은 허리를 펴며 똑바로 섰다. 베어진 허벅지에서 뒤늦게 피가 흘러나오기 시작했지만 그의 표정은 변함이 없었다.

그가 천천히 입을 열었다.

"놀라운걸. 이런 수가 있으리라곤 상상도 못해 봤어."

장방은 여전히 미소 띤 얼굴로 자신의 손에 들린 도도를 살짝 들어 올리며 말했다.

"내 말을 믿지 않았나 보군. 내가 그랬지, 이 도(刀)가 날면 하늘을 쪼개고 바다를 가른다고."

"그렇군."

막괴강은 고개를 끄덕이며 뒤돌아 길게 핏자국을 남기며 걸어갔다. 장방은 물끄러미 그의 뒷모습을 바라보다가 왕삼에게 걸어갔다.

"내려가자."

장방의 그 한마디는 모든 상황의 끝을 선언하는 것이었다. 그렇게 모든 상황은 종료되었다. 두 사람의 승부를 바라보던 사람들은 모두 제자리로 돌아갔다. 하지만 쉽게 잊을 수는 없을 것이다. 그리고 연자심은 이런 비정상적인 상황을 당연하게 바라보는 사람들의 눈길에서 폭풍 전조와 같은 기운을 느꼈다.

왕삼의 침묵은 오래갔다. 장방은 개의치 않는 것 같았다. 하지만 왕삼의 침묵이 오래가면 갈수록 연자심은 걱정이 되었다.

연자심은 생각했다. 어쩌면 왕삼은 알을 깨고 나오는 병아리처럼 지금 깨어나려 하고 있을지도 모른다. 그것은 때때로 그의 눈 깊숙한 곳에서부터 타오르는 불길이 곁에 있는 자신에게까지 느껴졌기 때문이다.

"…장방, 나 가르쳐 줘."

이틀 만에 입을 연 왕삼의 말이었다.

"뭘?"

"그거, 장방이 하던 거."

장방이 피식 웃었다.

"네놈은 칼을 잡으려면 아직도 멀었다. 설거지나 제대로 할 줄 알면 칼을 잡게 해주지."

"지금 농담하는 거야."

장방은 여전히 웃고 있었지만 눈은 웃지 않았다.

"다시 한 번 생각해 볼 수 없느냐?"

왕삼은 고개를 저었다. 물끄러미 왕삼을 바라보던 그가 한숨을 내쉬며 고개를 끄덕였다.

왕삼의 얼굴이 밝아졌다.

연자심은 자신의 일처럼 기분이 좋았다. 어쩌면 장방이 고개를 끄덕이지 않았다면 자신이 청룡호를 떠나기 전에 왕삼에게 암영권을 가르쳐 주려고 했을 것이다. 그러나 이젠 그럴 필요가 없어져 버렸다.

장방과 왕삼이 주방을 나섰다. 그날 이후 두 사람은 틈만나면 선실에 틀어박혔고, 왕삼은 아예 얼굴조차 보기 힘들었다. 장방은 왕삼의 식사까지 직접 챙겼다.

늦은 저녁, 연자심은 삼판으로 나갔다. 막괴강과 장방의 혈투와는 상관없이 사람들에게는 별다른 변화가 없었다. 하지만 선부들의 분위기는 달랐다. 그것은 자신이 아주 잘 알고 있다고 생각했던 사람이 어느 날 갑자기 낯선 사람같이 느껴지는 기분이었을 것이다.

바다도 검었고 하늘도 검었다. 하늘에도 별이 있었고, 바다에도 별이 있었다. 바다에 뜬 일렁이는 달이 없었다면 어디가 바다고 하늘인지 전혀 구분할 수 없을 것 같았다.

이제는 선부들도 배가 어디쯤 가고 있는지 알지 못했다. 하지만 선부들은 그것에 대해서도 별다른 감흥이 없는 것 같았다. 어차피 어디로 가든 선부들은 바다에 빠져 죽지 않고 항구에 도착하면 그뿐이었다. 어디로 가든지 말이다.

좁은 선실은 왕삼의 연무장이었다. 장방과 왕삼을 방해하고 싶지 않은 연자심은 아침에 일찍 선실을 나섰고 모두가 잠든 후 선실을 찾았다. 오늘도 삼판에서 왕삼이 잠들기를 기다리고 있었다.

"왜 매일 밤 이곳에 있나?"

연자심은 뒤를 돌아보았다. 어둠 속에서 반짝이는 두 눈은 별빛을 보는 것 같았다. 그가 한 걸음 더 다가오자 희미하게 얼굴이 보였다.

"…구양 공자!"

구양수였다. 언제나 사람들의 중심에 서 있던 소년. 처음 삼판에 나오던 날 노구겸의 요청을 받아들여 간단하게 문제를 해결했던 소년은 언제나 자연스럽게 주위를 압도하고 있었다.

연자심은 그의 스스럼없는 태도에 조금 놀랐다. 엄격히 따지자면 그는 명문세도가의 사람이었고, 자신은 현재 뱃사람일 뿐이었다. 결코 대화를 나눌 수 있는 상대가 아니다.

생각이 여기까지 미치자 연자심은 씁쓸한 기분이 되었다.

"이 배는 특이하더군. 아주 특이해. 하지만 뭐, 우린 목적지까지 제 날짜에 도착하면 그뿐이지만 말이야."

말을 하며 연자심의 바로 곁으로 다가왔다.

"그런가요. 전 모든 사람이 특이해 보이더군요."

구양수는 연자심의 말을 들으며 고개를 끄덕였다. 연자심은 그가 자신의 말을 이해하고 끄덕인다는 생각은 들지 않았다. 아마도 다른 뜻으로 받아들였을 것이다.

"자네도 외톨인가?"

"구양 공자도 그런가요?"

구양수는 잠시 연자심을 바라보다가 고개를 끄덕이며 말했다.

"눈에 띄었지. 표가 나거든. 동류 의식이랄까. 어디에도 속하지 못한 사람. 자네는 이 배의 선부가 아니지."

연자심은 그의 날카로운 눈길에 조금 놀랐으나 내색하지 않았다.

구양수가 말을 이었다.

"요리사는 누구인가?"

연자심은 그가 접근한 의도가 장방 때문일지도 모른다고 생각한 것이 맞았음을 알자 쓴웃음을 지어야 했다.

"저도 모릅니다. 그분은 이곳에서 장방으로 불리며 요리사이자 하나뿐인 의원이라는 사실밖에는 아는 바가 없습니다."

연자심의 대답에도 구양수의 표정엔 변화가 없었다.

"이 배가 어디로 가는지 알고 있나?"

연자심은 잠시 망설였다. 어떤 대답을 해야 할까? 구양수의 눈을 보았다. 반짝이는 눈 속 저편에 무엇이 꿈틀거리고 있을까?

연자심은 할아버지의 말을 기억했다. 고수란 자신을 숨기고 다른 사람의 마음을 읽을 줄 아는 사람이라 했다. 자신을 숨기고 상대의 마음을 읽을 수 있다면 결코 지지 않을 것이다. 그의 나이는 어리지만 고수라 할 수 있었다.

연자심이 결정을 내렸다.

"운현도로 간다고 알고 있습니다."

"비밀은 아니지만 이 배에서 그곳에 가는 것을 아는 사람은 많지 않을 텐데……. 요리사가 말했나 보군."

연자심은 부정도 긍정도 하지 않았다.

그때 어둠의 저편에서 또 한 사람이 걸어왔다. 작은 발걸음은 가벼웠지만 매우 규칙적이었다. 두 사람의 고개가 돌아갔다.

"강 소저!"

구양수는 의외라는 듯 놀란 얼굴로 말했다. 연자심은 미간을 좁히며 누구인지 확인하려 했지만 전혀 알 수가 없었다. 그녀는 머리에서 발끝까지 온통 하얀 천으로 휘감고 있는 것처럼 보였다.

차양이 달린 넓은 모자에는 상반신을 가릴 만큼 길게 늘어뜨린 흰 천이 붙어 있어 얼굴을 전혀 알아볼 수 없었다. 연자심은 이 특이한 복장의 여인을 두어 번 본 기억이 났다.

"구양 공자시군요."

소녀의 맑은 목소리는 상쾌한 느낌을 주었다. 구양수가 빙긋 웃으며 말했다.

"강 소저가 웬일로 삼판엘 다 오셨소?"

"저는 오면 안 되는 곳인가요?"

"하하하, 천만에 말씀. 단지 밤보다는 낮에 보는 것이 훨씬 더 흥미가 있을 것이오."

구양수는 그녀가 낮 동안에는 거의 움직이지 않는다는 것을 말한 것이다.

"전 낮보다 어두운 바다를 더 좋아한답니다. 그런데 이분은 누구신가요?"

구양수가 손바닥으로 자신의 머리를 살짝 두드리며 말했다.

"이런, 이런. 여태까지 통성명도 안 했으니……. 자네 이름이……."

구양수의 목소리는 조금 전까지와 조금 달랐다. 조금 더 위엄 있고 낮은 목소리였다. 그것이 연자심에게는 볼일없으니 이제 그만 가보라는 축객령처럼 들렸지만 조금도 기분 나쁘지 않았다. 그와는 결코 길게 이야기를 나누고 싶지 않았기 때문이다.

"연자심이라 합니다. 저는 이만, 두 분은 이야기를 나누시지요."

연자심은 구양수를 보며 이름을 말하고, 두 사람에게 포권을 해 보이며 자리를 뜨려 했다.

"연 공자는 자신의 소개만 하고 가시려 하나요?"

소녀의 갑작스런 물음에 연자심은 조금 놀란 표정으로 발걸음을 옮기려다 멈추곤 그녀를 바라보았다.

구양수가 먼저 말했다.

"그는 이 배의 사람이오."

"저도 알고 있답니다. 하지만 나는 잠시 대화를 나누고 싶군요."

연자심의 얼굴이 미미하게 찌푸려졌다. 구양수도 소녀도 자신에게 의사를 묻지 않고 있었다. 그리고 그녀의 물음이란 묻지 않아도 알 수 있을 것 같았다.

구양수가 웃으며 말했다.

"그럼 제가 자리를 비켜 드릴 테니 이야기를 나누시오."

"아니요. 지금 그러실 필요는 없어요. 오해란 너무나 쉽게 맺어지는 것이니까."

구양수는 입을 다물었다. 소녀의 말은 조금 후에 가라는 소리였다. 그녀가 말을 이었다.

"연 공자, 저는 연화라고 합니다."

구양수의 얼굴이 미미하게 굳어졌다.

연자심은 의아한 얼굴로 그녀를 보았다. 그것은 소녀가 자신의 이름을 너무나도 간단히 밝혔기 때문이다. 구양수도 마찬가지였다. 그는 강연화가 자신을 통해서 연자심과 대화를 나눌 것이라 생각했기 때문이다.

연화가 작게 웃었다.

"한여름에 매화꽃이 핀 돌을 깨뜨린 사람이 누구였죠?"

연화는 수수께끼와 같은 말을 했다. 구양수는 흥미로운 눈길로 두 사람을 보았고, 연자심은 잊었던 기억 저편에서 해답을 찾고 있었다.

"…혹 …시, 연화 누님!"

"호호, 내 이름을 듣고도 기억을 못하다니 여전히 늦구나."

연자심의 눈은 찢어질 듯이 커졌다.

매화꽃이 핀 돌을 깨뜨린 건 연화였다. 연자심이 여덟 살 무렵, 연화는 두 살이 더 많았다. 서원에서 글을 배울 때 일어난 사건으로, 서원의 원주가 아끼던 매화가 양각된 벼루를 연화가 실수로 떨어뜨렸다. 연화는 하얗게 겁에 질린 얼굴로 떨었다. 그때 연자심이 그녀의 실수를 덮어주었지만 그 때문에 한동안 애를 먹어야 했다.

연화와 연자심이 그렇게 가깝게 지낼 수 있었던 것은 그녀의 아버지 강성룡과 연무필이 백호장으로 같은 병영에 있었고, 호형호제를 할 정도로 가까운 사이였기 때문이다. 덕분에 두 사람은 친남매처럼 지냈다.

"내년이면 십 년인가. 네 모습은 그리 크게 변하진 않았구나."

구 년 전 강성룡은 무장을 그만두고 연경으로 떠났었다. 연화가 떠나고 연자심은 며칠을 울었다.

"연 백부님은 안녕하시고?"

"아버님이야 언제나 그렇죠. 아마도 보면 전혀 변하지 않으셨다는 것을 알게 될 겁니다."

"그런데 네가 여긴 웬일이냐?"

"아버님이 저를 이 배에 파셨어요."

"뭐야!"

연화가 놀란 목소리로 소리쳤고, 연자심은 큰 소리로 웃으며 말했다.

"농담입니다. 연경에 가는 길입니다. 가는 도중 인생 수업이나 하라고 배의 선부로 보내 버렸습니다."

"그럼 그렇지……. 그런데 연경엔 왜? 친척이라도 있니?"

"아뇨, 남릉서원에 가야 해서요."

"그래!"

연화는 기쁜 듯 밝은 목소리로 말했다. 연자심은 순간 아차, 하는 생각이 들었다. 갑자기 나타난 연화 때문에 구양수가 옆에 있다는 것을 잊어버린 것이다.

구양수는 연자심의 이야기를 듣다 깜짝 놀란 표정을 지어야 했다. 당금의 한림 원주와 황사가 모두 남릉서원 출신이었다. 그리고 관부의 요직에 있는 많은 사람들이 남릉서원에서 배출된 사람이었다. 그만큼 위세를 떨치고 있는 남릉서원에 들어간다는 것은 쉽게 말할 수 있는 것이 아니었다.

"넌 어릴 때도 대단했으니까. 원주님이 네게 무척이나 기대를 했기 때문에 내가 깨뜨린 벼루를 네가 깼다고 했을 때도 원주님이 별말씀을 안 하셨지. 그 덕분에 내가 살았지만 지금도 그때 생각만 하면 끔찍하다."

연화는 장난스럽게 어깨를 부르르 떨며 말했다.

연자심이 빙긋이 웃으며 물었다.

"백부님과 백모님은 안녕하시죠?"

갑자기 연화의 분위기기 바뀌었다. 그것은 마치 살기처럼 차갑고 냉막한 것이었다.

뜻밖의 반응에 연자심은 당황했다.

"무… 슨…… 일이라도……?"

조심스런 연자심의 질문에 연화는 대답 대신 힐금 구영수를 보았다.

구양수는 연화의 행동이 자신 때문에 말하기 곤란하다는 뜻이며, 그만 가도 된다는 축객령이라는 것을 알았다. 어차피 연화가 구양수를 가지 못하게 한 것은 다른 사람에게 오해를 받지 않도록 연자심과 자신의 만남의 증인이 되어달라는 것이었고, 자신은 충분히 제 역할을 해 냈다고 생각했다.

구양수가 미소를 지으며 무엇인가 말하려 할 때 어둠 저편에서 또 한 사람이 걸어왔다. 모두의 시선이 그쪽으로 돌아갔다.

"오라버니!"

연자심은 그녀가 누구인지 기억했다. 왕삼이 정신없이 바라보고 있던 작은 체구에 목련꽃을 연상케 하는 소녀였다. 구양수가 얼굴에 한가득 웃음을 띠며 말했다.

"어서 오너라."

"강 소저!"

다가오던 소녀가 연화를 보며 놀란 표정으로 눈을 동그랗게 떴다. 그러나 그것도 잠시, 눈길을 돌려 구양수를 보며 애교 넘치는 목소리로 말했다.

"오라버니 가요. 사람들이 기다려요."

"알았다, 잠시만."

구양수는 소녀에게서 눈을 돌려 연화와 연자심을 보며 말했다.

"강 소저, 이야기 즐거웠소. 그리고 연형은 내가 사과하리다. 다음에 정식으로 인사를 나누겠소."

말을 마치자 그는 소녀와 함께 멀어져 갔다. 연화는 구양수와 소녀의 뒷모습을 잠시 보다가 그들이 완전히 사라지자 입을 열었다.

"저 나이에 대단하지? 구양가에서도 엄청난 기대를 하고 있다고 하더구나. 그리고 소녀는 구양수의 동생 구양정이라고 한다."

연자심은 연화가 자신의 물음을 의식적으로 피하며 말을 돌리고 있다고 생각했다. 연자심은 물끄러미 그녀를 바라보며 대답을 기다렸다. 연화는 하얀 대리석 기둥처럼 그렇게 서 있기만 했다.

연화가 천천히 발걸음을 옮겨 삼판의 난간에 기대섰다. 바닷바람이 연화의 옷깃을 가볍게 흔들었다.

"휴!"

그녀가 짧게 한숨을 내쉬었다. 그리고 말을 이었다.

"연경을 향하다가 중간에 도적 떼를 만났어. 아버지는 힘껏 싸웠지만 그들의 수가 너무 많았지. 끝내 아버지가 쓰러지자 나머지 식솔들은 추풍낙엽처럼 쓰러져 갔고, 어머니와 여자들은……. 하여튼 식솔들이 도적의 칼에 모두 죽어갈 때 마침 그곳을 지나시던 사부님이 도적 떼를 물리치셨지. 하지만 살아남은 사람은 나 하나였어. 갈 곳 없는 나를 사부님이 데려다가 제자로 삼으셨고, 그렇게 된 거야."

그녀의 목소리는 조금 갈라지고 있었다. 연자심은 백면으로 얼굴을 가려 그녀의 표정은 볼 수 없었지만 그녀의 목소리에서 슬픔을 느낄 수 있었다. 연자심은 아무 말도 할 수 없었다. 잠시 침묵이 지속됐다.

이윽고 연자심이 입을 열었다.

"몰랐어요. 연경에 가면 백부님과 누님을 꼭 찾아보려고 했는데……. 아버지도 무척 궁금해하셨지만 무소식이 희소식이다 생각하시고, 소식이 오기를 기다리고 계셨는데……."

그녀는 고개를 살래살래 저으며 말했다.

"아냐, 내가 소식을 전했어야 했는데 연 백부님에게 죄송하구나. 하지만 어쩔 수 없었어. 사부님과 함께해야 했기 때문에……."

"그런데 왜 그런 걸? 얼굴에 상처라도 입은 거예요?"

연자심의 걱정스런 물음이었다.

"이건 무공 때문이야. 내가 익히고 있는 것이 한빙장이거든."

"냉월선자(冷月仙子)!"

"어떻게 그걸……."

연화는 조금 놀란 목소리로 말했다. 그녀로선 무공을 모르는 연자심이 자신의 사부를 단박에 알아맞히는 것이 놀랍지 않을 수 없었다.

"할아버지께 들었어요. 강호에서 한빙장을 쓰는 사람은 십대고수 중에 일인인 냉월선자라고. 한빙장은 일 장에 사람을 꽁꽁 얼려 버릴 정도로 무서운 거라고 하셨는데."

"아! 참, 할아버님은?"

그녀도 일 년가량 연자심의 할아버지를 보았다.

"오 년 전에 돌아가셨어요."

"그렇구나. 내게 무척이나 잘해주셨는데, 그러고 보니 '우리 손주며느리' 그러시며 놀리시던 것이 생각나는구나."

"그, 그걸 아직도 기억해요?"

연자심이 얼굴을 붉히며 머리를 긁적였다. 그녀는 그런 그를 보며 작게 웃었다.

"오래간만에 만났으니 얼굴을 보며 이야기하고 싶지만 한빙장 공부 때문에 아직은 보기 흉하거든. 십성의 성취가 있으면 덜 보기 흉할 텐데……. 아직은 팔성에 머물고 있어서 머리카락의 삼분지 이 정도만 하얗거든. 십이성 성취하면 원상태로 돌아갈 거야."

여자든 남자든 다른 사람에게 그런 모습은 결코 보이고 싶지 않을 것이다.

"운현도에 가는 것은…… 한빙장 수련을 위해선가요?"

"그런 셈이지. 하지만 반드시 그 이유는 아니야. 사실 한빙장을 수련하려면 따뜻한 남쪽으로 내려와서……. 자세한 건 밝히기 곤란하다. 사부님의 엄명이라."

연자심은 고개를 끄덕였지만 왠지 조금 섭섭한 마음이 들었다. 그러나 사람에겐 누구나 밝힐 수 없는 것이 있다. 자신도 주변 사람에게 숨기고 있는 것들이 있지 않은가. 그리고 알아야 할 것이라면 시간이 해결해 줄 것이다.

"이번 일이 끝나면 안 그래도 연 백부님과 너를 찾아보려고 했었어. 소식도 전할 겸……."

그녀의 목소리는 다시금 잦아들었다.

연자심은 생각했다. 어쩌면 자신과 만나는 것도 그녀에겐 편치만은 않을 것이다. 행복했던 어린 시절이 떠오르면 반대 급부로 불행하게 돌아가신 부모님이 생각날 것이다. 인간에게 행복과 불행은 이렇듯 맞닿은 곳에 있는 것은 아닐까.

그러나 오늘만은 연화가 그런 생각을 하지 않기를 바랐다. 오랜 시간이 흐른 후에 만난 반가운 사람으로 하여금 슬픔을 떠올리는 일은 서로에게 불편함을 가져올 뿐이기 때문이라 생각했다.

연화가 입을 열었다.

"아버님이 돌아가실 때 나더러 연 백부님 집으로 가라고 하셨어. 하지만 어린아이 혼자서는 돌아갈 수도 없었고, 사부님도 급한 일이 있으신지라 그럴 수가 없었지."

"왠지 미안하네요. 힘든 일을 혼자 겪게 한 것 같아서……."

"어쩔 수 없는 일이었으니까. 오래간만에 만났는데 그런 우울한 이야기는 집어치우고 그래, 어떻게 지냈어?"

그녀가 목소리를 애써 밝게 하며 물었다.

"매일 똑같은 생활이었죠. 서원에서 자고 먹고 공부하고 그렇게 살았죠. 이렇게 집을 떠나는 것도 이번이 처음이에요."

"아이구, 불쌍한 녀석. 하긴 남릉서원에서 받아줄 정도라면 고생 좀 했겠다."

연자심이 대꾸를 하려다 들려오는 가벼운 발자국 소리에 입을 다물고 고개를 돌려 바라보았다.

어둠 속에서도 잘 다져진 몸매와 검고 짙은 눈썹이 돋보였다. 그가 입을 열었다.

"강 소저가 여긴 웬일이시오?"

"그러시는 남 공자는 무슨 일인가요?"

그는 곧장 연화와 연자심의 앞까지 걸어왔다. 그리고 부리부리한 눈으로 연자심을 흘금 보고는 연화에게 말했다.

"강 소저도 선실이 답답하신 모양이오. 시원한 밤 바다를 보며 대화를 나누고 싶으셨다면 저를 부르실 것이지……."

다분히 누군가를 비하하는 언사였다. 연자심은 그것이 자신을 두고 한 말이라는 것을 잘 알고 있었다. 그러나 아무래도 상관없었다. 배를 타고 가는 동안 배 안에서 일어난 일들은 흘러가는 물처럼 그렇게 내버려 두는 것이, 마음을 쓰며 고생하는 것보다 훨씬 좋다는 결론에 도달한 지 오래였다.

연화가 달갑잖은 목소리로 말했다.

"저는 이쪽이 훨씬 더 즐겁군요."

사내가 기이한 눈으로 두 사람을 흘금거렸다.

연자심의 흘끔거리는 눈이 그의 남자다운 모습과는 어울리지 않다고 생각했다.

"제가 실례를 한 것 같군요."

사내가 가볍게 포권을 하곤 스쳐 지나갔다. 그가 멀어져 가자 연화가 속삭이듯 말했다.

"그는 남철곤(湳哲坤)이란 자로 겉모습은 남자다운 사람이긴 하지만 행사가 그에 미치지 못한다. 오래 상대할 사람은 아니지."

연자심이 슬쩍 고개를 끄덕였다.

"네 모습을 보니 마음이 든든하구나. 그런데 호가 삼형제와는 어떻게 됐니?"

연자심이 빙그레 웃기만 했다. 호가 삼 형제라면 어렸을 때부터 앙숙처럼 지내던 사이였다.

"웃지만 말고."

"어릴 때나 툭탁거리며 싸움질을 했지, 지금까지 그러겠어요."

"유달리 삼 형제와 사이가 좋지 않았잖아."

"연화 누님 덕이었죠."

"나?"

연화가 의아한 목소리로 물었다.

"누님이 떠나고 나서 호가의 첫째가 실토를 했지요. 누님하고 제가 가까이 지내서 샘을 낸 것이라고."

"……."

"그 뒤로는 친하게 지내진 못했지만 별다른 싸움도 없었어요. 참, 호가의 첫째는 여섯 달 전에 혼인을 했죠."

"하긴 그럴 나이지. 너는?"

연자심이 어깨를 으쓱거렸다.

"사오 년 동안 서원 밖을 나와 본 게 며칠밖에 안 될 겁니다. 아버님의 엄명이었죠. 할아버지가 돌아가신 후로는 서원에서 기거하며 지냈으니까요. 누님은?"

"나도 비슷하지. 사부님과 같이 지내다 얼마 전에 명을 받고 나왔으니까. 그나저나 남릉서원에 들어가게 됐으니 앞으로 세도가들이 눈독을 들이겠구나."

"그럴 리가요. 남릉서원엔 인재가 구름같이 몰려 있다고 하는데, 나 같은 사람이야 어디 눈에 띄기나 하겠어요."

연화가 고개를 저었다.

"아니, 너라면 남릉서원보다 더한 곳이라도 충분하다고 생각해. 참, 백부님의 무공은 배운 거니?"

연자식인 머리를 긁적였다.

"서원에 들어간 뒤론 아버님이 절대로 검을 잡지 못하게 하셨죠."

"그럼 가전은 누가 이은 거니?"

"막내 녀석에게 어쩔 수 없이 가르치시는 것 같은데 자세히는 저도 잘 몰라요. 제겐 비밀로 하신 거라."

"그렇구나. 예전에 아버님이 말씀하시길 십팔로무영검법이 상승검술이라고 하셨는데."

연자심은 문득 그녀가 조금 아쉬워하고 있는 듯한 기분이 들었다.

"검법이 필요하세요?"

연화가 주저하다 입을 열었다.

"실은 내 사매가 검법에 관심이 많아. 그런데 사부님이나 나나 장법을 주로 하니 검에 대한 조예가 없고, 그렇다고 다른 검법가에게 사사(師事)를 받을 수도 없는 노릇이지. 이번 기회에 될 수 있으면 백부님에게 인사도 드리고, 짧게라도 기초적인 것들을 제대로 배우게 하고 싶었거든. 운현도에 들어가면 한동안 바깥 구경을 못하게 될 테니."

연자심은 이해할 수 있을 것 같았다. 그녀의 말대로 이미 사부가 있는데 검법을 배우고자 다른 사람을 사부로 모실 수는 없었다. 이것이 가능하려면 사승의 관계를 끊고 새로이 사부를 모실 수밖에 없었다. 사승의 관계가 아닌 이상 상승의 검리를 배울 수 있는 방법은 없는 것이나 마찬가지다.

그런 면에서 연자심의 아버지인 연무필은 꺼려 하지 않았다. 자신의 검법을 병영에서 병사들에게 가르치기까지 했다. 그중에 재능이 있는 몇몇 사람에게, 노구겸 같은, 상승의 검리를 가르치기도 했다.

"뭐, 그 정도라면 제가 아는 데까진 가르쳐 드릴 순 있어요. 아버님의 십팔로무영검법의 진수는 보지 못했지만."

"그래도 괜찮겠니?"

연자심이 빙긋 웃었다. 그때 누군가 다가왔다. 연화가 슬쩍 뒤를 돌아보며 말했다.

"호랑이도 제 말하면 온다더니."

"사저, 뭐 하고 계셨어요?"

아직은 소녀티가 가시지 않은 여인은 크고 동그란 눈에 백설처럼 하얀 얼굴을 하고 있어 작고 귀여운 토끼를 연상케 했다. 그러나 눈꼬리가 매섭게 치켜 올라가 마치 고기를 먹는 토끼가 있다면 그녀 같지 않을까 하는 생각이 들었다.

"네 소원을 들어주려고 노력 중이잖니."

"제 소원이요?"

그녀의 큰 눈이 더 커졌다. 그리고 조금 들뜬 목소리로 물었다.

"설마 제 소원을 알고 계신 거예요?"

"그럼, 그래서 네게 검 선생을 모셔왔다."

"네에?"

짧은 순간 그녀의 얼굴에서 실망의 빛이 스쳐 지나가는 것을 연자심은 보았다.

"왜? 매일 검법 타령을 하더니?"

"아, 아뇨. 너무 갑작스러운 일이라."

그녀가 어색한 표정으로 웃었다.

"그런데 검 선생은 어디에?"

"여기."

연화가 연자심을 가리키며 말했다. 소녀의 눈이 휘둥그레졌다. 입고 있는 행색을 보아하니 분명 청룡호의 선부 복장이었다.

"그, 그러니까…… 선부잖아요!"

그녀가 소리를 질렀다.

연화가 천연덕스레 말했다.

"왜 선부면 검을 쓸 줄 모른다고 하디?"

"그래도."

"아마 그가 검법을 보고 익힌 햇수로 따져도 이 배에 타고 있는 사람들에 비해 결코 적지 않을 것이다."

"……."

"그리고 내가 소개해 주겠다고 하던 분의 아드님이다. 이만하면."

"그래도 선부잖아요."

"글쎄, 그냥 선부가 아니라니까."

"좋아요. 그럼!"

연자심은 대화를 나누는 두 사람을 멀뚱히 쳐다보고 있다가 소녀의 어깨가 움찔거리는 것을 보았다. 연자심은 반사적으로 반 걸음 비켜섰다. 그가 서 있던 자리를 꿰뚫는 검날이 연자심의 등골을 서늘하게 만들었다.

연화가 짧게 비명을 질렀다. 사매가 그렇게 갑자기 찌르기를 시도할 줄은 전혀 예상하지 못했다.

소녀는 팔을 길게 뻗은 찌르기 자세로 굳은 채 잠시 할 말을 잃었다. 그녀는 연자심을 진짜로 찌르려고 한 것은 아니었다. 단지 찌르기로 위협만 하려 했다. 그러나 자신의 검이 미처 검집을 빠져나오기도 전에 연자심이 반 걸음 물러섰고, 그 움직임에 반응하듯 길게 찌르고 말았다. 그것은 마치 목표물을 겨냥하고 던지려는 순간 목표물이 움직이자 무의식 중에 따라 움직인 것이었다.

연화가 급히 다가왔다.

"괜찮니?"

연자심이 고개를 끄덕였다.

"무슨 짓이냐!"

"아, 아니, 진짜로 찌르려던 게 아니고 얼떨결에……."

"뭐야?!"

연화가 벌컥 화를 냈다.

연자심이 쓰게 웃으며 말했다.

"연화 누님, 전 괜찮습니다. 다행히 이 소저께서 약간 비켜 찌르셔서."

"거짓말!"

그녀가 소리를 빽 질렀다.

"난 정확하게 이 사람 목 앞에서 멈추려고 했는데 검이 검집에서 미처 빠져나오기도 전에 이미 검이 찌를 자리를 피했어요!"

"우연입니다."

연자심이 머리를 긁으며 변명했다. 그녀가 표독스런 눈으로 연자심을 쏘아보았다.

연화도 기이한 눈으로 그를 보았다. 자신의 사매는 검법을 사사받진 못했어도, 그간 검을 들고 수없는 찌르기와 베기를 연습하고 있었다. 검법은 몰라도 찌르기와 베기는 어느 정도 자신을 가진 상태였다. 게다가 검법은 아니지만 체계적으로 무공을 배워온 상태다. 그런 그녀의 찌르기라면 보통 사람이 손쉽게 피할 수 있는 것이 아니다. 하지만 사매의 말에 의하면 연자심은 찌르기도 전에 찌를 곳을 알고 피한 것이다.

연화가 갑자기 손을 들어올려 한빙장의 일초식인 백설분분(白雪紛紛)을 시전했다. 순간 흰 눈발이 그에게 쏟아졌다. 그리고 마치 뚝 소리라도 날 것처럼 눈발이 한순간에 사라졌다. 그녀의 손은 연자심의 가슴에 놓여 있었다.

그녀가 눈을 갸름하게 떴다. 생각대로라면 자신의 손은 그의 가슴에 닿아야 했다. 그러나 그녀의 손은 그의 가슴에 닿지 못했다. 그녀의 손과 연자심의 가슴 사이에는 한 치(3센치)의 공간이 있었다. 그 한 치의 공간은 무인에겐 영원의 공간과 같은 것이다. 칼이 닿지 못하면 사람을 베지 못하고, 주먹이 닿지 못하면 상대를 이기지 못한다.

연화가 연자심의 어깨를 보았다. 그의 왼쪽 어깨가 약간 뒤로 밀려나 있었다. 그것은 그가 자신의 공격 위치와 범위를 알고 있다는 것을 말했다. 백설분분의 초식이란 본래 수많은 잔영으로 어디를 공격할지 모르게 한 뒤 상대를 가격하는 수법이다. 그러나 그는 마지막 순간 어깨를 조금 뒤로 빼 연화의 손이 닿지 못하게 했다. 지금의 상태라면 자신의 백설분분의 초식은 깨진 것이다.

비록 전력을 기울인 공격이 아니라 칠 푼 정도의 힘과 빠르기로 시전한 것이지만 자신의 무공이 간파당했다는 것은 매우 분통터지는 일이었다. 그러나 그녀는 자신의 초식이 깨어졌음에도 불구하고 기분이 나쁘지 않았다. 오히려 가벼운 흥분을 느끼고 있었다.

연화가 연자심에게 바짝 다가가 속삭였다.

"지금 이건 뭐냐?"

"뭐라뇨?"

"나한테까지 거짓말을 할래?"

연자심이 멋쩍게 웃었다. 연화가 얼굴을 바짝 들이밀었다. 그녀의 행동은 기어코 들어야겠다는 압박이었다.

한편 뒤에 서 있는 소녀는 사저의 기이한 행동에 영문을 알 수 없었다. 지금까지 연화의 이런 모습을 본 적이 없었다.

연화가 다시 말했다.

"내가 검법은 모르지만 검사가 어떻게 행동하고, 어떻게 공격하고 방어하는지는 안다. 하지만 네 무공은 뭔가 달라. 도대체 알 수가 없구나. 십팔로무영검 대신에 뭘 배운 거냐?"

연자심은 그녀의 날카로운 눈썰미에 조금 놀란 얼굴이 되었다.

"혹시 나중에라도 제 아버님을 뵐 기회가 있더라도 절대 비밀입니다."

"약속하마."

"이건 할아버지께 배운 겁니다. 십팔로암영권이라고 하지요."

"십팔로암영권?"

그가 고개를 끄덕였다.

"할아버지가 십팔로무영검의 잃어버린 검의를 찾다가 만들어낸 권법이죠. 바탕은 십팔로무영검이지만 전혀 다르다고 하시더군요. 방금 전 그건 십팔로암영권의 삼로 난화영(亂華影)의 수법이에요."

"난화영이라, 언제부터 수련한 거냐?"

"할머니가 돌아가신 후부터니까, 한 십이 년 됐네요. 아버지껜 비밀로 하라고 하셔서."

연자심이 어색하게 웃었다. 연화는 기가 막힌 얼굴로 그를 보았다. 십 년의 세월을 몰래 숨어서 배웠다니 참으로 놀랄 만한 일이었다.

"모두 터득한 거니?"

"그게, 터득한 건 십사로 분난영(紛亂影)까지밖에… 나머지 사로는 좀 어려워서요. 할아버지 말씀도 십사로인 분난영까지는 십 년은 넘게 배워야 하고, 십오로 분뢰영(奔雷影)부터 십팔로 뇌산영(雷散影)까지는 아무리 빨라도 오륙 년은 걸릴 거고, 십 년쯤 여유를 갖고 느긋하게 하라고 하시더군요."

연화는 잠시 생각에 잠겼다.

'난화영(亂華影)이라. 아무리 꽃이 이리저리 흩날려도 결국 그림자는 하나라는 뜻인가.'

연자심이 말하는 무공은 한 번도 들어보지 못한 것이었다. 더욱이 의문스러운 것은 연자심의 할아버지였다. 검법을 권법으로 바꾸는 것도 어려운 일이다. 하물며 검법을 권법으로 바꾸며 새로운 것을 집어넣어 전혀 다른 무공을 창시했다는 것은 보통의 고수가 할 수 있는 일이 아니었다. 자신의 사부인 냉월선자도 천하십대고수의 한 사람으로서 평생 무공을 익히고 공부했지만 아직까지 새로운 무공을 창시하진 못했다. 연화는 자신의 기억 속에서 연자심의 할아버지를 끄집어냈다. 온화한 얼굴에 도인 같은 풍모를 지닌 노인이었다.

연화가 물었다.

"대련해 본 적은 있니?"

"아뇨, 싸울 일이 없잖아요. 그리고 우리 같은 사람이 싸운다고 해도 주먹질 몇 번에 코피라도 터지면 끝이니까."

그의 대답에 연화가 쓰게 웃었다. 이거야말로 금은보화를 쌓아두고도 쫄쫄 굶는 바보 같은 일이었다. 그러나 그는 무인이 아니다. 그는 칼이 아니라 책을 벗 삼아 살아가는 사람이었다.

연화가 말했다.

"우리가 내릴 때까지 무슨 일이 있어도 남들에게 네가 무공을 익히고 있다는 걸 알리지 마라. 괜히 무공을 익히고 있다는 것을 알면 시비를 걸어오는 귀찮은 사람이 생기니까."

연자심이 정색을 하며 말했다.

"걱정 말아요. 난 싸움을 싫어하니까. 특히나 이유없는 싸움이라면 절대 사절입니다."

연화가 갑자기 생각난 듯 말했다.

"참, 그러고 보니 아직까지 소개를 안 했네. 여긴 내 사매인 화백란이야. 그리고 이쪽은 내 아버님의 가장 절친한 친구 분의 아들, 연자심이라고 하지. 어릴 때 같이 자라서 한식구나 마찬가지야. 그리고 그 유명한 남릉서원에 들어가려고 이 배를 탔지."

연화의 이야기에 화백란이 연자심을 위아래로 훑어보며 말했다.

"그래요! 근데 왜 선부 옷을……."

"인생 경험하라고 아버지가 선부로 보냈다나. 어쨌든 검법을 배우고 싶으면 자심이에게 배워도 될 거다. 자심이 아버님이 십팔로무영검법의 고수시지."

화백란이 미간을 좁히며 그를 보았다. 행색을 보면 절대로 남릉서원하곤 거리가 멀어 보였다. 거기다 검법의 고수 같아 보이지도 않았다. 그리고 자신이 알고 있기에 남릉서원에 들어갈 정도로 공부를 하려면 높은 검공을 익힐 시간 따위는 더 더욱 없었다. 그가 과연 문무를 다 갖춘 기재일까?

그의 모습을 보아하니 전혀 그럴 것 같아 보이지는 않았다. 그녀가 연자심을 이렇게 생각하는 것은 어쩌면 당연한 것이었다. 자신의 일검을 절대 피하지 못할 것 같았던 사내가, 그것도 볼품없는 선부 차림의 사내가 너무나 손쉽게 피해 버리자 자신도 모르게 상대를 깎아내리려 하는 것이었다.

연자심은 요모조모 살펴보는 듯한 그녀의 눈길이 거북한 듯 머리를 긁적였다.

연화는 화백란이 쓸데없는 자존심을 세우고 있자 기분이 조금씩 나빠졌다. 연자심이 자신과 형제와 같은 사이라고 할지라도 그녀로선 매우 어렵게 꺼낸 부탁이었다. 그러나 화백란은 상대가 선부 옷을 입고 있다는 이유만으로 연자심을 무시하려 하고 있는 것이다.

연화는 그녀가 화려함과 타인의 시선을 중히 여기는 사람이라는 것을 이미 알고 있었다. 하지만 자신의 부탁을 기꺼이 들어주는 상대를 노골적으로 무시하는 처사는 자신을 무시하는 것과 같았다.

연화가 참지 못하고 물었다.

"이제 검법은 필요없다는 것이냐?"

"그, 그런 것이……."

연화의 화난 목소리에 화백란이 주춤거렸다.

"필요없다면 됐다. 자심아, 미안하구나. 쓸데없는 말을 꺼내서."

"아뇨, 언제든지 필요하면 말씀하세요."

연화는 고개를 끄덕이곤 뒤돌아 가버렸다. 화백란은 아무런 잘못도 없는데 무작정 화를 내는 연화가 야속하기만 했다. 그녀는 칼날 같은 눈으로 연자심을 쏘아보았다.

'모든 것은 이자 때문이다. 이자만 아니었던들 사저가 내게 화를 내는 일은 없었을 것이다.'

화백란이 입술을 잘근잘근 씹었다. 이거야말로 그녀로선 분통터지는 일이었다. 그녀가 지금까지 보아온 사저는 그 나이 또래에서 가장 강한 사람이었다. 그녀는 자신의 우상이었고, 동경의 대상이었다.

자신은 연화처럼 마음이 강하지 못해 사부인 냉월선자에게 완벽한 한빙장을 전수받지 못했다. 냉월선자의 한빙장을 온전히 전수받았다면 자신도 그녀처럼 흰 천으로 온몸을 가리고 다녀야 했다. 하지만 그런 모습은 죽기보다 싫었다. 부유하게 자란 화백란이었다. 무엇 하나 부족함없이 풍족한 삶을 살았다. 그러다 갑자기 밀어닥친 파도에 집안이 풍비박산(風飛雹散)되었다. 가족은 모두 살해당했고, 집은 불타 버렸다. 누가 가족을 살해하고, 집을 불태웠는지 그녀는 알지 못했다.

산산이 부서진 화씨가문에서 살아남은 사람은 잠시 집을 떠나 있던 그녀뿐이었다. 혈혈단신(孑孑單身) 혼자 살아남은 그녀는 냉월선자의 도움을 얻었다. 복수를 해야 한다고 생각했지만 원수가 누구인지 몰랐다.

사부인 냉월선자는 복수를 할 수 있을 만큼 무공을 익히면 원수가 누구인지 알려준다고 했다. 하지만 제 마음대로 살아왔던 그녀로선 무공을 익히는 것은 좋았지만, 연화처럼 무공을 위해 자신의 모든 것을 희생하는 것은 바라지 않았다. 그녀는 화려하면서도 타인의 시선을 받을 수 있는 무공, 쉽고 편하게 얻을 수 있는 무공을 원했다. 그러나 세상 어디에도 그런 무공은 없었다. 무공은 인내와 고된 수련이 필요한 것이었다. 그녀가 검에 집착하는 것도 사부나 연화의 한빙장이 강하다는 것은 알지만 검이 주는 아름다움과 화려함에 마음을 빼앗겼기 때문이다. 화려한 검무를 추는 아름다운 여검사의 모습이 그녀의 이상이자 꿈이었다.

생각이 길어질수록 눈앞에 서 있는 사내가 그렇게 미울 수가 없었다. 하나가 미워지면 다른 것도 저절로 따라서 미워진다. 그녀의 가슴엔 미움으로 가득 차 다른 것이 비집고 들어갈 틈이 없었다. 차가운 눈으로 연자심을 바라보던 그녀가 조용히 발걸음을 돌려 연화가 기다리는 선실로 내려갔다.

그녀가 내려가자 뱃머리에서 홀로 바다를 내려다보고 있던 사내가 다가왔다. 그는 마치 두 사람이 사라지기를 기다린 것 같았다.

"너는 누구냐?"

"예?"

연자심이 어리둥절한 표정으로 반문했다.

"강 소저와 어떤 관계냐?"

"제가 말씀드리기가… 직접 물어보시지요."

연자심이 강연화에게 슬쩍 떠넘겼다. 그렇게 하는 것만이 사내에게서 벗어나는 길이라 생각했다. 눈앞에 서 있는 사내와 같은 사람은 자신이 만족할 때까지 멈출 줄 모르는 사람이다. 그는 타인의 마음 따위는 조금도 관심을 두지 않는 사람이었다.

사내의 굵은 눈썹이 꿈틀거렸다. 잠시 연자심을 노려보던 사내가 큰 걸음으로 걸어갔다. 그의 마음은 당장이라도 연자심을 두들겨 주고 싶지만 연화라는 존재가 마음에 걸렸다. 연화의 한빙장은 아직 감당할 자신이 없었다.

사람들이 모두 사라진 삼판은 썰렁한 느낌마저 들었다. 연자심은 시간을 계산해 보았다. 지금쯤이면 왕삼도 잠이 들었을 것이다.

그가 삼판을 가로질러 선실로 통하는 입구로 다가갈 때 선주가 기거하는 목옥의 창가에서 누군가 자신을 내려다보고 있다가 사라지는 모습을 보았다. 연자심은 그가 누굴까 생각해 보았지만 짐작조차 가지 않았다. 의아해하는 얼굴로 잠시 목옥을 바라보던 연자심이 선창으로 내려가는 문을 열었다.

연자심이 선실 문을 열었을 때 왕삼은 코를 골며 자고 있었다. 연자심도 웃옷을 벗고 자리에 누웠다. 몸은 피곤했지만 잠이 오지 않았다.

'연화 누님을 만나서일까?

그녀를 만난 것은 뛸 듯이 기쁜 일이었지만 구 년이란 세월이 계곡처럼 가로막고 있는 것 같았다. 슬픔은 사람을 변화시킨다. 그녀는 가족이 살해당하는 슬픔을 겪으며 어떻게 변해 버린 것일까? 예전의 상냥하고 아름다웠던 그녀는 어디로 가버린 걸까?

분명 자신과 대화를 나눌 때 그녀의 성품대로 상냥함이 드러났지만 뒤돌아 생각해 보면 그것은 상냥함과는 거리가 있었다. 그녀가 자신에게 다가온 것은 순수하게 자신을 만나기 위한 것만이 아니라, 자신에게서 필요한 것을 얻어가기 위함이 아니었을까. 연자심과 그녀의 관계는 구 년 전 헤어진 상태 그대로가 아니었다.

사람도 변하고 마음도 변했다.

때때로 연자심은 그녀가 어떻게 변했을까 상상했었다. 여러 가지 모습의 연화를 머리 속에 그려보고 다시 만날 때를 기대했다. 그러나 어느 것 하나 자신의 상상과 일치하는 것이 없었다. 그녀는 완전히 다른 세계 속에 살고 있었다. 그것은 알 것 같기도 하고, 모를 것 같기도 한 기이한 감정이었다. 그리움과 슬픔이 교차하는 그 사이에 끼어 있는 듯한 느낌이었다.

　침상에 누운 연자심은 요람처럼 천천히 흔들리는 청룡호를 느끼며 서서히 잠이 들었다.

제1막

배반낭자(杯盤狼藉)

제3장

폭풍(暴風)

인간에겐 다뤄야 하는 장소와 그렇지 않은 장소를 가리지 못하는 탁월한 능력이 있다.

—고 노인이 연지심에게

폭暴풍風

청명(淸明)한 날이 계속되고 있었다. 하늘에는 구름 한 점 보이지 않았다. 돛은 만삭의 여인처럼 바람을 가득 품고 있었다. 푸른 바다를 가르고 달려가는 청룡호의 뒤로 하얀 포말이 여우의 꼬리처럼 길게 이어지다 사라져 갔다.

항해는 너무나 순조로워 지루할 정도였다.

항해에 익숙해진 소년과 소녀들이 몰려다니며 삼판에서 새로운 놀이를 찾기에 바빴다. 하지만 배는 그들이 활개 치기엔 너무 작았고, 사람은 너무 많았다.

옹기종기 모여 앉은 소년과 소녀들은 새로운 놀이를 생각해 냈다.

"난 성공에 닷 냥."

"돈은 안 돼."

"왜?"

"바보냐! 여기서 돈 가지고 있어봐야 어디다 쓰겠냐?"

"그렇군. 그럼 뭘 걸지?"

"물건이나 먹는 걸 걸어야지."

"좋아, 그럼 오늘 저녁에 나오는 과일을 걸지."

"그걸로 부족해. 사흘 치."

"좋아."

계약이 성립된 소년은 박수를 세 번 쳤다. 세 번의 박수 소리는 약속을 지킨다는 맹서였다. 뒤를 이어서 몇몇 소년과 소녀들이 차례로 무엇인가를 걸었다.

왕삼은 피곤에 지친 얼굴로 거슴츠레한 눈을 비벼댔다. 배움이란 끝없는 인내였다. 그에게 공부란 치열한 싸움과 같았다. 장방의 가르침은 한 치의 여유도 없이 숨가쁘게 이어졌다. 가르치지 않겠다고 할 때와는 반대로 가르치기 시작하면서부터 그는 악귀처럼 달려들었다.

장방의 가르침은 세밀하고 복잡했다. 비도를 숨기는 방법, 비도를 꺼내는 방법, 비도를 던지는 방법의 수는 너무나 많아 헤아리기조차 힘들었다. 왕삼은 도대체 이렇게 많은 방법을 배워야 하는지 의문스러웠지만, 장방의 진지한 눈을 보면 아무 말도 할 수 없었다.

끊임없는 반복된 수련으로 손가락 마디마디엔 커다란 물집이 잡히고, 손목이 부어올라도 장방은 결코 멈추지 않았다. 왕삼은 때때로 그가 왜 이렇게 급하게 서두르는지 이해할 수 없었다. 그는 마치 무엇에 쫓기는 사람처럼 전력을 다하고 있는 것 같았다.

"여기다 손을 담궈봐."

연자심이 바닷물이 담긴 나무통에 내려놓았다. 왕삼이 부어오른 손목을 집어넣었다.

"앗, 뜨거……."

펄쩍 뛰던 왕삼이 미간을 찌푸리며 연자심을 노려보았다.

"장 어른의 분부야."

연자심이 빙긋 웃으며 장방이 시켜서 하는 일이라고 하자 왕삼은 얼굴을 잔뜩 구기면서도 나무통에 손을 집어넣었다.

"뜨겁게 데운 바닷물로 찜질을 하면 붓기가 금방 빠진다고 하더구나."

왕삼이 고개를 끄덕이곤 천천히 손목을 주무르기 시작했다.

"힘드냐?"

연자심의 물음에 왕삼이 고개를 저었다. 하지만 피곤이 가득한 얼굴은 변함이 없었다.

한동안 손을 주무르던 왕삼이 말했다.

"시원하다."

연자심은 말없이 웃기만 했다.

왕삼이 뜨거운 물에 뻘겋게 변한 손을 연신 주무르며 말을 이었다.

"알고는 있었지만 장방의 성질은 보통이 아냐. 사람을 아주 달달 볶는다고. 지난밤에는 똑같은 던지기를 천 번이나 시키더라고, 거기다 한 번 실수하면 무조건 오십 번 추가야. 그 덕에 던지기만 천오백 번을 했다고. 거기다가 무슨 요구가 그렇게 많은지, 미칠 지경이다."

"포기하는 거냐?"

연자심의 물음에 왕삼이 콧방귀를 세게 뀌며 목소리를 높였다.

"포기, 내가? 웃기지 말라고 그래. 장방이 아무리 그래도 난 배우고야 말 거야."

그의 굳은 결심에 연자심은 빙긋이 웃기만 했다. 그러나 한편으론 슬픈 생각도 들었다. 장방의 집요함은 자신의 아버지와 겹쳐 보였다. 그리고 그에 못지않은 왕삼의 집요함은 가슴을 묵직하게 누르는 답답함을 느끼게 했다.

만난 지 오래되지 않았지만 장방과 왕삼은 연자심이 지금까지 살아오면서 만났던 사람과 비슷하기도 하고 전혀 다르기도 했다.

"아무위이민자화 아호정이민자정 아무사이민자부 아무욕이민자박(我無爲而民自化 我好靜而民自正 我無事而民自富 我無欲而民自樸)."

무심결에 흘러나온 것이었다. 노자(老子)의 도덕경의 한 구절로 무위이화(無爲而化)를 나타내는 말이었다. 이는 연자심의 마음을 대변하는 것이기도 했다.

아버지의 끝없는 집요한 강요가 순리(順理)를 거스르는 일이라 생각했다. 세상일이란 순리를 따라야 하고 강요나 집요함으로 이루어질 수 없는 것이며, 순리란 저절로 이루어지는 것이다. 도덕경을 읽으며 이 구절을 만났을 때 연자심은 세상의 큰 이치를 보는 것 같았다. 아직은 어리고 배움이 짧지만 그에게 무위이화란 남은 생을 살아가면서 깨우쳐야 할 화두(話頭)였다.

왕삼이 멀뚱한 눈으로 연자심을 보았다.

"그건 뭐냐?"

"아, 그건 노자의 말로, 짧게 말하면 그대로 두어도 저절로 된다는 뜻이지. 세상에 행해서는 안 된다고 정해진 일이 많으면 많을수록 백성은 가난해지고, 백성에게 편리한 도구가 풍부하면 풍부할수록 나라가 혼란해지고, 사람의 지혜나 기술이 향상되면 될수록 괴상한 것이 나타나고, 법률이 세세해질수록 죄인은 많아지니까. 도리어 아무것도 하는 것이 없으면 사람들은 스스로 조화롭고, 움직이지 않으면 사람은 스스로 바르게 되고, 일없이 있으면 저절로 잘살게 되고, 욕심이 없으면 사람들은 저절로 소박해진다는 뜻이야."

연자심의 간략한 설명에 왕삼이 피식 웃었다.

"그거 알아?"

"뭐?"

"그 허름한 마의를 입고 그런 소리 하면 안 어울려."

연자심이 쓰게 웃었다.

"널 보면 말이야. 입을 다물고 있어도 지독한 먹물 냄새가 나. 내게서 비릿한 바닷바람과 찌든 음식 냄새가 난다면 말이야."

왕삼이 주무르던 손을 코로 가져가 냄새를 맡으며 말을 이었다.

"지금은 네 몸에서도 나처럼 바닷바람 냄새가 배어 있겠지만 그건 어디까지나 옷에 묻은 구정물 같은 거야. 아마 이 배에서 내리면 옷을 벗어버리는 것처럼 금방 없어질 거야. 하지만 나 같은 놈한테서 나는 구정물 냄새는 평생을 가도 어쩔 수 없다고 생각해."

연자심이 부정하듯 고개를 저었다.

"어떤 냄새가 나느냐로 사람을 판단할 수는 없겠지. 사람의 심성이란 행동으로 나타나는 것이고, 그 행동의 명암(明暗)에 따라 어떤 냄새가 나는지 알 수 있는 거 아니겠어? 난 네게서 나는 비릿한 바닷바람 냄새가 좋아."

"그런 진지한 얼굴로 그런 말을 하는 건 징그러워."

왕삼이 싱긋 웃었다.

"나도 네게서 나는 먹물 냄새가 싫지 않아. 오히려 부럽게 생각하지. 난 배운 게 없어서 아는 게 적어. 그래서 생각이 짧고 단순하지. 한마디로 무식하다는 말이야."

왕삼의 말은 자조적인 비하로 들렸다. 연자심이 씁쓸한 얼굴로 고개를 저으며 말했다.

"우리 할아버님 말씀이 모든 것은 하나로 통한다고 하셨어. 무공이든 서책이든 어느 길로 가든지 결국 마지막에 만나는 거라고. 공부란 어떤 것을 하든 올바른 길로만 걸어가면 만나는 거라고."

"올바른 길?"

"삼이 네가 비도술을 배우는 목적이 뭐지?"

"글쎄……."

왕삼은 연자심의 질문에 대답하지 못했다. 아니, 할 수가 없었다. 그것은 막연한 동경(憧憬) 같은 것이었다.

"할아버님 말씀이 무엇인가를 배울 땐 항상 올바른 목적과 목표부터 정하라고 하셨지. 그래야 자신이 어디만큼 와 있는지 어디로 가고 있는지 알 수 있으니까. 목표나 목적이 없다면 무공이란 상대를 해치는 기술일 뿐이야. 남에게 슬픔을 주는 기술을 배우면서 올바른 목적과 목표를 잃어버린다면 그는 살인자가 될 뿐이라고 하셨어."

문득 왕삼은 연자심의 할아버지가 보고 싶었다. 그리고 자신에게도 그런 말을 해주는 할아버지가 있었더라면 얼마나 좋을까 생각했다.

"지금 말하지만 난 망설였어. 네가 무공을 배우고 싶어하는 걸 알면서도 가르쳐 줄 수 없는 것에 대해서 말이야. 어쩌면 네가 무공을 배우지 않는 것이 좋다고 생각했는지도 몰라."

"왜?"

왕삼은 이해할 수 없다는 표정이었다. 잠시 머뭇거리던 연자심이 말했다.

"배우면 싸우고 싶어할 거라고 생각했거든."

왕삼이 콧방귀를 뀌었다.

"내가 그렇게 유치한 놈으로 보이냐?"

연자심이 천천히 고개를 저었다.

"그런 게 아냐. 어떤 힘이라도 힘이란 싸움의 근원이니까. 서책을 많이 읽고 생각이 깊어지면 질수록 논쟁하길 좋아하지. 자신이 알고 있는 것을 남과 비교하고 싶어하고, 자랑하고 싶어하니까. 마찬가지로 무공을 익히고 실력이 늘어가면 갈수록 남과 싸우길 원하겠지. 무공을 배우기 전에는 주먹다짐이었다면 무공을 배운 후에는 칼이지. 말로 상대를 설득하기보다는 칼로 전하는 게 빠르다고 생각하게 되니까."

"난 그런 놈 아냐!"

왕삼이 소리쳤다. 연자심은 고개만 끄덕일 뿐이었다.

"난 다른 놈들에게 억울하게 당하고 싶지 않아서 배우는 것일 뿐이야."

연자심은 왕삼이 말하는 다른 놈이 누구인지 알 것 같았다.

"그래……."

연자심은 더 이상 해줄 말이 없었다. 왕삼은 시선을 돌려 부어오른 손목을 보며 열심히 주무르기만 했다.

무심한 눈으로 왕삼을 바라보던 연자심이 자리를 떠났다. 왕삼은 연자심이 문밖으로 사라지기 전 힐금 그의 뒷모습을 보았다. 어쩌면 연자심은 저 밖에서 웃고 떠드는 아이들 속에 있는 것이 더 자연스러울지도 모른다고 생각했다. 그것은 명백한 질투였다. 가지지 못한 자가 가진 자를 부러워하는 것처럼 연자심을 한없이 부러워하고 있었다. 왕삼은 이러한 생각을 지우려는 듯 고개를 세차게 저었다.

'네 말이 맞는지도 몰라. 하지만 내겐 이 길밖에는 없어.'

왕삼은 스스로에게 다짐했다. 무공을 배워 힘을 얻는 것만이 이런 시궁창 같은 소굴에서 빠져나갈 유일한 길이라 생각했다.

"저기……."

손목을 주무르며 생각에 잠겨 있던 왕삼이 고개를 번쩍 들어 소리가 나는 곳을 보았다.

선실을 빠져나온 연자심은 삼판으로 올라오다 문득 기이한 느낌을 받았다. 삼삼오오 모여 소곤거리는 소년과 소녀들이 힐금힐금 자신을 훔쳐보는 것 같았다. 연자심이 크게 주위를 둘러보았다. 평소와 다름없는 모습이었지만 어딘가 석연찮은 기운이 맴돌고 있었다.

이 위화감은 어디서부터 비롯된 것일까?

연자심은 삼판으로 나갈 것인가, 아니면 선실로 되돌아갈까 망설였다. 끈적이는 사람들의 괴이한 시선을 받아내기엔 마음이 편치 않았다. 그가 발길을 돌려 선실로 내려가려 할 때였다.

"저기……."

연자심은 고개를 돌려 소리가 나는 곳을 보았다.

"무, 무슨 일이시죠?"

왕삼은 얼굴을 붉히며 더듬거렸다. 침착해야 한다고 생각했지만 심장은 주체할 수 없을 정도로 뛰고 있었다.

그는 그녀를 알고 있었다. 승객인 소년과 소녀들이 처음 삼판으로 나오던 날 자신의 눈길을 사로잡았던 소녀, 구양수의 곁에서 환하게 웃던 목련 같은 소녀를 어찌 잊을 수 있단 말인가. 난생처음 느낀 기이한 감정이었다.

연자심에게 그녀가 구양수의 여동생 구양정이란 소릴 듣고 내심 무척이나 기뻤다. 그녀가 환하게 웃어주던 사람이 오라비였음을 알게 돼서 기뻤고, 이름을 알게 되어 기뻤던 것이다. 물론 그녀는 자신과는 전혀 다른 사람이었다. 강호에서 이름 높은 구양세가의 천금으로, 비천한 뱃사람과는 하늘과 땅 차이라고 할 만큼 멀리 떨어진 사이였다. 자신이 평생을 노력한다 해도 그녀와는 절대로 가까워질 수 없었다. 그래도 좋았다. 사람의 마음이란 때때로 이유가 없는 것이다. 왕삼이 그녀의 아름다움에 흠뻑 빠진 것에도, 그녀를 내심 좋아하는 것에도 이유가 없었다. 단지 그녀가 좋을 뿐이었다.

그런 그녀가 눈앞에 있었다. 조금 찡그린 난처한 표정으로 자신을 바라보는 구양정의 모습은 하늘에서 막 하강한 소선녀(小仙女)처럼 느껴졌다.

"여기가 어디쯤이지?"

왕삼은 구양정의 목소리가 너무나도 감미롭게 들렸다.

"여, 여기는 선실이죠."

"그걸 누가 몰라서 그래. 여기가 이 배에서 어디쯤 되는 곳이냐 물은 거야."

"아, 예!"

왕삼이 얼굴을 붉히며 고개를 끄덕였다.

"선미에서 얼마 멀지 않은 곳입니다. 이쪽 옆으론 전부 창고고 조금 더 가면 주방이지요."

"좁구나."

구양정이 왕삼이 가리키는 방향을 힐금 보았다.

"그런데 어떻게 여긴……?"

왕삼의 물음에 구양정이 짧게 한숨을 내쉬며 말했다.

"답답해서 구경도 할 겸."

왕삼은 그녀의 표정을 조심스럽게 살폈다. 뾰로통한 얼굴이 무엇인가 잔뜩 기분 나쁜 일이 있는 것 같았다. 왕삼은 슬며시 미소를 지었다. 화난 그녀의 얼굴이 너무나 귀엽게 느껴졌다.

"배 위를 구경하시는 편이……."

구양정이 눈매를 약간 찌푸리며 콧방귀를 뀌었다.

"올라가 봐야 사방 천지 시퍼런 물덩어리하고 소금 냄새밖에 나지 않잖아. 그런데 여기가 선부들 방인가?"

구양정이 고개를 조금 빼서 안을 기웃거리며 던진 물음이었다. 왕삼이 그녀의 시선을 따라 선실을 돌아보다 얼굴이 붉어졌다. 옷가지와 여러 가지 물건들이 아무렇게나 쌓여 있었다.

"작구나."

선부들의 선실은 겨우 두 사람이 기거할 정도로 작았다. 그에 비해 승객들의 객실은 좁긴 했지만 두 사람이 넉넉하게 쉴 수 있는 공간이었다.

"이곳은 거의 잘 때나 들어오는 곳이라……."

왕삼의 변명 같은 말에 구양정이 고개를 끄덕였다. 그녀가 왕삼이 손을 담그고 있는 물통을 가리키며 물었다.

"그런데 뭐 하는 거지?"

"손목이 아파 치료를 하는 중입니다."

구양정이 한걸음 선실로 들어와 물통 속을 들여다보았다.

"뜨겁게 데운 바닷물입니다. 손목이 아플 때 이렇게 하면 좋아진다고 하더군요."

"누가?"

구양정이 호기심 가득한 얼굴로 물었다.

"사부, 아니, 요리사……."

"아! 그 요리사!"

구양정의 눈이 반짝였다. 그녀도 장방과 막괴강의 싸움을 보았다. 자신은 비록 무공에 크게 의미를 두지 않고 있지만 무가(武家)에서 나서 자랐다. 지금까지 수많은 무인과 여러 차례의 비무를 보았지만 두 사람의 비무처럼 기이한 것은 없었다.

전형적인 무인으로 보이는 막괴강과 앞치마를 두르고 주방에서 쓰는 큼지막한 칼을 든 요리사의 대치는 너무나 이질적이었고, 그만큼 인상적이었다.

평생에 한 번 볼까 말까한 이상한 싸움이었지만 누가 봐도 결과를 알 수 있을 것 같았다. 날카로운 살기를 뿌리는 막괴강은 일류고수라 할 수 있었다. 그러나 요리사의 비도술은 그리 대단하다고는 생각되지 않았다. 여덟 자루의 비도를 한 번에 던지는 정도는 비도술을 익힌 자라면 충분히 가능한 일이었다. 그에 비해 여덟 자루의 비도를 한 수에 막아낸 막괴강은 확실히 고수라 할 수 있었다.

하지만 요리사의 마지막 한 수는 그야말로 놀랄 만한 것이었다. 그가 도대체 어떤 방법을 썼는지 몰라도, 떨어지던 커다란 칼이 그렇게 빠른 속도로 튀어 오를 줄 누가 예상이나 할 수 있었을까.

어쩌면 요리사의 재간은 자신이 상상하기 어려운 경지에 있는 것은 아닐까? 그 비무를 보고 오라버니 구양수는 한동안 심각한 얼굴로 뭔가를 곰곰이 생각하는 것 같았다.

"비도 솜씨가 정말 대단하던데, 요리사는 누구지?"

구양정의 물음에 왕삼은 머뭇거렸다. 장방은 과거에 대해선 말하지 않았다. 왕삼 역시 묻지 않았다. 장방에 대해선 자신과 같이 생활한 몇 년 동안의 일만 알고 있었다. 그 몇 년 동안의 장방의 모습은 평범하기 그지없었다. 싸움이 일어나면 제일 먼저 자리를 피했고, 시비를 걸어 와도 모르는 척하곤 했다.

구양정은 입을 삐죽거리며 기분 나쁜 표정을 지었다. 대답하지 못하는 왕삼은 마치 죄를 지은 사람처럼 안절부절못했다.

연자심이 자신을 불러 세운 소녀를 보았다. 훌쩍 큰 키에 시원시원한 인상을 가지고 있었다.

"무슨 일이십니까?"

"이 아래쪽을 구경하려는데……."

그녀가 손가락을 들어 선실 방향을 가리켰다.

연자심은 선실과 그녀를 번갈아 보았다. 아래층 선실은 승객에게는 금지된 장소였다. 가고자 하면 가지 못할 것도 없지만, 승객은 절대로 아래층으로 내려가지 않는다. 아래층은 어둡고 좁은 통로와 창고에서 나는 심한 냄새로 승객의 발길을 붙잡았다. 연자심은 짧은 순간이지만 그녀의 표정을 세심히 살펴보았다. 그녀는 어떤 의도로 아래층으로 내려가고 싶어하는 것일까?

조금 전 느꼈던 삼판 위의 느낌이 스멀거리며 기어올라 왔다.

"이리로."

연자심이 앞장서 걷기 시작했다.

구양정은 피식 웃었다. 마치 죄지은 사람처럼 눈을 맞추지 못하고 있는 왕삼의 모습이 누군가와 닮은 것 같았다.

'노삼!'

구양정은 세가의 노비 중 하나인 노삼의 얼굴이 떠올랐다. 자신보다 두어 살 더 많은 노삼은 언제나 자신을 똑바로 보지 못하고 죄지은 사람마냥 고개를 처박았다. 그녀는 노삼이 어째서 그러는지 알고 있었다.

그는 노비 주제에 자신에게 연정을 품고 있었다. 노삼은 들키지 않으려고 갖은 노력을 다하고 있었지만 사람의 마음이란 숨긴다고 숨겨질 수 있는 게 아니다.

구양정은 그런 노삼에게 심한 장난을 했지만 그는 언제나 고개를 숙인 채 반항하지 않았다. 반항하지 않는 장난감은 쉽게 버려진다. 원하는 대로, 뜻대로 움직여 주는 장난감은 호기심이 있는 잠시 동안 재미있게 가지고 놀 수 있지만 얼마 지나지 않아 지루함이 더해질 뿐이다.

구양정은 생각했다. 이 장난감도 노삼처럼 그럴까?

"이름이 뭐지?"

구양정이 물었다. 왕삼이 더욱 얼굴을 붉혔다.

"와, 왕삼입니다."

구양정은 기이한 표정을 지었다. 노삼과 왕삼, 이름조차 비슷했다.

좁은 통로는 불빛조차 희미했다. 흔들리는 배에서 등불을 켜는 것은 위험한 일이었다. 더구나 나무로 만들어진 배에서 불은 함부로 다룰 수 있는 것이 아니었다. 일 장마다 설치된 희미한 등불은 배가 심하게 요동치면 자동으로 꺼지도록 만들어져 있었다.

소녀는 아래에서 올라오는 동물의 배설물과 창고의 퀴퀴한 냄새에 코를 쥐고 잔뜩 인상을 찌푸렸다. 잠시라도 코를 놓았다간 아침에 먹은 것들이 튀어나올 것 같았다.

연자심은 희미하게 웃었다. 일부러 가장 냄새가 심한 곳으로 그녀를 안내한 것이다. 아래층에는 운현도로 실어 나르는 동물과 음식들이 가득 차 있었다. 운현도는 한 번 들어가면 사 년간 외부와 완전히 차단된 상태로 지내야 하는 곳이었다. 수십 년간 운현도에 사람들이 머물며 자급자족할 수 있는 상태를 만들었지만 그것만으론 충분하지 못했다. 그래서 매번 배가 들어갈 때마다 많은 수의 살아 있는 동물과 씨앗, 그리고 각 지방의 음식 재료들이 가득 실려 있었다.

"여기가 어딩?"

코를 잡은 손을 놓지 않고 말하는 그녀의 목소리는 코맹맹이 소리였다.

"이층 삼판입니다."

"이층 상팡?"

"예, 이 배는 맨 아래 삼층이 동물과 식료품을 저장하는 창고고, 여기는 그 바로 위입니다."

그녀가 인상을 잔뜩 찌푸렸다.

연자심은 인상을 구기고 있는 그녀를 보며 슬그머니 웃었다. 자신도 처음 이곳에 내려올 때 그녀와 같은 모습이었다. 어찌나 냄새가 심한지 머리까지 아파올 정도였다. 하지만 배설물을 청소하러 매일 드나들다 보니 이젠 어느 정도 익숙해져 있는 상태였다.

"지궁 이 아래롱 내려갈려공?"

여전히 코를 쥐고 다른 손으로 아래층을 가리켰다.

연자심이 고개를 끄덕였다.

그녀의 표정이 일그러졌다. 태어나서 지금까지 한 번도 이런 냄새를 맡아본 적이 없었다. 이건 끔찍함을 넘어서 공포스러운 냄새였다.

그녀는 고개를 세차게 저었다.

"이쪽은 됐공, 다른 쪽으롱."

그녀가 재빨리 발길을 돌렸다. 휘적휘적 걸어가는 뒷모습을 보며 연자심은 그녀가 승객 중 나이가 많은 편에 속한다는 것을 깨달았다. 승객의 대부분은 십오륙 세 정도였다. 어려 보이는 사람들은 십이 세에서 십삼 세 정도로 생각됐고, 이십 세 가까이 되어 보이는 사람도 있었다. 하지만 십오륙 세 정도가 압도적으로 많았다. 앞서 걷는 소녀의 나이는 십팔, 십구 세는 되어 보일 정도로 성숙했다.

의자에 앉아 잠든 것처럼 보이던 고 노인이 이마에 주름을 만들며 자리에서 일어났다. 비대한 몸집의 선주가 고개를 돌려 그를 보았다. 노인은 바다나 장강의 길을 알려주는 해로수(海路手)였다.

"무슨 일인가?"

선주의 물음에 고 노인은 아무 대꾸도 없이 일어나 창가로 다가갔다. 그리고 멀리 수평선 너머를 한참 바라보던 그가 천천히 발걸음을 옮겼다.

선실을 빠져나가는 노인의 뒷모습을 물끄러미 바라보던 선주가 고개를 설레설레 저었다. 자고로 노인이란 주절주절 말이 많은 것이 특징이다. 하지만 그는 너무 말이 없었다. 쉬지 않고 떠들어대는 것도 귀찮겠지만 숨이 막힐 것 같은 배에서 무료함을 달래줄 정도의 대화라면 언제든지 좋았다. 그러나 그는 해로를 변경할 때 빼고는 있는지 없는지 모를 정도로 조용한 사람이었다.

그가 바다나 장강의 길에 대해 손바닥 들여다보듯 알고 있지 않았다면 그처럼 재미없는 사람과 항해하고 싶진 않았다.

누군가 문을 열고 들어왔다. 선주가 힐금 새로 들어온 사람을 보았다. 며칠 전 장방에게 상처를 입어 치료에 전념하던 막괴강이었다.

"괜찮은가?"

막괴강이 고개를 끄덕였다.

"괜찮소."

"난 깜짝 놀랐어."

선주의 호들갑에 막괴강이 쓰게 웃었다. 아마도 장방과의 싸움을 두고 한 말이리라.

"강호란 은원이 얽힌 곳이지. 은혜든 원수든 갚아야 하는 것이라는 것도 잘 알지만…… 참, 앉게나."

그는 늘 앉던 의자에 앉았다. 선주가 눈을 가늘게 떴다.

"은원은 은원이고, 앞으로 어떻게 할 것인가?"

선주의 물음에 그는 잠시 생각에 잠겼다.

선주가 말을 이었다.

"혹시라도 자네, 아니, 장방이 죽었더라면 어떻게 될 뻔했나. 승객에 대한 책임을 지고 있는 입장에선 곤란한 일이지."

"그 부분에 대해선 미안하게 생각하오. 하지만 그가 운현도에 숨어들 수도 있지 않겠소."

선주가 고개를 끄덕였다. 장방과 같은 고수라면 이 배를 빠져나가 운현도에 내리는 것쯤은 문제될 것이 없을 것이다.

"난 그것을 알아야 했소."

막괴강의 눈이 불타고 있었다. 선주가 침음성을 흘렸다.

"장강에 들어가고 난 후에 자네 마음대로 하게나. 그전에는 곤란해."

막괴강이 천천히 눈을 감았다. 물끄러미 그를 쳐다보던 선주가 고개를 돌려 바다를 보았다. 하늘은 맑고 구름 한 점 없는 화창한 날이었다. 항해는 순조롭고 바람도 적당했다.

왕삼은 고개를 들지 못했다. 구양정은 당당한 얼굴로 그를 내려다보고 있었다. 그녀의 시선을 피해 고개를 숙인 왕삼은 무슨 말을 해야 할지 몰랐다. 시간은 너무나 느리게 흘러 영원히 정지해 있는 것 같았다. 왕삼은 마른침을 삼키며 무슨 말이든 해야 한다고 생각했지만 끝내 아무 말도 할 수 없었다.

구양정이 입을 열었다.

"같이 있던 사람 말인데, 이름이 연……."

그녀는 이름이 기억나지 않는다는 듯 고개를 갸웃거렸다.

"자심이요, 연자심."

"그래!"

구양정이 손바닥을 마주치며 소리쳤다. 왕삼은 흘금 그녀를 훔쳐보았다. 그녀의 웃는 얼굴을 보자 가슴이 더욱 두근거렸다.

"그는 누구지?"

"예?"

그녀의 갑작스런 물음에 왕삼은 일순 대답하지 못했다. 구양정은 뭔가 마음에 들지 않는 듯 짜증 섞인 목소리로 말했다.

"누구냐고, 그 콧대 높은 강 소저도 잘 아는 것 같고, 게다가 오라버니까지 관심 가진 듯하고."

왕삼은 그녀가 말한 콧대 높은 여자가 누구인지는 모르지만 구양정이 그녀를 매우 싫어한다는 것은 알 수 있었다.

"자심이는 이번 항해에 처음 배를 타서 배를 타기 전에 무슨 일을 했는지 모릅니다. 아! 삼판장하고 아주 잘 아는 사이 같던데……."

"그래."

그녀는 잠시 말이 없었다.

왕삼은 곁눈질로 그녀를 보았다. 큰 눈과 어울리는 긴 속눈썹이 아름다웠다. 그리고 말을 할 때면 벌어지는 붉은 입술 사이로 드러나는 하얀 이[齒]가 보기 좋았다.

무엇인가 중얼거리는 구양정의 입술이 오물오물거렸다. 그녀는 무슨 말을 하는 것일까?

왕삼은 그녀의 목소리를 더 많이 듣고 싶었다. 하지만 그녀는 고개를 갸우뚱거리며 무엇인가 생각하는 것 같았고, 왕삼은 그녀를 계속 훔쳐보는 것만으로도 좋았다.

시간이 느리게 흘러갔다. 초조함과 긴장의 연속이었지만, 한편으론 흥분과 기대가 숨을 막히게 했다. 무엇인가 해야 한다고 생각은 하고 있었지만 아무것도 할 수 없었다. 그저 조심스럽게 그녀를 바라볼 뿐이었다.

짧은 침묵, 그러나 왕삼에겐 끝이 보일 것 같지 않은 긴 침묵이었다.

끼이익.

배가 요동치는 소리가 울려 퍼졌다. 배가 기울어졌다 바로 섰다. 구양정이 퍼뜩 정신을 차리고 왕삼을 보았다.

"별일 아닙니다. 파도를 넘는 중이니까요."

구양정이 미간을 찌푸렸다.

왕삼이 당황스런 표정이 되었다. 자신이 말을 잘못한 것일까? 갑자기 심장이 토끼처럼 뛰고 있었다. 그가 마른침을 삼키며 조바심을 내고 있을 때 갑자기 그녀가 물었다.

"저녁에 시간있어?"

"……."

왕삼은 그녀가 무슨 말을 했는지 알 수 없었다. 그녀의 목소리는 봄 바람처럼 하늘거렸지만 그의 머리 속에서는 천둥 소리처럼 메아리쳤다.

"저녁에 시간있냐고."

"예!"

그녀의 채근에 왕삼이 고개를 조아리며 황급히 대답했다.

"이경 말(二更末:저녁9시)에…… 어디가 조용하지?"

"예? 삼층 선수 쪽, 서, 선창이……."

"그래, 거기서."

구양정이 빙글 몸을 돌려 선실을 빠져나갔다.

왕삼은 그녀가 떠난 자리를 멍하니 바라보며 앉아 있었다. 그녀가 떠난 빈자리는 허전함만이 가득했다. 무엇인가 빠져나간 듯 가슴 뚫린 큰 구멍으로 찬바람이 드나드는 것 같았다.

왕삼의 어깨가 부르르 떨렸다.

손을 담그고 있던 해수가 차갑게 식은 지 오래지만 그는 알지 못했다. 왕삼은 자신이 어디에 있는지, 무엇을 하고 있는지도 알지 못했다. 그의 머리 속을 채우고 있는 것은 단 하나의 의문뿐이었다.

그녀가 무엇 때문에 자신을 부르는 것일까?

왕삼은 알 수 없었다.

소녀의 걸음걸이는 빨랐다. 그러나 연자심은 느긋한 걸음으로 그녀의 뒤를 따랐다. 선수(船首) 쪽까지 달려온 그녀가 코를 쥔 손을 놓고 큰 숨을 들이켰다.

"정말 지독했어."

고개까지 절레절레 젓던 소녀가 아래쪽을 가리키며 말했다.

"여기는 뭐지?"

"저도 잘……."

선수(船首) 쪽에는 무엇이 있는지 알지 못했다. 연자심도 선수의 끝까지 와본 것은 처음이었다.

그녀가 기이한 눈으로 연자심을 보았다.

"모른다니! 그게 말이 되는 거야?"

"글쎄요. 저도 처음 타는 배라……."

그녀는 선창으로 내려가는 문을 열고 안을 들여다보았다. 가파른 계단 아래의 선창은 한 점의 빛도 없는 어둠 그 자체였다.

연자심은 그녀가 선창으로 내려가는 것을 말려야 하는가, 아니면 내버려 둬도 좋은가 생각했다.

"등불."

그녀는 선창 아래로 시선을 고정한 채 손을 내밀었다.

"죄송하지만 아래로 내려가는 것은……."

"등불!"

그녀가 연자심의 말을 단칼에 잘랐다. 연자심은 망설였다. 그가 미적거리자 그녀가 고개를 돌려 연자심을 보며 말했다.

"등불 달라는 소리 안 들려?"

"이쪽은 내려가시면 안 됩니다."

"왜?"

"……."

마땅한 대답이 떠오르지 않자 연자심이 머리를 긁적거렸다.

"왜냐고?"

연자심이 계속 대답을 하지 못하자 그녀가 일어나 벽에 걸린 등불을 뽑아 들고 선창으로 통하는 계단을 내려갔다. 그녀의 모습이 선창 아래로 사라지자 연자심이 급하게 따라갔다.

내려가는 계단은 가파르고 어두웠다. 연자심이 내려가는 동안 그녀는 내내 등불을 들고 서 있었다. 그가 바닥에 닿자마자 그녀가 등불을 내밀었다. 연자심이 미적거리며 등불을 받았다.

그녀가 손을 높이 들어올리며 말했다.

"높이 들어야지."

연자심이 쓴웃음을 지으며 벌을 서듯 등불을 머리 위로 쳐들었다. 흔들리는 등불에 사방에 그림자가 흔들거렸다. 선채를 지탱하는 용골이 일렬로 길게 늘어서 있고, 여기저기 퀴퀴한 냄새를 풍기는 수많은 자루들과 밧줄, 예비 돛포가 쌓여 있었다.

그녀는 이리저리 돌아다니며 내부를 둘러보았다.

"뭐 하는 건가?"

어둠을 뚫고 들려오는 목소리에 소녀가 화들짝 놀라 한 걸음 물러섰다. 등골을 타고 소름이 돋아 오르고 온몸이 부르르 떨렸다. 어둠만이 가득한 선창 안에 누군가 있다는 것은 전혀 예상하지 못한 일이었다.

저편에서 느릿한 걸음으로 다가오는 사람은 해로수 고 노인이었다. 노인은 등불도 없이 이 어두운 선창을 돌아다니고 있었다.

"왜 여기 들어왔지?"

"구, 구경 하려고……."

노인은 흔들리는 등불 아래 괴기스러운 모습을 하고 있었다.

"호기심이 많은 아이로고……."

고 노인이 희미하게 웃었다. 흔들리는 등불에 입가의 그림자가 꿈틀 거리는 것 같았다. 그 모습은 음흉하고 음충 맞은 지옥의 마귀처럼 섬 뜩했다. 칠흑같은 어둠 속에서 희미한 등불이 만들어주는 조화에 소녀 가 잠시 넋을 잃었다.

"그런데 호기심인가? 아니면 그에게 관심이 있나?"

노인의 뜬금없는 물음에 소녀는 한동안 말이 없었다. 그녀는 노인이 무슨 말을 했는지 이해할 시간이 필요했다.

"뭐라고욧!"

그녀가 얼굴을 붉히며 소리를 질렀다. 노인이 '그에게' 라고 말할 때 뒤에 서 있는 연자심을 슬쩍 쳐다본 것을 상기했다. 노인의 물음을 이 해한 그녀의 얼굴이 심하게 일그러졌고, 어깨가 들썩거렸다. 급격하게 공포가 분노로 변해갔다.

소녀는 노인을 냉랭한 눈으로 쏘아보았다. 그 눈빛에는 차갑고 한없 는 분노가 담겨 있었다. 그녀가 왼 다리를 앞으로 내딛고 두 손을 내밀 어 포권을 취하며 말했다.

"무창 탁가의 소정, 비무를 청합니다."

연자심은 그녀의 예의 바르지만 냉기를 풀풀 날리는 목소리에 입맛 이 씁쓸했다. 상대가 노인이 아니었다면 소녀는 당장에 달려들어 주먹 질부터 했겠지만, 나이 많은 노인을 무작정 두들겨 패기엔 꺼리는 점이 있었다.

"탁가란 말이지."

노인의 무심한 목소리는 비웃음인지 읊조림인지 알 수 없었다.

탁소정은 갈등하지 않았다. 싸움에 임하는 무인에게 갈등은 필요없었다. 그녀는 이 무지렁이 노인의 말을 비웃음이라 여겼다.

노인은 탁소정의 살기등등한 모습에도 느긋한 얼굴을 하고 있었다. 그녀의 눈꼬리가 꿈틀거렸다.

포권을 푼 탁소정이 허리를 앞으로 숙이고 오른손을 허리춤에 바짝 붙인 채 왼손을 펼쳐 앞으로 내밀었다. 그녀의 공격 준비가 끝나도 노인은 여전히 뒷짐을 진 채 그녀를 멀뚱히 보기만 했다. 그녀는 노인이 자신을 무시하고 있다고 생각했다. 그것이 그녀의 자존심을 더욱 상하게 했다.

소녀의 몸에서 흘러나오는 살기(殺氣)가 폭발적으로 증가하자 뒤에 서 있던 연자심에게도 선명하게 느껴졌다.

연자심의 얼굴이 구겨졌다. 그녀의 살기는 막괴강을 기억하게 했다. 가슴이 두근거리기 시작했다. 막괴강의 살기는 밑이 없는 수렁처럼 빠지면 끝없이 빨려 들어가는 느낌이었지만, 소녀의 살기는 그의 가슴을 울렁이게 만들었다.

연자심이 크게 숨을 쉬었다. 그러나 심장은 여전히 빠르게 뛰고 있었다.

"갑니다!"

탁소정이 말이 끝남과 동시에 움직였다. 한 걸음 내디딘 탄력으로 뛰어오른 탁소정의 몸이 휘돌았다.

풍차처럼 돌아가는 그녀의 다리가 폭풍처럼 노인을 쓸어갔다.

타다다닥.

모두 여덟 번의 발차기가 빠르게 노인을 강타하고 노인은 실 끊어진 연처럼 뒤로 날려갔다. 탁소정의 풍차 같은 발차기를 고스란히 받아들인 것이었다.

내려서던 탁소정의 얼굴이 일그러졌다. 반격이 없는 상대를 두들겨 패는 것만큼 재미없는 일도 없었다.

연자심이 어둠의 저편으로 날려간 노인을 향해 달려갔다. 그의 손에서 흔들리는 등불에 어지러운 그림자가 춤을 추는 것 같았다.

장방이 다가와 머리를 때릴 때까지 왕삼의 정신은 사방 천지를 헤매고 있었다.

"악!"

뒤늦게 비명을 지르는 왕삼을 보며 장방이 인상을 찌푸렸다.

"이놈아, 따뜻한 바닷물을 쓰라고 했지, 이건 찬물이지 않느냐."

"아! 그게……. 아악!"

왕삼이 조금 전과는 비교도 되지 않는 비명 소리를 질렀다.

"시끄러. 누가 들으면 돼지라도 잡는 줄 알겠다."

"뜨, 뜨거워!"

왕삼이 물통에서 손을 빼려 하자 장방이 그의 팔뚝을 잡았다.

"빼지 마. 붓기가 빠지려면 멀었어."

"끄응."

구겨진 왕삼의 얼굴이 펴질 줄 몰랐다.

"그런데 무슨 생각을 하기에 사람이 들어오는 것도 모르냐?"

"생각은 무슨."

"하긴 생각할 머리가 있어야 생각을 하지."

"뭐!"

왕삼이 자리에서 벌떡 일어섰다.

"왜 흥분을 하고 그러냐?"

장방의 눈에 호기심이 가득했다.

"무, 무슨 내가 흥분을……."

더듬거리는 왕삼의 얼굴이 붉게 달아올랐다. 장방의 눈이 가늘어지며 음충 맞은 표정을 지었다.

"바람이라도 들었냐?"

"바람이라니?"

"아서라. 누가 너 같은 놈을 상대해 준다더냐. 상대가 누군지는 모르지만 포기해라."

"도대체 무슨 말을 하는지……."

"날 속이려고 하면 벌받는다."

"……"

"까놓고 말해 봐. 누군데? 예쁘겠지? 뽀얀 얼굴에 야들야들한 몸매, 허리는 세류요(細柳腰) 같겠고."

"……."

왕삼은 입을 꼭 다물고 물통 속에 집어넣은 손만 주물럭거렸다.

"주물러 울혈을 풀어주라고 했지, 조물락거리라고 했냐? 곽곽 주물러야지."

말을 하던 장방이 물통 속에 손을 집어넣었다.

"으악! 뭐, 뭐 하는 거야!"

왕삼의 비명 소리가 울려 퍼졌다. 장방의 손아귀는 강철 집게처럼 왕삼의 손목을 주물러 댔다.

고통에 식은땀을 흘리는 왕삼은 비명조차 지르지 못했다. 입만 벌린 채 뻐끔거리는 그를 보며 장방이 말했다.

"이제 정신이 좀 드냐? 자심이 말대로 넌 계속 일몽을 꾸고 있구나. 하지만 이거 한 가지는 알아야 한다. 넌 이미 늦었다. 좀 더 이른 나이에 시작해야 할 것을 지금에서야 시작하는 거다. 저 밖에 있는 녀석들은 모두 어릴 때부터 무공의 기초를 차근차근 닦아왔다. 뭐, 아직은 멀었다만, 그런 기초가 앞으로 고수가 되기 위한 준비 과정과 같은 거지. 세상일이란 한걸음에 이루어지는 것은 아니다. 하지만 모든 것은 한걸음에서부터 출발하는 거다. 걷기 시작했으면 누구보다 빨리 걸어야 하는 거다. 네가 가진 장점이라곤 하나뿐이지."

왕삼이 고개를 들어 장방을 보았다.

"네가 가지고 있는 유일한 장점은 욕심이다. 욕심이라고 반드시 나쁜 게 아니다. 욕심이란 원동력이고, 사람을 전진시키는 힘 중에 하나지. 무인이란 두 종류가 있다. 자신의 단점을 알아내 기필코 고쳐 나가려는 사람이 있는 반면, 단점 따윈 내버려 두고 자신의 장점을 더욱 발전시켜 나가는 사람도 있다. 전자는 소극적인 방법이고 후자는 적극적인 방법이다. 둘 중 어느 방법을 택할지는 네 자유겠지. 하지만 단점을 찾아내 고쳐 나가는 것보다는 네 장점을 더욱 발전시켜 궁극의 경지까지 오르는 것이 더 좋다. 네 욕심을 모두 거기에 퍼부어라."

말을 마친 장방이 빙그레 웃으며 왕삼의 어깨를 토닥여 주곤 선실을 빠져나갔다.

왕삼은 다시금 깊은 생각에 빠져 물이 식어가는 것조차 잊고 있었다.

달려가던 연자심이 발걸음을 멈췄다. 흔들리는 등불 아래 노인이 빙긋 웃는 모습이 보였기 때문이다.

"어떠냐?"

노인의 뜬금없는 물음에 연자심은 의아한 표정이 되었다.

"내 난화영이 어떠하더냐?"

연자심이 눈을 동그랗게 떴다. 노인이 어떻게 십팔로암영권의 삼로인 난화영을 알고 있는 것일까.

노인이 천천히 일어나 앉았다. 연자심이 미처 답하기도 전에 그가 또다시 물었다.

"십팔로암영권을 어디까지 익혔느냐?"

"십사로까지 익혔……."

대답을 하던 연자심이 급히 입을 다물었다. 상대를 정확히 알지도 못하는데 자신의 비밀을 알려줄 수는 없었다.

"오호, 분난영까지라……. 넌 네 할아비를 닮은 모양이로구나."

"어떻게 할아버님을……?"

내내 궁금해하던 것이었다. 왕삼이 십팔로무영검을 가르쳐 달라고 했을 때 난처한 상황에서 구해준 사람이 고 노인이었다. 그때 고 노인은 자신의 할아버지와 알고 있다고 했었다. 그러나 할아버지에게 고씨

성을 가진 노인에 대한 어떤 이야기도 들은 적이 없었다.

"친구라고 할 수 있지."

말을 하며 고 노인이 일어서려 했다. 연자심이 재빨리 그를 부축했다. 노인을 일으켜 세운 연자심이 뒤를 돌아보았다. 탁소정의 모습이 보이지 않았다.

"그 꼬맹이는 진즉에 가버렸다. 노인네에게 호된 발차기를 하고 겁이 난 거겠지. 그래도 배우기는 잘 배운 모양이더구나. 뼈가 부러지지 않을 만큼 정확하게 힘 조절을 하는 걸 보니."

연자심이 쓸쓸한 표정을 지었다.

고 노인이 돛포 위에 털썩 주저앉았다. 그리고 예의 바른 자세로 서 있는 연자심을 보며 말했다.

"샌님처럼 굴지 말고 대충 앉아라. 그래야 이야길 하지."

"괜찮습니다."

"사람과 사람 사이에 거리가 멀게 느껴지게 하려면 지극한 예의를 갖추면 되지. 예의가 바르다는 건 좋지만 사람이 가까워지려면 천연덕스러운 것도 필요한 법이란다."

고 노인의 이야기가 옳았다.

연자심은 무의식적으로 사람들과 거리를 두려 하고 있었다. 잠시 동안 배를 탄다는 것을 알리지 말라는 노구겸의 충고가 그의 의식 깊숙이 깔려 있었다.

연자심이 머리를 긁적이며 바닥에 앉았다.

"난 네 할아비의 오랜 친구이자 맞수라고도 할 수 있지. 네가 배운 십팔로암영권에 호되게 당한 사람 가운데 하나니까."

연자심의 가슴 한구석이 뿌듯해지는 것을 느꼈다. 그러나 다른 한편으론 세상을 떠난 할아버지가 그리웠다.

"처음 그를 만난 게 오십 년 전인가. 나도 젊었고 그 친구도 젊을 때였지. 우린 누가 더 강한가 승패를 가리지 않으면 안 됐거든. 그 당시 그의 검은 빠르고, 부드럽고, 섬세했지만 내가 좀 더 강했지. 두 번째 만났을 때 그의 검은 여전히 빠르고, 부드럽고, 섬세했지만 그 속에 굉장한 파괴력이 담겨 있어 난 깜짝 놀라고 말았다. 아마 몇날 며칠을 싸워도 그와는 승부가 날 것 같지 않았지. 그리고 세 번째 만났을 때는 정말 대단했었지. 일평생 검사의 길을 걷던 그가 검을 버리고 적수공권(赤手空拳)으로 날 상대하려 했을 때 난 그가 미쳤다고 생각했다. 하지만 그가 옳았지. 난 도저히 당해낼 수 없었다. 그날 그는 자신의 일생을 보여주었고, 나는 정말로 기뻤다. 무인으로서 상대가 일생을 걸고 배운 것을 보여주고, 그것을 본다는 것만큼 기쁜 일은 없을 거야. 하지만 한편으론 너무나 슬펐지. 난 분명 모자랐던 거야. 배운 무공을 지킬 생각만 했지, 더 나아가지 못했거든. 단 한 발자국도. 하지만 그는 전진했어. 더욱 높은 곳을 향해 피투성이가 되면서도 결코 멈추지 않았다."

고 노인이 말을 멈추고 선창 안에 가득한 어둠 속을 깊숙한 눈으로 바라보았다. 어둠의 저편에 그의 수십 년 세월이 녹아 있는 것 같았다.

연자심은 그 모습에서 쓸쓸함이 느껴졌다.

"검사가 검을 버린다는 것은 생명을 버린다는 거나 마찬가지지. 그런 사람이 만든 권법이다. 그가 암영권을 펼쳤을 때 난 무기력하게 손을 내려야 했지. 물론 암영권이 완벽해서는 아니었다. 세상에 완벽한 것이 어디 있겠느냐. 하지만 연상인의 암영권에는 필생의 집념이 담겨 있었다. 거대한 파도처럼 다가오는 그의 기세를 도저히 당해낼 수 없었다. 그 뒤로 그와는 더 이상 싸우지 않았다. 대신에 내가 가진 모든 것을 주었다. 그 대답으로 난 완성된 십팔로암영권을 볼 수 있었다. 난 기쁘다. 네가 네 할아버지의 평생을 이어받은 것이 기쁘고, 널 만난 것이 기쁘고, 그리고 아직 내 일생이 끝나지 않았다는 것이 기쁘다.”

고 노인이 자리에서 벌떡 일어서 연자심을 내려다보았다. 연자심이 따라 일어섰다.

“사람의 인연이란 정말 묘한 거야. 이런 데서 그의 손자를 만나다 니……. 그런데 남릉서원에 들어가려 북경으로 간다고?”

“예.”

“관리가 되려 하느냐?”

“예!”

“네 뜻이냐?”

“……예.”

연자심의 대답이 뒤늦게 나왔다. 고 노인은 상황을 짐작한다는 듯 고개를 끄덕이며 말했다.

“젊음은 격랑의 시기지. 어른이란, 특히 부모란 자식이 올바른 길로 가야 한다고 믿고 그 길을 강요하기 마련이니까. 그리고 그것이 부모 가 된 자의 의무라고 생각하지. 부모란 자식이 스스로 자란다는 것을 인정하지 못하니까. 부모란 스스로 자라는 아이들을 정성껏 돌봐주는 걸로 만족할 수 없거든. 그래서 어떻게든 영향을 주려고 하지. 그것이 아이의 장래를 위하는 것이라고 굳게 믿으면서. 마치 한 그루 분재(盆

栽)를 키우는 것처럼 이리 꺾고 저리 꺾어 모양을 만들고, 가지를 치고 벌레를 잡아주며 온갖 정성을 들였으니 내 뜻에 따라야 한다고 말하는 것과 마찬가지지. 하지만 사람은 분재가 아니야. 그리고 젊음이란 그런 강요를 받아들이긴 쉽지 않으니까. 가슴 한구석에 이렇게 살아도 되는 걸까? 다른 인생은 없는 걸까? 하고 고민을 하게 되지. 부모 역시 그런 세월을 겪었으면서도 잊고 사는 거야. 아니, 외면한다고나 할까. 사람이란 때때로 잠시 멈춰서 되돌아보는 순간이 필요하지만 언제 멈춰서 되돌아봐야 하는지 모를 때가 많아. 부모란 더욱 자주 멈춰서 되돌아봐야만 하는데도 말이지."

고 노인이 연자심의 어깨를 토닥였다.

"어느 날 문득 자신이 어디에 서 있는지 모를 때 네 자신을 한번 되돌아봐라. 그러면 어디로 가야 할지 알게 된단다."

말을 멈춘 고 노인이 고개를 돌려 창고 저편 어둠 속을 바라보았다. 연자심도 노인을 따라 어둠 저편을 보았다.

"좋지 않구나."

무엇이 좋지 않다는 것일까? 연자심은 아무리 살펴보아도 별다른 이상한 점을 느끼지 못했다.

"아무래도 오늘 이야기는 여기서 끝내야겠다."

고 노인의 표정이 심각해졌다.

"때 이른 태풍이 올 것 같구나."

연자심이 깜짝 놀라 외쳤다.

"태풍이요?"

"그래…… 쥐가 없어."

쥐가 없다는 이야기에 연자심은 고 노인이 왜 선창에 내려와 있는지 알 것 같았다.

"쥐는 미물이지만 위험을 알아차리는 능력만큼은 사람보다 훨씬 낫지."

연자심의 표정도 심각하게 굳어졌다. 뱃사람에게서 배의 쥐가 사라지면 큰 위험이 닥친 것이라는 소리를 들은 적이 있었다.

"안 되겠구나. 넌 먼저 올라가라. 좀 더 조사를 해봐야 할 것 같구나."

고 노인은 등불도 없이 선창을 가로질러 어둠 속으로 사라졌다. 연자심은 그에게서 더 많은 이야기를 듣고 싶었지만 다음 기회로 미룰 수밖에 없었다.

연자심이 선창 밖으로 나왔을 때 그를 기다리는 사람이 있었다.

"그 노인은 누구지?"

화가 난 듯한 탁소정의 얼굴은 한겨울처럼 냉기를 풀풀 날렸다.

"해로수입니다."

"해로수! 그게 말이 되는 소리야. 내 퇴법(腿法)은 그리 간단히 피할 수 있는 게 아니라고."

"……."

연자심은 내심 웃음이 나왔지만 차마 웃지 못하고 어색한 표정을 짓고 있었다.

"흥! 내 아버님이 천하십대고수 중 한 분인 권절 탁인기라고. 그런 분에게서 배운 무공인데, 보통의 해로수 노인이 그걸 막아낼 수 있을 것 같아?"

"……."

탁소정의 자부심 가득한 얼굴을 보며 연자심이 슬며시 웃었다. 조금 전 고 노인이 할아버지의 이야기를 할 때 자신도 그녀처럼 자부심이 가득한 얼굴이었을 것이란 생각이 들었다.

"뭐야, 비웃는 거야?"

"아니요. 비웃다니요."

그녀가 문득 생각난 것이 있는 듯 얼굴을 붉히며 소리쳤다.

"도망친 게 아니라고. 그건 작전상 후퇴였어. 그리고 음흉한 노인네, 제대로 맞지도 않으면서 그렇게 날아가 버리니……."

연자심은 웃고 싶었지만 웃을 수 없었다.

그녀의 짧은 변명 같은 말속에서 연자심은 모든 상황을 유추해 낼 수 있었다. 그녀는 자신의 발차기가 노인에게 통하지 않는다는 것을 아는 순간 당황한 마음에 급히 몸을 피한 것이다. 그리고 도망치던 그녀는 마음이 진정되는 순간 돌아와야만 했다. 그것은 자존심의 문제였다.

"그 노…… 악! 뭐, 뭐야?"

그녀가 펄쩍 뛰며 소리쳤다. 갑작스런 비명에 연자심이 당황하고 있을 때 그녀가 손가락으로 바닥을 가리켰다.

"쥐!"

쥐 한 마리가 발밑을 스쳐 지나가고 있었다. 연자심은 쥐가 가는 방향을 유심히 지켜보았다.

배 안에서 쥐를 처음 본 것은 아니었다. 오히려 너무 자주 봐서 익숙한 것이 쥐였다. 쥐는 선부들의 선실과 창고를 제집 드나들듯 드나들었다. 그리고 왕삼과 자신의 중요한 일과 중 하나가 쥐를 잡는 것이기도 했다. 평범하기만한 쥐의 출현, 그러나 고 노인에게 배 안에 쥐가 없다는 이야기를 들은 뒤라 무심히 보아 넘길 수 없었다.

쥐는 갑자기 나타났던 것처럼 순식간에 어디론가 사라졌다.

연자심이 쥐를 쳐다보는 동안 탁소정의 얼굴이 시뻘겋게 달아올랐다. 쥐 따위에 놀라 비명까지 지르다니 운수가 사나운 날이었다.

연자심은 어색한 얼굴로 그녀의 눈치만 보았다.

"정말 기분 나빠."

그녀의 목소리는 정말로 기분이 나쁜 듯했지만 어쩐지 이곳을 떠날 마음은 없는 것 같았다.

그녀는 어째서 떠나지 않는 것일까?

'좋지 않아.'

연자심은 가슴속 깊은 곳에서 스멀스멀 기어오르는 기이한 느낌에 기분이 좋지 않았다. 그러나 얼굴에는 어떠한 변화도 나타나지 않았다.

조용히 침잠하는 연자심과 불길처럼 끓어오르는 탁소정은 기묘한 대비를 이루고 있었다.

소년의 이름은 사공정이라 했다. 올해 나이 열넷으로 남양 풍신방의 소방주인 그가 이 배에 오른 건 성격 탓이었다.

풍신방은 순수한 무가가 아니라 하남 일대에서 가장 큰 표국을 모태(母胎)로 시작된 방파였다. 천하로 표물을 운송하는 표국은 그 자체만으로도 강력한 무력 집단이자 상권의 중추 세력이다. 그런 풍신방의 미래를 이끌어갈 사공정의 마음은 너무나 여렸다. 그런 여린 마음 탓에 동년배에게 따돌림을 당하거나 놀림을 받기 일쑤였다.

풍신방주이자 사공정의 아버지인 사공중산은 늘그막에 얻은 외아들이 강해지기를 바랐다. 자식을 강하게 키우려면 여행을 보내야 한다는 말처럼 사공중산은 사공정 홀로 여행을 떠나게 했다. 물론 자신의 통제에서 벗어나지 않는 여행이었지만 말이다.

운현도는 사공중산이 생각한 가장 이상적인 여행지였다. 비록 자신이 운현도에 가본 것은 아니었지만, 그곳의 상황에 대해선 누구보다 잘 알고 있었다. 게다가 운현도는 유수한 문파에서 보낸 뛰어난 아이들과 폭넓게 사귈 수 있는 장소이기도 했다. 운현도의 아이들은 장래 그들의 가문에서 중요한 역할을 담당할 아이들이기 때문이다.

아들의 장래를 위해 가장 훌륭한 장소라고 판단한 사공중산은 이 년간 철저하게 준비하며 사공정을 가르쳤다. 하지만 사람의 본성이 쉽게 변할 수 있던가. 사공정은 아직 어리고, 여전히 마음이 여렸다. 오늘도 사공정은 동년배들에게 따돌림을 당하고 선창 구석에 숨어 있었다.

탁소정과 대치하듯 마주 서 있던 연자심이 귀를 기울였다. 익숙한 파도 소리에 섞여 아이의 울음소리가 들렸다. 울음소리는 잔뜩 억눌려 있어 듣는 것만으로도 가슴이 답답해지는 것 같았다.

연자심이 다른 곳에 정신을 팔자 탁소정의 눈매가 역팔 자를 그렸다. 그녀가 막 입을 열려는 순간 연자심이 움직였다.

몇 개의 선실을 지나 닫혀 있는 선실 앞에 섰다. 탁소정은 의아한 눈으로 연자심의 뒤를 따라갔다.

연자심이 선실의 문을 열었다. 사용하지 않는 선실에선 고약한 냄새가 났다.

"누구야?"

탁소정이 선실 구석에 쭈그리고 앉아 있는 작은 몸집의 아이에게 물었다. 아이는 대답이 없었다. 연자심이 통로에 꽂혀 있는 등불을 빼내 선실을 비췄다.

"뭐야! 사공 도련님 아니신가!"

탁소정의 비아냥거림에 연자심의 미간이 절로 찌푸려졌다. 사공정은 그녀의 목소리가 듣기 싫다는 듯 귀를 막으며 외쳤다.

"날 내버려 둬!"

"어련하시겠어."

그녀의 말투에선 빈정거림을 넘어 분노가 느껴졌다. 어째서 그녀는 소년을 미워하는 것일까? 소년과 소녀의 관계를 알·리 없는 연자심은 그저 조용히 지켜봐야만 했다. 등불이 흔들리자 탁소정의 그림자가 좌우로 요동을 쳤다.

"바보처럼 그러고 있지 말고 나와. 그리고 이번엔 또 어떤 놈이야?"

탁소정이 두 주먹을 불끈 쥐고 당장에라도 쫓아갈 듯 으르렁거렸다.

"됐다니까. 내 문제야."

"문제란 해결할 수 있는 걸 문제라고 하는 거야. 답이 있어야 문제지. 이건 난제라고. 네가 도저히 풀 수 없는 거거든."

소년이 아랫입술을 잘근거리다 신경질적으로 외쳤다.

"문제든 난제든 내가 해결할 거야."

"아, 그러셔. 꼴에 사내라고 말이 안 통한다니깐. 어쨌거나 사공 백부님에게 부탁을 받은 건 나고, 부탁받은 이상 돌봐줄 이유가 있는 거야, 나라고 좋아서 이러는 줄 알아!"

"그따위 싸구려 동정은 싫어."

"싸구려 동정? 이 자식이!"

탁소정의 얼굴이 붉게 달아올랐다.

"너 따위에겐 동정도 아까워!"

"아까우니까, 가버려."

소년의 목소리엔 독기마저 어려 있었다. 한참 동안 소년을 노려보던 탁소정이 고개를 돌렸다. 그녀의 동작은 느렸지만 칼로 베는 듯한 절도가 느껴졌다. 마치 무엇인가 도려내듯 단호한 행동이었다.

그녀는 눈물을 흘리거나 슬픈 얼굴을 하지 않았다. 그러나 침착하려 애쓰는 그녀의 모습이 애처로워 보였다. 탁소정과 소년은 어떤 관계일까? 단순히 소년의 아버지에게 소년을 돌봐달라는 부탁을 받은 사이일까?

연자심은 작게 고개를 저었다. 자신이 관여할 문제가 아니다.

탁소정의 발자국 소리가 멀어져 갔다. 그녀의 발자국 소리가 들리지 않을 때까지 연자심은 등불을 들고 고민했다. 소년을 이대로 두고 나가야 할지, 아니면 무슨 말이라도 건네야 할지 몰랐다. 침묵은 침침한 선실을 가득 메우고 넘쳐흘렀다. 서 있는 사람도, 구석에 앉아 있는 사람도 모두 말이 없었다.

연자심은 낭패한 심정이었다. 그녀가 떠날 때 같이 떠났어야 했다. 잠시 동안의 머뭇거림에 시기를 놓쳐 버렸다. 그는 우두커니 서서 소년을 바라볼 수밖에 없었다.

문득 연자심은 자신이 떠나지 못한 것이 시기를 놓쳐서가 아니란 생각이 들었다. 소년을 홀로 내버려 둘 수 없었다. 자신이 도와줄 수는 없지만 내버려 둘 수도 없었다. 소년은 자신의 동생만큼 어렸고, 동생만큼 어린 소년을 어두운 선실 구석에 놔두고 고개를 돌려 버릴 만큼 모질지 못했다.

"당신도 나가."

소년의 목소리는 잔뜩 풀이 죽어 있었다. 말은 나가라 하고 있지만 그 속에 담긴 뜻은 그렇게 들리지 않았다. 조용히 그를 바라보던 연자심이 등불을 매달았다. 사람이란 혼자이고 싶을 때 어둠을 찾는다. 그리고 그 어둠 속에서 자신을 비관하고 슬픈 생각에 빠진다. 연자심은 빨리 소년이 어둠 속에서 벗어나길 바랐다. 이 작은 등불에서 조금이나마 힘을 얻고 희망을 얻기를 기원했다.

잠시 소년을 바라보던 연자심이 발걸음을 옮기려, 했다.

"등불도 가지고 나가."

신경질적인 소년의 외침에 연자심은 씁쓸하게 웃었다. 그러나 매달아놓은 등불을 가지고 나갈 마음은 없었다.

그리고 이럴 때 가장 좋은 방법을 연자심은 알고 있었다.

"엉뚱한 이야기를 잘하는 친구가 있었습니다."

고개를 숙이던 소년이 인상을 쓰며 뜬금없이 이야기를 시작한 연자심을 노려보았다. 눈길이 마주치자 연자심이 빙긋 웃었다. 그 웃음은 마치 이야기를 더 해도 될까요? 라고 묻는 것 같았다.

사공정이 말이 없자 연자심이 말을 이었다.

"그 친구가 이야기하기를……."

연자심이 말을 끊었다.

계속 인상을 쓰고 있던 사공정의 얼굴이 조금씩 변해 의아함으로 가득했다. 하지만 연자심은 말없이 미소만 짓고 있었다.

사공정의 얼굴이 서서히 호기심으로 변했다. 그 순간 마치 기다렸다는 듯 연자심이 뒤돌아 걸어나갔다.

그는 선실 문을 지나 오른쪽으로 사라졌다.

사공정은 흥미로운 눈길로 어떤 일이 벌어질까 기대했다. 하지만 그의 발자국 소리는 계속 멀어져 갈 뿐이었다. 이제나저제나 연자심이 돌아오기를 기다리던 사공정은 뭔가 잘못됐음을 깨달았다.

사공정이 자리를 박차고 일어섰다.

"아이고!"

이층 침상을 생각하지 못한 결과였다. 머리통을 쓸어 만지던 사공정이 급하게 뛰어갔다. 연자심은 벌써 통로로 저 멀리 가고 있었다.

"잠깐!"

냅다 소리를 지른 사공정이 연자심에게 달려갔다.

"왜 말을 하다 말아?"

한달음에 달려온 사공정이 단숨에 내뱉었다.

연자심은 물끄러미 소년의 얼굴을 보았다. 조금 전까지 깊게 드려 있던 슬픔은 온데간데 없이 사라졌다. 나머지 이야기를 마저 하라는 듯 재촉하는 사공정의 끈질긴 시선에 마침내 연자심이 입을 열었다.

"그게 전붑니다."

"전부? 그게?"

사공정의 표정이 일그러졌다. 완전히 놀림을 받았다고 생각한 사공정이 분통을 터뜨리려는 순간 연자심이 천연덕스럽게 말을 이었다.

"제가 처음에 말씀드리지 않았습니까. 엉뚱한 이야기라고."

"……."

잠시 할 말을 잃고 멍하니 연자심을 바라보던 사공정은 자신이 완전히 당했음을 깨달았다. 너무나 뻔한 수법에 이렇게 간단히 당하다니 허탈하기도 했고, 한편으론 참으로 우습기도 했다.

사공정이 킥킥거리며 웃기 시작했다. 그의 웃음이 점차 커지며 급기야 배를 잡고 웃어대기 시작했다. 한참을 웃다 찔끔 흐른 눈물을 닦아내며 사공정이 굽혔던 허리를 폈다. 그리고 주의 깊게 자신 앞에 서 있는 선부 복장의 사내를 보았다.

자신보다 나이는 너댓살 정도 많아 보였고, 그을리지 않은 하얀 얼굴과 손이 보통의 선부와는 분명 달라 보였다.

어떤 사연이 있어 이 배를 탄 것일까? 문득 호기심이 일었다. 하지만 초면에 대뜸 그런 것을 물을 수는 없었다.

"정말 재미있었어. 최고야. 난 남양 풍신방의 사공정, 형장의 이름은?"

연자심은 사공정의 물음이 전혀 아이답지 않음에 기묘한 이질감을 느꼈다. 하지만 익숙하게 들리는 것은 그런 소개가 몸에 배어 있기 때문이라 생각했다.

"연자심이라고 합니다.".

사공정은 잊지 않고 기억하려는 듯 입속으로 연자심의 이름을 몇 번 되뇌었다.

"뭐 하는 사람이지?"

"보시다시피 선부입니다."

"아니, 아니."

사공정이 고개를 설레설레 저었다.

"누구나 알 수 있어. 당신의 그을리지 않은 얼굴과 깨끗한 손을 보면 말이야."

"신참이지요. 배를 탄 지 얼마 되지 않았답니다."

사공정이 고개를 갸웃거렸다. 그의 궁금증이 더 커지기 전에 연자심이 슬쩍 말꼬리를 돌렸다.

"그런데 남양 풍신방이라고요?"

사공정이 눈을 동그랗게 떴다.

"풍신방을 몰라?"

사공정의 반문에 연자심이 머리를 긁적였다.

"풍신방은 강호에서 가장 크고 유명한 표국이고, 방방곡곡 안 가는 곳이 없다고."

"워낙 변방에 살아서⋯⋯."

"생각보다 풍신방이 크지 않은 모양이군. 좋아, 그렇다면 이 다음에 내가 변방에서조차 풍신방의 이름을 알 수 있게 해주겠어."

사공정의 호기로운 다짐에 연자심은 빙긋 웃었다. 조금 전의 슬픔은 모두 떨쳐 버린 것 같았다.

청룡호에 승객인 소년, 소녀들이 대부분 무인처럼 날카로운 예기를 가졌다면 사공정은 유하고 격식을 갖추고 있었다. 그 모습은 무인이 아니라 상인에 더 가까웠다. 연자심은 어쩌면 장래에 대상인이 될 사람을 보고 있는 건지도 모르겠다고 생각했다.

사공정이 당찬 목소리로 말을 이었다.

"그리고 분명 한 번 빚을 졌으니까 언젠가 갚고야 말겠어. 내가 어른이 되면 난 풍신방을 이끌게 될 거야. 그때 가서 반드시 당신을 찾겠어. 뱃일보단 훨씬 편하고 좋은 일을 주지."

"말씀만으로도 감사합니다."

"거짓말이 아냐. 난 입으로 말한 건 반드시 지킨다고."

"기대하지요."

연자심은 조용히 미소를 지었다.

태양이 바다에 빠지는 순간은 장엄하다는 말밖에 다른 말을 할 수 없었다. 홀로 삼판 청소를 하던 연자심은 수평선 너머로 지는 해를 바라보며 상념에 잠겨 있었다.

"무슨 생각을 하느냐?"

노구겸이 이었다.

"아, 아뇨. 그냥 이렇게 해가 지는 모습이 너무 대단해서."

"자주 보면 질리지."

그가 다가와 연자심 옆에 섰다.

"내가 요만한 꼬맹이였을 때 아버지를 따라 배를 탄 적이 있었지. 타고 싶어 탄 건 아니었어. 아버지가 억지로 태운 거니까. 그때가 이른 새벽이었는데, 바다로 나가. 그물을 내리고 한참 일을 거들다 문득 바다를 보니까 시뻘건 태양이 불쑥 솟아오르는 거야. 어린 마음에 그게 얼마나 무섭던지 그만 울고 말았다. 그땐 말이다. 정말 무서웠었어. 어째서 그런지는 잘 모르겠지만 왜 그런 거 있잖아, 그냥 무서운 거. 이유도 없이 말이야. 아버지는 한심하다는 듯 날 쳐다보더구나. 난 이를 악물고 참으려 했지만 아버지의 눈이 싫었고, 태양이 무서웠다. 그래서 그 후로는 배를 타지 않았지. 대신 다른 꿈을 꿨어. 사실 내 꿈은 말이야. 장군이었거든. 말을 타고 수백 명의 병사를 이끌며 호령하는 장군이 되고 싶었지. 하지만 장군이 되는 것도 쉽지 않더구나. 내가 할 수있는 거라곤 군졸밖에 없었으니까. 어찌어찌 군졸이 되고 허송세월을 보내다 백부장님을 만났고, 그분에게서 난 많은 것을 배웠다. 하루하루를 그저 살아가던 내게 살아야 하는 이유를 가르쳐 주셨으니까."

해가 완전히 수평선 너머로 사라지자 어둠이 내려앉기 시작했다.

"그날은 무척이나 힘든 날이었지. 왜적들과 싸움이 있었거든. 아침부터 내내 왜적을 뒤쫓다 오후가 돼서야 겨우 그들을 발견해 싸움이 시작됐는데, 그놈들은 보통이 아니었어. 그들의 칼은 정말 무서웠다. 자신의 목숨 따위는 아랑곳없이 오로지 상대를 죽이기 위해서 휘두르는 칼이란 세상에 그 어떤 것보다 무섭지. 병사들이 짚단처럼 베어지고 사방이 온통 피바다였다. 모두 겁에 질려 이리저리 도망을 쳤지. 나도 정신없이 도망을 치다 왜놈 둘과 마주쳤고, 난 이제 꼼짝없이 죽었구나 생각했지. 마치 고양이 앞에 쥐처럼 난 옴짝달싹도 할 수 없었거든. 보이는 건 오로지 번쩍이는 칼밖에 없었다. 그런데 노을빛을 받아 붉게 물든 왜놈의 칼은 오래전 내가 처음 배에서 봤던 수평선 위로 떠오르는 아침 해를 생각나게 했고, 난 그때처럼 울어야 했다. 그냥 무서웠거든. 너무나 무서워서 울었다. 그리고 왜놈의 칼이 사정없이 내 목을 쳤지. 난 그렇게 그 자리에서 죽었다."

한참 이야기를 듣던 연자심이 쓰게 웃었다. 그때 죽었다면 여기 살아 있는 그는 누굴까?

노구겸이 힐금 연자심을 보곤 빙그레 웃었다.

"왜 믿기지 않냐? 난 그날 분명히 죽었어. 진짜로 왜놈이 내 목을 쳤거든."

노구겸이 고개를 젖혀 목을 보여줬다. 왼쪽 귀밑에서 시작한 칼자국이 턱 아래까지 길게 이어져 있었다. 그가 흉터를 한 번 훑어 내렸다.

"하지만 완전히 베지는 못했지. 왜냐하면 백부장님이 나타나 내 목이 완전히 베어지기 전에 그놈들을 베었거든. 그런데도 난 목이 이미 떨어졌으니 죽었구나 했어. 아마 너무 놀라고 무서워서 그랬겠지. 그때 백부장님이 내게 한마디 하더라고. '살아라'. 그 순간 난 다시 살아났지. 다른 사람들에겐 별거 아닌 한마디일 수도 있겠지만, 그 상황에서 내게 그건 엄청난 충격이었지. 사는 데는 이유가 없다. 살아 있으니 살아야 한다, 라는 생각이 들었거든. 그 뒤로 오로지 백부장님 뒤만 쫓아다녔다. 그게 내가 살아남을 수 있는 유일한 방법이었으니까. 싸움이 끝나고 병영으로 돌아와서도 백부장님의 그 한마디는 내 머리 속을 떠나지 않았고, 난 백부장님을 졸라 죽지 않고 살아남는 방법을 배웠지."

연자심은 그가 아버지에게 배운 살아남는 방법이 무엇인지 알 것 같았다.

"아버지가 돌아가시고 아버지의 배를 탔지, 병사의 녹봉이 얼마 안 되잖아. 그걸로는 많은 가족을 부양할 수 없었으니까. 그래서 배를 팔아버릴까도 했지만 그러지 못했지. 그리고 막상 타보니까 아침 해든 저녁 해든 무섭지 않더라고."

"아직도 수련을 하십니까?"

연자심의 물음에 노구겸은 빙그레 웃기만 했다.

"넌 배우지 않은 거냐?"

연자심이 씁쓸하게 웃었다. 배우긴 배웠다. 하지만 아버지가 아니라 할아버지에게 배워야 했다.

"아버님은 칼 대신에 붓을 쥐어주셨습니다."

어두워진 바다로 눈길을 주며 노구겸이 혼잣말을 하듯 말했다.

"붓을 쥐면 칼이 더 이상 필요가 없겠지. 하지만 붓이든 칼이든 말이다. 난 모두가 살아남는 방법이라고 생각해. 어떤 수단을 쓰든, 칼잡이든, 학자든, 선부든 살아남기 위한 몸부림이니까. 그런 면에서도 난 아버지보다, 아니, 세상 그 누구보다 백부장님을 존경한다. 무공이든 뭐든 훌륭하게 익히신 분이니까. 그리고 한 번도 어긋남이 없이 올곧게 살아온 분이니까. 남들처럼 아첨에 아부를 했다면 진즉에 천부장이 되고 대장군이 될 능력을 가지신 분이니까."

문득 연자심은 아버지가 노구겸의 이야기를 들었다면 어떤 생각을 했을지 궁금했다. 아버지는 자신의 인생이 실패한 것이라 생각하고 있다. 그래서 자식에게 모든 기대를 걸고 있는 것이다. 하지만 노구겸은 연무필이 훌륭한 인생을 살아온 것으로 생각한다.

과연 아버지는 어떤 삶을 살아온 것일까? 연자심은 어떤 결론도 내릴 수 없었다. 자신이 아버지가 되면 알 수 있을까. 그것은 먼 미래의 일이다.

그가 바다에서 눈을 떼지 않고 말했다.

"넌 더 훌륭하고 존경받는 사람이 될 거야. 어쩌면 모든 사람들이 존경하는 사람이 될지도……. 난 그렇게 믿는다."

그것은 근거없는 믿음이었다. 인생이란 한 치 앞도 알 수 없는 거라 했다.

"넌 백부장님의 아들이니까. 사자의 자식은 새끼 사자지, 강아지가 아니거든……."

연자심은 그의 생각을 알 것 같았다. 죽음 직전에서 구해내 새로운 인생을 살아가게 만든 사람은 아버지라 할 수 있다. 그에게 연무필은 새로운 삶을 준 아버지의 모습이었을 것이다. 그리고 또 하나, 그는 자신을 부러워하고 있다는 것이다. 어쩌면 그는 연무필의 진짜 아들이 되고 싶었는지도 몰랐다.

잠시 말이 없던 그가 미간을 좁히며 말했다.

"바람 냄새가 좋지 않군."

"바람 냄새요?"

"습한 냄새가 나잖아."

연자심이 코를 세워 냄새를 맡아보았지만 전혀 알 수 없었다.

"지금 시기에 이런 바람이 불어올 때가 아닌데, 기분이 좋지 않군."

그러고 보니 노구겸은 계속 같은 방향을 쳐다보고 있었다. 심각한 그의 얼굴에 연자심은 조금씩 심장이 빨라지는 것을 느꼈다. 고 노인에 이어 노구겸까지 심상치 않은 기운을 느끼고 있었다.

사람의 힘은 사람의 힘으로 막을 수 있지만 자연의 힘은 사람이 막을 수 있는 것이 아니다. 이 배가 거대한 자연의 힘을 이겨낼 수 있을까? 처음 청룡호를 보았을 때는 그 거대한 크기에 압도당했지만 익숙해진 지금은 그렇게 커 보이지 않았다. 오히려 망망대해 속에 청룡호는 가냘플 정도로 작은 조각배 같았다.

"혹시 모르니까 만일의 사태에 대비를 해야겠다."

노구겸은 걱정하지 말라는 듯 연자심의 어깨를 두드리곤 선주가 있는 망루로 향했다. 사라져 가는 그의 뒷모습을 물끄러미 바라보다 힐금 바다를 한 번 쳐다본 연자심이 구석에 자리를 잡고 누웠다. 왕삼의 연무가 끝날 때까지 아직도 한참을 기다려야 했다.

깜빡 잠이 들었던 연자심이 서늘한 밤바람에 잠이 깼다. 굳어진 몸을 이리저리 움직이며 하층 선실로 내려가다 누군가 선실 통로를 막고 서 있는 것을 발견했다. 등불을 등진 사내의 긴 그림자가 연자심의 발끝에 닿았다.

"……구양 공자?"

구양수가 고개를 끄덕였다.

연자심은 이 시각에 이런 곳에서 구양수를 만날 줄은 전혀 예상하지 못했다. 여기는 선부들만이 기거하는 공간이다.

"여기는 무슨 일로……?"

구양수가 머뭇거렸다. 언제나 당당하던 그에게 어울리지 않는 모습이었다.

연자심은 조용히 서서 그가 대답하기를 기다렸다. 잠시 머뭇거리던 그가 입을 열었다.

"동생이 보이질 않아 찾는 중이오."

왕삼이 주위를 두리번거렸다.

어두운 선창이 오늘 따라 더욱 어둡게 보였다. 손바닥에 홍건한 땀을 바지에 문질러 닦았다. 입술이 바짝 말라붙는 것 같았다.

"왔으면 들어오지 뭐 하고 있어?"

어둠 저편에서 들려오는 구양정의 목소리에 왕삼은 벼락이라도 맞은 듯 몸을 떨었다. 심장이 토끼처럼 뛰고 있었다. 왕삼은 등불을 가져오지 않은 것을 다행이라 여겼다. 등불이 있었다면 붉게 달아오른 얼굴과 당황하는 모습을 들켰을 게 분명했다. 짧게 안도의 한숨을 내쉰 그가 천천히 선창 안으로 들어섰다.

"잠깐!"

구양정이 왕삼의 발걸음을 붙잡았다.

그는 내디디려던 걸음 그대로, 얼어붙은 것처럼 멈춰 섰다. 한쪽 발이 바닥에 닿지 않아 엉거주춤한 자세였지만 그녀의 요구를 충실하게 이행하고 있었다.

어둠 속에서 짜랑짜랑한 웃음소리가 작게 들렸다. 왕삼도 미소를 지었다. 이 순간 자신이 어떤 행동을 하고 있는지는 중요하지 않았다. 단지 그녀가 웃었다는 것만이 중요했다.

두근거림이 더욱 커졌다.

"두 걸음만 앞으로."

왕삼은 그녀의 지시대로 정확하게 두 걸음을 옮겼다. 그리고 우두커니 서서 그녀의 목소리를 기다렸지만 어둠처럼 깊은 침묵만이 가득했다. 도대체 얼마를 기다려야 그녀의 목소리를 들을 수 있을까? 왕삼의 머리 속에는 오로지 그 생각뿐이었다. 시간은 느리게 흐르다 완전히 멈춰 버린 것 같았다.

"웃옷을 벗어."

"네? 무슨……?"

당황한 왕삼이 목소리가 들려온 곳을 향해 물었지만 구양정은 대답하지 않았다. 왕삼은 이마에 흐르는 땀을 닦아냈다. 처음 배를 탔을 때처럼 가슴이 울렁거리고 귀에서 윙 하는 소리가 들렸다.

구양정은 말이 없었다. 시간이 흐를수록 왕삼은 초조해졌다. 혹시 잘못 들은 것은 아닐까? 귀에서 계속 윙 하는 소리가 들리는 것 같았다.

"무, 무슨 말씀이신가요?"

왕삼은 자신의 목소리가 갈라져 나온다는 것도 몰랐다. 귀를 기울여 구양정의 목소리를 기다렸다. 하지만 그녀는 침묵으로 일관할 뿐이었다.

문득 모든 것이 꿈이 아닐까 하는 생각이 들었다. 구양정을 만난 것도, 자신이 이곳에 온 것도, 그리고 구양정의 목소리도 모두 꿈결처럼 느껴졌다.

왕삼은 자신의 허벅지를 세게 꼬집었다. 날카로운 통증이 분명 꿈은 아니었다. 초조한 순간이 길게 이어졌다. 그리고 마침내 그녀의 목소리를 다시 들을 수 있었다.

"뭐 하고 있어. 어서!"

"예? 예!"

왕삼의 손이 번개처럼 움직였다. 옷고름을 풀고 소매에서 팔을 빼는 동작이 한꺼번에 이뤄졌다.

왕삼은 다시 한 번 등불을 가져오지 않은 것에 감사했다. 벗은 웃옷으로 가슴을 가리며 어둠 속을 힐끔거렸다. 다시 한 번 짤랑거리는 웃음소리가 들렸다. 문득 왕삼은 기이한 느낌이 들었다. 그녀의 웃음소리가 달라진 것 같았다. 그러나 그 생각도 오래가지 않았다.

"바지도 벗어!"

"예에?"

왕삼의 눈이 휘둥그레졌다. 곧바로 그녀의 말이 이어졌다.

"설마 못하겠다는 거야?"

토라진 목소리. 왕삼이 화들짝 놀라 말했다.

"아, 아닙니다."

허리띠를 푸는 것도 간단했다. 단순한 매듭으로 묶어놓은 허리띠는 살짝 잡아당기는 것만으로 풀렸고 바지가 저절로 흘러내렸다.

그 순간 선창 여기저기에서 치익 하며 화접자에 불을 붙이는 소리가 들렸다. 갑작스런 상황 변화에 왕삼은 어쩔 줄을 몰랐다. 몸을 숨기고 있던 소년과 소녀들이 하나씩 모습을 드러냈다. 저잣거리에서 구경하는 사람들처럼 왕삼을 중심으로 둘러선 소년과 소녀들은 선창이 떠나가라 웃음을 터뜨렸다.

왕삼의 눈동자가 심하게 흔들렸다. 수천 길 낭떠러지에서 떨어지는 것처럼 현기증이 일었다. 귓가에서 울리던 윙윙 거리는 소리가 세찬 폭풍으로 변해 모든 것을 집어삼키는 것 같았다. 그리고 마침내 폭풍을 이기지 못해 부러져 나가는 거목처럼 우지끈 하는 소리를 들었다. 그의 눈동자에서 초점이 사라졌다.

"이게 도대체 뭐 하는 짓인가!"

왁자하게 웃고 떠들던 사람들 사이로 얼음처럼 차가운 목소리가 꿰뚫고 지나갔다.

"오, 오라버니!"

구양정이 더듬거렸다. 놀란 그녀의 얼굴이 새하얗게 변해 버렸다. 그녀뿐만 아니라 모두가 못된 장난을 하다가 들킨 아이들처럼 입구에 서 있는 구양수를 보며 목을 움츠렸다.

그는 비수 같은 시선으로 모두를 노려보고 있었다.

구양정은 심장이 덜컥 내려앉는 것 같았다. 저런 시선은 구양수가 진정 화가 났을 때만 보이는 것이다.

그때 짧게 탄식하는 소리가 들렸다. 구양수의 뒤에 서 있던 사람이 천천히 걸어 나왔다. 구양정은 그가 왕삼과 항상 붙어 다니던 선부임을 알 수 있었다. 그녀는 그가 얼른 왕삼을 데리고 가버리길 바랐다.

그러나 연자심은 조금도 서두르지 않았다. 잠시 왕삼을 살펴보던 그가 평상시처럼 차분한 손길로 왕삼의 바지를 올려 허리띠를 둘러주고 손에 들고 있는 웃옷을 빼앗아 등에 걸쳐 주었다. 넋이 나간 왕삼은 연자심이 옷을 입혀주는 것도 모르고 있었다.

연자심이 손을 들어 왕삼의 뒷덜미를 가볍게 내려쳤다. 왕삼의 몸이 허물어지듯 쓰러졌다. 쓰러지는 그를 받아 안은 연자심은 고개를 들어 한없이 슬픈 눈으로 소년과 소녀들을 바라보았다.

바늘이 떨어지는 소리마저 들릴 것 같은 고요가 선창 안을 지배하고 있었다. 폭풍의 전조 앞에 소년과 소녀들은 어찌할 바를 모르고 있었다.

쿵—

침묵을 깨뜨리고 들려오는 거대한 소리에 모두가 움찔거렸다. 선창의 천장에서 먼지가 우수수 떨어져 내렸다.

모두의 시선이 소리의 진원지를 향했다. 언제 왔는지 머리에서 발끝까지 흰 천으로 휘감은 여인이 서 있었다. 소년과 소녀들의 눈에 암울한 기운이 아로새겨졌다. 운현도를 향하는 소년과 소녀들 가운데 가장 강한 사람을 꼽으라면 두 사람, 연화와 구양수였다. 두 사람은 자연스럽게 남자와 여자의 대표자적인 위치에 서 있었다.

"사저!"

화백란의 목소리가 심하게 떨렸다.

연화는 문설주를 내려친 손을 천천히 거둬들였다. 모두가 놀란 눈으로 그녀가 내려친 곳을 보았다. 문설주에는 그녀의 손바닥 자국이 선명하게 찍혀 있었다.

연화가 연자심에게 다가갔다.

"미안하구나. 이 일은 진심으로 사과를 하마."

연자심이 고개를 저었다. 그리고 자신의 품 안에서 정신을 잃은 왕삼을 내려다보며 말했다.

"누님이나 제가 관여할 문제가 아니지요."

"네 말이 맞구나. 그는 좀 어떠냐?"

"뭐라 말씀드리기가……."

왕삼을 기절시키긴 했지만 깨어난 뒤 어떻게 될 것인지는 알 수 없었다. 기절하기 전 상태로 보아 마음과 정신에 크나큰 상처를 받았음이 분명했다.

구양수가 말했다.

"무슨 짓을 벌인 거냐?"

그의 음성은 너무나 차갑고 날카로워 한 자루의 비수처럼 느껴졌다. 움찔 어깨를 떨던 구양정이 재빨리 변명했다.

"그, 그게 자, 장난으로 내기를 했을 뿐이에요."

"장난? 내기?"

구양수의 단정한 눈매가 사납게 변했다.

"주동자가 누구냐?"

그의 성난 일갈에 구양정을 비롯해 모두가 움찔거렸다.

구양수가 한 걸음 내디뎠다. 단 한 걸음뿐이었지만 거대한 벽이 다가서는 것 같았다. 모두가 한 걸음 물러섰다.

한 걸음 더 내디디려던 구양수가 뒤를 돌아봤다. 가벼운 발걸음으로 누군가 선창으로 들어왔다. 콧노래를 부르며 들어서던 그가 두 사람을 발견하곤 인상을 찌푸리며 말했다.

"이런, 정말로 재미없는 일이 벌어졌군."

구양수는 모든 걸 알았다는 듯 고개를 끄덕이며 말했다.

"남철곤, 당신이었군."

남철곤이 피식 웃으며 말했다.

"이런 지루한 배 위에서 잠시 여흥을 즐겼을 뿐인데 무슨 일이라도 있는 거요?"

"여흥!"

구양수가 허탈하게 웃었다.

"사람을 가지고 노는 것도 여흥이라 할 수 있을까?"

"구양 공자는 언제부터 저런 자들까지 보살피는 사람이 되었소?"

남철곤의 짜증 섞인 반문이었다. 그가 말을 이었다.

"어차피 그래 봐야 선부 아니오. 잠시 가벼운 장난을 쳤기로서니 그게 무슨 큰일이라고 그렇게 역정을 내시오. 그리고!"

그가 품속에서 작은 주머니를 꺼내 던졌다. 주머니는 포물선을 그리며 날아와 왕삼의 옆에 떨어졌다.

연화가 주머니를 주워 뒤집자 작은 금원보가 굴러 나왔다. 작지만 금원보다. 이 정도면 왕삼의 몇 년 치 품삯보다 많을 것이다. 하지만 문제는 보상이나 돈이 아니었다.

"그거면 충분한 보상이 되고도 남지 않겠소?"

볼일을 마쳤다는 듯 돌아서 나가려 했지만 그는 뜻을 이루지 못했다.

선창의 입구를 노구겸과 해로수 고 노인이 막고 서 있었다. 노구겸은 큰 걸음으로 다가와 연자심에게 안겨 있는 왕삼을 물끄러미 내려다보았다.

연자심이 힐금 그를 보았다. 표정없는 얼굴이었지만 두 눈이 성난 사자처럼 불타오르고 있었다. 연자심은 그가 구양수와 남철곤의 대화를 모두 들었다고 생각했다. 분노의 한계가 넘어가면 오히려 차분해진다. 불타오르던 그의 눈이 차갑게 가라앉았다.

연자심은 그가 싸울 결심을 했음을 알았다.

그는 선부들의 우두머리다. 우두머리는 아랫사람들을 위해 목숨을 걸고 해야 할 일이 있다. 지켜주고, 억울함을 들어주고, 복수를 해야만 한다. 그렇지 못한 우두머리를 따르는 사람은 없다. 이것은 연무필의 가르침이기도 했다.

그가 혼잣말을 하듯 말했다.

"나도 잠시 여흥을 즐기고 싶어지는군."

노구겸이 뒤돌아 남철곤을 보았다.

"공자는 싸움 잘하오?"

명백한 도전이었다. 남철곤이 입매를 비틀며 말했다.

"조금 하지."

"여흥을 위해 한번 어울려 보시겠소?"

노구겸은 바닥에 굴러다니는 막대기를 주워 들곤 좌우로 가볍게 휘둘렀다.

"이걸 보니 소싯적에 개를 잡던 생각이 나는군."

남철곤이 어이없다는 듯 허탈하게 웃었다. 하지만 이내 표정을 바꿔 싸늘한 어투로 구양수와 연화를 번갈아 보며 말했다.

"이건 저자가 내게 시비를 건 거니까 어찌 되든 관여하지 마시오."

구양수가 고개를 절레절레 저었다. 안 그래도 혈기방장(血氣方壯)한 남철곤이다. 그런 그에게 노구겸의 도발은 무료함을 달래는 유희다. 하지만 이런 유희는 너무나도 위험한 것이다. 그리 길지는 않겠지만 승객과 선부들의 갈등은 항해에 좋지 않은 영향을 미칠 것이 분명했다.

삼판장으로 선부들의 우두머리인 노구겸의 마음을 조금이나 이해하지만 더 이상의 마찰은 원하지 않았다. 게다가 자신의 여동생이 관련된 일이다.

구양수는 노구겸을 선택했다. 남철곤은 만류하는 것보다 노구겸을 상대하는 것이 더 낫다고 생각했다. 그가 노구겸에게 말을 건네려 다가서다 자연스레 눈길이 마주쳤다.

그 순간 등줄기를 타고 오르는 섬뜩한 기운은 심상치 않았다.

'이자는 결코 내 아래가 아니로군.'

그는 말려보려던 마음을 접었다. 대신에 색다른 시선으로 노구겸을 보았다. 비도술의 달인인 요리사와 무식한 뱃사람처럼 보이는 고수라니, 강호엔 숨은 이인(異人)들이 많다는 것을 새삼 실감하는 날이었다.

구양수가 물러서자 모두가 싸움에 방해가 되지 않을 만큼 거리를 두고 물러났다.

노구겸은 몽둥이를 곧추세웠다. 그리고는 똑바로 남철곤을 바라보았다.

두 사람의 시선이 마주쳤다.

짧은 순간 남철곤의 얼굴에 곤혹스러움이 스쳐 지나갔다. 그것은 마치 구양수가 느꼈던 것처럼 그도 노구겸이 보통이 아님을 알아봤기 때문이었다. 전혀 예상치 못한 곳에서 고수를 만났음을 비로소 알게 된 그는 세심하게 노구겸에게서 풍겨 나오는 기운을 살폈다.

그의 훑어 내리는 시선을 느낀 노구겸이 빙긋 웃었다.

"여홍이오, 여홍!"

별것 아니라는 투로 말을 마친 그가 슬쩍 오른 다리를 내디디며 자세를 바꿨다.

연화는 기묘한 시선으로 노구겸을 보았다. 체중을 왼 다리에 싣고 오른발을 가볍게 내디디는 자세는 쉽게 볼 수 있는 것이 아니다. 게다가 그의 자세가 어딘지 익숙한 느낌이었다.

그녀는 곰곰이 자신의 기억을 헤집었다. 그러다 뇌리를 스치며 지나가는 영상이 있었다. 그녀가 고개를 돌려 연자심을 보았다.

연화의 눈길을 느낀 연자심이 그녀를 돌아봤다. 연자심은 그녀가 자신에게 묻고 있다는 것을 알았다. 힐끔 노구겸을 한 번 쳐다본 그는 그녀만 들을 수 있는 작은 목소리로 말했다.

"그는 아버님의 제자입니다."

연화의 고개가 작게 위아래로 움직였다. 자신의 기억이 맞았다. 오래전 자신의 아버지와 연무필이 종종 비무를 벌이곤 했었다. 그때 분명 연무필은 노구겸과 같은 자세를 취했다.

노구겸을 바라보던 그녀가 힐금 연자심을 보았다.

연자심은 편안한 얼굴로 두 사람의 대치를 보고 있었다, 마치 결과를 알고 있는 것처럼. 그녀는 연자심의 얼굴에서 노구겸에 대한 신뢰를 읽을 수 있었다.

남철곤이 먼저 움직였다. 마치 쳐볼 테면 쳐보라는 듯 머리를 앞세우고 노구겸의 정면으로 달려들었다.

노구겸은 망설이지 않았다. 자연스럽게 내려뜨린 오른손에 들린 몽둥이를 사선으로 그어 올렸다.

쏜살같이 달려들던 남철곤이 기다렸다는 듯 몸을 뒤집었다. 몽둥이는 한 치 차이로 코끝을 스쳐 지나갔다. 당겨진 활처럼 휘어지며 뒤로 넘어가던 남철곤이 그 반동을 이용해 창처럼 발끝을 세워 노구겸의 비어 있는 옆구리를 찔렀다.

천 근의 힘이 실린 남철곤의 발이 노구겸의 오른쪽 갈비뼈 끝을 찌르려는 순간, 머리 위로 솟아올라 갔던 몽둥이가 부드러운 원을 그리며 남철곤의 정강이를 두 동강이 낼 듯한 세찬 기세로 떨어졌다.

남철곤이 급히 무릎을 접어 몽둥이를 피한 뒤 재차 발끝을 세워 노구겸의 옆구리를 걷어차려 했지만 떨어졌던 몽둥이가 다시 솟구쳐 올라오며 장딴지를 후려치려 했다.

남철곤은 내지르려던 발을 노구겸의 머리 위까지 쳐들어 몽둥이를 피했다. 그리고 발뒤꿈치로 노구겸의 정수리를 찍으려 했다.

노구겸은 피하지 않았다. 정수리를 짓이기려는 남철곤의 발을 막으려 하지도 않았다. 머리 위에서 한 바퀴 원을 그린 몽둥이가 사선으로 떨어지며 다리를 벌리고 있는 남철곤의 사타구니를 후려쳤다.

'개자식!'

남철곤은 욕지거리가 목구멍까지 기어오르는 것을 집어삼켰다.

비무에서 불문율처럼 절대로 공격하지 않는 곳이 있다. 여자의 가슴이나 사타구니 같은 곳은 피하는 것이 기본적인 예의다. 하지만 노구겸은 그런 예의조차 지키지 않았다. 마치 시정잡배들의 아귀다툼처럼 어디든 개의치 않는 것 같았다.

남철곤은 사타구니를 후려치는 몽둥이를 피해 뒤로 두 바퀴 재주를 넘어 거리를 넓혔다. 착지하는 순간 두 손을 앞으로 내밀어 혹시 모를 공격에 철저한 방어를 갖추며 자세를 바로 했다.

그러나 노구겸은 여전히 제자리에서 움직이지 않고 있었다.

"훌륭한 검법이오!"

남철곤의 비아냥거림에 노구겸이 빙긋 웃었다.

"별거 아니오. 이건 개의 머리를 때린다는 견두타(犬頭打)라는 것이오."

남철곤의 전신에서 폭발적인 살기가 일었다. 정제되지 못한 살기는 안개처럼 사방으로 꿈틀거리며 퍼져 나갔다.

왕삼을 안고 있던 연자심의 손에 힘이 들어갔다. 살기에 반응하듯 온몸의 털이 꼿꼿이 일어서고 있었다. 연자심은 스스로에게 놀라고 있었다. 처음 대한 막괴강의 살기엔 아무런 반응을 하지 못했다. 그저 두렵고 숨이 막힐 것 같은 답답함뿐이었다. 하지만 지금은 살기에 맞서 강렬한 투쟁심이 솟아오르고 있었다.

연화가 연자심의 손등을 살짝 건드렸다. 연자심이 움찔 몸을 떨었다. 그녀가 그의 손을 가리켰다. 그는 자신의 손을 보았다. 그의 손은 왕삼의 팔목을 으스러져라 붙잡고 있었다.

연자심이 쓰게 웃었다. 남철곤의 살기를 느끼는 순간 가슴속에서 치밀어 오르는 불덩이를 느꼈다. 그것은 살의(殺意) 같기도 했고, 분노 같기도 했다. 고개를 숙여 정신을 잃고 있는 왕삼의 얼굴을 보았다. 아직도 놀란 얼굴을 그대로 간직하고 있었다. 연자심은 자신의 가슴속에서 일어나는 불길이 왕삼을 대신한 분노인지, 아니면 살기에 대한 투쟁심의 발로인지 알지 못했다. 심호흡을 하며 가슴의 불길을 잡으려 애썼다. 그리고 눈을 들어 대치하고 있는 두 사람을 보았다.

남철곤이 품속에 손을 집어넣었다. 품속에서 빠져나온 손에는 둥그렇게 말린 채찍이 들려 있었다. 그가 손을 털자 차락 하는 소릴 내며 채찍이 땅바닥을 기어가는 뱀처럼 바닥에 펼쳐졌다.

"그의 편법은 상당한 경지에 올라 있지. 거기다 가지고 있는 편(鞭)이 보통의 편이 아니라, 사방편(四方鞭)이란 기문병기로 십절존사의 유품 중 하나야."

연화의 설명이었다. 그녀는 연자심이 살기에 말려드는 것을 원하지 않았다. 그는 글을 읽고 붓을 쥐어야 했다. 그녀의 의도대로 연자심이 호기심을 드러냈다.

"십절존사의 유품이요?"

"그러니까 처음 십절존사의 무공을 찾아 운현도에 들어갔던 사람들 중에 몇 명이 십절존사의 유품을 얻었지. 그 와중에 많은 사람들이 죽었지만 어쨌든 이첨검(二尖劍), 호접도(蝴蝶刀), 사방편, 연환창(連環槍), 유성비(流星匕), 쌍악부(雙嶽斧)를 얻은 이들은 모두 현재 강호십대고수의 일인이다. 그중에 남철곤은 사방편을 얻은 남학우의 아들이고, 구양수는 이첨검을 얻은 구양용의 아들이지."

"다른 십대고수는 무기 외에 다른 걸 얻은 건가요?"

연화가 고개를 끄덕였다.

"장법과 권법, 각법이 있다."

무기가 여섯 개, 무공이 세 개, 십대고수가 하나씩 십절존사의 무공을 얻었다면 하나가 모자랐다. 하지만 십대고수의 마지막 한 사람이 누구인지는 알고 있었다. 연화의 사부인 냉월선자. 그녀의 무공인 한빙장은 십절존사와 관계가 없는 것일까?

"그럼 마지막 하나는?"

연화가 고개를 저었다.

"운현도에서 발견한 십절존사의 무공은 모두 아홉 개뿐이야. 마지막 하나가 무엇인지는 아무도 모른다. 아마도 아홉 개의 무공을 합쳐 만든 것이라 추측은 하고 있지만 누구도 알 수 없지. 그분은 죽었고, 죽은 자는 말이 없는 법이니까."

차라랏—

대나무 발이 펼쳐지는 것 같은 소리가 들렸다. 고개를 돌려 보니 남철곤의 사방편이 무수한 그림자를 만들어내며 물결치듯 회전하고 있었다.

사방편은 파도처럼 요동치며 노구겸에게 밀려갔다.

무심히 사방편을 보고 있던 노구겸이 춤을 추듯 좌우로 굼실거렸다. 이러한 중심 이동은 십팔로무영검의 기본적인 보법이었고, 이 보법 때문에 춤을 추는 것 같이 보이는 것이다.

그의 중심이 이동할 때마다 손에 들린 몽둥이가 살아 있는 생물처럼 꿈틀거렸다. 그것은 참으로 아름다운 광경이었다. 작은 미풍에도 꺾일 것 같은 한 송이 꽃처럼 가냘프게 보이다 한순간 몸을 일으켜 폭풍처럼 사방을 압도하는 기세는 숨이 막힐 것 같은 긴장감을 불러일으켰다. 몰아치던 폭풍이 가라앉자 그의 검은 새색시처럼 고요한 자태만 남기고 스며들듯 사라졌다.

여덟 방위를 밟으며 물이 흐르듯 움직이는 노구겸의 몽둥이에 연자심은 벅찬 감동을 느꼈다. 바로 그랬다. 아버지의 검이 바로 저런 모습이었다. 그는 지금까지 충실히 아버지의 검법을 이어가고 있었다.

남철곤은 달아오르는 가슴을 억누를 길이 없었다. 이것이야말로 그간의 무료함을 달래는 가장 큰 여흥이었다. 아니, 지금까지 살아오면서 이런 여흥은 없었다. 피부를 따끔거리게 만드는 살기와 심장을 요동치게 하는 상대가 있다.

사방편을 잡은 손에 힘이 불끈 들어갔다. 이런 싸움을 기대했다. 하잘것없는 짐승을 사냥하는 것보다 목숨을 걸고 부딪치는 싸움. 가슴을 뛰게 하는 상대의 목줄기를 끊어놓는 것이야말로 무인으로서 가질 수 있는 최고의 순간이라 생각했다.

회오리바람처럼 몰아치는 사방편은 나무로 만든 바닥과 천장, 그리고 기둥을 깎아내기 시작했다. 부스러진 나무 조각이 사방으로 비산

했다.

"차앗."

남철곤의 입에서 강렬한 기합성이 터져 나왔다. 그의 사방편이 하나에서 둘로, 셋으로 분열하고 있었다.

츠츠츠.

하나씩 채찍이 늘어날 때마다 소리가 중첩되고 있었다.

노구겸이 신중한 눈으로 살기를 가득 품은 채 조여오는 남철곤의 사방편을 보았다. 품(品) 자를 이루고 있는 세 개의 사방편은 어느 것이 실(實)이고, 어느 것이 허(虛)인지 알 수 없었다.

노구겸은 사방편의 진로를 살펴보면서도 검무를 멈추지 않았다. 세 개로 분열된 사방편이 전진을 시작했다. 어떤 것은 빠르게, 어떤 것은 느리게, 세 개의 사방편은 시간차를 두고 움직이고 있었다.

가장 빠르게 움직이는 사방편이 창처럼 변해 찔러 들어왔다. 노구겸의 손에 들린 몽둥이가 아래서 위로 반원을 그리며 창처럼 변한 사방편의 끄트머리를 후려쳤다.

쿵―

마치 나무판에 망치질을 하는 듯한 소리가 울려 퍼졌다.

쿵쿵.

이어지는 두 번의 소리. 노구겸의 몽둥이와 사방편이 격돌했다. 노구겸이 두 걸음 물러섰다. 그것은 자신의 의지가 아니라 사방편에 실린 힘을 모두 흘려 버리지 못한 까닭이었다. 손에 들린 몽둥이를 쳐다보는 그의 안색이 조금 굳어졌다.

'아직도 모자란 것일까?'

연무필에게 검을 배우고 지금까지, 모자란 자질을 부단한 노력과 끊임없는 수련으로 메웠다. 언젠가 그의 앞에서 이젠 더 이상 죽음이 두렵지 않다고 말하고 싶었다. 그날이 올 때까지 절대 멈출 수 없었다.

그리고 지금 그의 아들이 지켜보고 있었다. 노구겸은 어금니를 앙다물며 몽둥이를 쥔 손에 힘을 주었다.

남철곤은 하얗게 웃었다.

"여흥이라니까."

츠츠츠츠—

하나 더 늘어 네 개로 분열된 사방편이 조금 전과 똑같이 움직였다. 어떤 것은 빠르게, 어떤 것은 느리게.

쿵—

아래서 위로 원을 그리며 사방편의 끄트머리를 쳐낸 몽둥이가 급격히 사선으로 떨어지며 두 번째 사방편을 쳐냈다. 세 번째 사방편을 맞이하러 다시 반원을 그리며 올라가던 몽둥이가 급격히 횡으로 이동했다.

쿵쿵.

두 번의 격돌이 연이어 일어났다. 세 번째와 네 번째 사방편이 동시에 공격을 했던 것이다. 노구겸의 안색이 더욱 창백해졌다. 사방편에 실린 힘을 온전히 해소하지 못하고 버텨보려다 손해를 봤다. 밀려오는 파도를 몸으로 막으려는 어리석은 짓을 해버린 것이다. 하지만 어쩔 수 없었다. 힘으로라도 버티지 않았다면 또다시 뒷걸음질쳐야 했다. 한 번의 물러섬은 실수라 할 수 있지만 두 번은 실력의 부족함을 드러내는 것이다.

무엇이 부족한 것일까?

노구겸은 답답한 심정을 억누를 길이 없었다. 상대가 너무 강한 것인가. 이제 약관을 바라보는 나이의 소년의 무위는 지금까지 만났던 그 어떤 상대보다 뛰어났다.

그러나 인정할 수 없다. 소년의 무위는 기이한 병기로부터 비롯되고 있었기 때문이다. 사방편을 알지 못하는 노구겸은 다시 한 번 유심히 남철곤의 손에 들린 채찍을 보았다. 겉으로 보기엔 특별한 구석이 없었지만, 두 배 이상 늘어나는 엄청난 신축성과 믿기 어려운 탄력을 가지고 있었다.

어디서 저런 굉장한 무기를 얻은 것일까? 좋은 집안 덕분일까? 검을 사용하기 때문에 채찍이란 무기에 대해 관심은 없지만 무인에게 좋은 무기란 영원한 흥밋거리가 아닌가.

노구겸은 내심 고개를 저었다.

애써 병기의 이점(利點)을 들먹여 상대의 실력을 깎아내릴 필요는 없다. 병기란 무인과 한몸이다. 자신의 병기를 극한까지 익히고 사용하는 것은 당연하며, 그 또한 실력이다. 게다가 몽둥이를 선택한 것은 자신이다. 십대의 어린 소년을 상대로 검을 휘두를 수 없다는 자존심의 발로이자 상대를 얕잡아본 자신의 실수다. 실수엔 대가가 따른다.

츠르르르.

소리가 변했다.

남철곤의 손아귀에서 돌아가는 사방편의 수가 하나 더 늘어 다섯 개가 됐다. 다섯 개의 사방편에서 귀신의 호곡성 같은 기이한 소리가 났다.

"사방편이 최고 경지에 이르면 모두 열두 개의 사방편이 나타나고 광풍(狂風) 소리가 난다고 하지. 하지만 지금까지 열두 개의 사방편을 만들어낸 사람은 십절존사밖에는 없어. 남철곤의 아버지인 사방신편 남학우도 아직 열 개밖에 만들어내지 못하거든. 그나저나 다섯 개라……."

소리 죽여 말하는 연화의 목소리엔 놀라움이 가득했다. 그것은 남철곤의 성취가 생각보다 높다는 것을 의미했다.

연자심은 남철곤의 사방편을 세심하게 지켜봤지만 어떻게 다섯 개의 실상(實相)을 만들어내는 것인지 알 수 없었다. 그의 손과 어깨의 움직임으론 두 개의 사방편조차도 만들어낼 수 없을 것 같았다. 하지만 분명 다섯 개의 사방편이 보였다.

노구겸의 자세가 신중해졌다. 단지 하나가 더 늘었을 뿐인데 사방편이 주는 압력은 두 배 이상 는 것 같았다.

사방편이 움직이기 시작했다. 오각형을 이루며 다가오는 사방편에 노구겸이 조금 당황한 얼굴이 되었다. 지금까지와는 다르게 다섯 개의 사방편이 동일한 속도로 움직였기 때문이다.

다섯 개의 사방편 중 어떤 것이 먼저 튀어나올 것인가?

마른침을 삼키며 곧 들이닥칠 사방편을 맞이할 준비를 했다. 하지만 이번엔 방어로만 끝내지 않을 것이다. 고수를 상대로 상처 하나 없이 끝날 수는 없었다. 병법에 이대도강(李代桃僵)이라 했다. 상처 따위를 두려워할 필요는 없다. 되로 주고 말로 받으면 되는 것이다.

노구겸의 손등에 핏줄이 산맥처럼 솟아올랐다. 그의 결심에 반응하듯 사방편의 소리가 더욱 기괴해졌다.

"왜 아직도 기는 걸 버리지 못하는가?"

문득 환청처럼 들려온 목소리, 노구겸은 번개라도 맞은 듯 몸을 떨었다.

'또 잊고 있었다.'

항상 그랬다. 잊지 말아야지 하면서도 언제나 잊고 있는 것, 배움이란 계단을 오르듯 한 걸음씩 올라서야 하는 것이다. 하지만 연무필은 한 계단을 오르면 하나를 버리라 했다. 초식에 얽매이지 말고 익히면 버리라 했다. 그러나 무엇을 어떻게 버려야 하는 것인지 알지 못했다.

애당초 말이 안 되는 것이다. 배우고 익힌 것을 어떻게 버릴 수 있으며, 머리로는 버릴 수 있지만 몸에 익은 것을 어떻게 떨쳐낼 수 있다는 것인가.

그래서 자주 기억했지만 더 자주 잊었다.

'검법의 형(形)과 식(式)은 기술이지만, 기술은 형식이 아니다. 형과 식을 기술로 받아들여 몸에 익히는 것이 검법의 첫 번째 배움이겠지만, 이를 버리지 못하면 더 높은 검은 요원하지. 기는 아이가 걷기 위해 맨 먼저 해야 할 것이 기는 것을 버리는 것이다.'

노구겸이 검무를 멈췄다. 편안하게 양손을 내린 모습은 싸움을 포기하고 패배를 받아들이는 사람처럼 보였다.

남철곤이 잠시 주춤거렸다. 그리고 상대를 유심히 살폈다.

그는 싸움을 포기한 것일까?

아니다. 그것이 아니다.

싸움을 포기한 사람처럼 우두커니 서 있는 것 같지만 그의 기세가 변하고 있음이 느껴졌다. 자신의 기세에 맞서 팽팽한 긴장감을 유지하던 그의 기운이 흐르는 물처럼 변했다. 유장(悠長)하게 흐르는 그의 기운은 자신의 살기를 빨아들여 흔적도 없이 사라지게 만들었다.

비무 중 상대가 변하는 것은 두 가지 뿐이다. 포기를 했거나 아니면 최후의 승부수를 던질 때다. 심장의 박동수가 빠르게 증가하고 등줄기를 따라 돋아 오르는 소름이 위험 신호를 알렸다. 그것은 본능이 알려주는 위험 신호였다.

남철곤의 손등에 핏줄이 불쑥 돋아 올랐다.

츠르르륵.

다섯 개의 사방편에 하나가 더 생겼다. 오각형을 이루고 있던 사방편이 육각형으로 바뀌었다. 그리고 노구겸을 향해 쏟아져 내리는 압력은 다시 두 배로 늘었다.

노구겸의 옷자락과 머리카락이 미친 듯이 펄럭였다.

"음……."

연화와 구양수가 동시에 내뱉은 신음성이었다. 두 사람은 남철곤의 무위에 새삼 놀라고 있었다. 모두 숨을 죽인 채 남철곤의 사방편을 지켜보고 있었다.

여섯으로 늘어난 사방편은 물이 스며드는 것처럼 천천히 움직였다. 두 자 거리까지 다가온 사방편이 움직임을 멈췄다.

그리고 한순간 여섯 개의 사방편이 노구겸의 전신을 강타했다.

쩍—

단 한 번의 폭음이 울려 퍼졌다. 여섯 개의 사방편은 모두 사라졌다.

노구겸의 손에 들린 몽둥이도 사라졌다.

가루처럼 부서진 몽둥이의 파편이 눈보라처럼 사방으로 흩날리기 시작했다.

선창은 질식할 것 같은 침묵으로 가득 찼다.

"……다음엔 검을 들어 줬음 좋겠군."

남철곤의 목소리가 조금 갈라져 나왔다.

노구겸은 대답 대신 손바닥을 내려다봤다. 부서진 나무 파편이 만들어낸 상처에서 조금씩 피가 배어 나왔다.

구양수가 걸어 나와 두 사람 사이에 섰다. 그리고 힐금 왕삼을 보곤 말했다.

"남형은 오늘부터 닷새간 바깥출입을 금하고, 나머지 사람들도 사흘간 출입을 금하겠소. 그리고 이것으로 이 일을 마무리했으면 좋겠소."

이것이 구양수가 할 수 있는 최선의 결과였다.

모두 고개를 끄덕였다. 남철곤이 어깨를 으쓱하며 마음대로 하라는 표시를 했다. 그들은 서둘러 선창을 떠났다.

연화와 구양수는 떠나지 않았다.

노구겸과 고 노인이 다가와 연자심에게 안겨 있는 왕삼의 상태를 살펴보았다.

"좋지 않구나."

고 노인이 왕삼의 맥을 짚어보며 말했다. 연자심이 걱정된 얼굴로 물었다.

"어디가 안 좋습니까?"

고 노인이 왕삼의 가슴을 가리켰다.

"마음의 상처는 피륙의 상처와는 다르지."

"이겨낼 겁니다."

노구겸이 굳은 목소리로 말했다.

"왕삼이 어떤 녀석인데 이따위 일로 상처를 입겠습니까. 내일이면 툭 털고 일어나 뺀질거리며 다닐 겁니다."

그것은 그의 바람이었다. 그리고 연자심의 바람이기도 했다.

고 노인은 물끄러미 왕삼의 손을 바라봤다. 여기저기 물집과 까진 상처가 가득했다. 슬쩍 상처를 쓰다듬던 노인이 말했다.

"네놈도 기는 걸 버리기 위해 애를 쓰고 있었구나."

노구겸의 고개가 급격히 돌아갔다. 환청처럼 들렸던 목소리가 누구의 것인지 비로소 깨달았다. 싸움에 취해 환청처럼 연무필의 목소리가 들린 것이라 생각했었다.

연자심의 얼굴에도 궁금함이 떠올랐다. 고 노인의 말은 아버지가 입버릇처럼 달고 다니던 것이다.

노구겸이 참지 못하고 입을 열었다.

"그 말씀은……."

잠시 어리둥절한 얼굴로 두 사람의 시선을 받던 고 노인이 빙긋 웃으며 말했다.

"오래전 내 친구가 늘 하던 이야기였지. 매번 중요한 고비 때마다 그 이야길 꺼냈거든."

노구겸은 고개를 갸우뚱했지만 연자심은 고 노인이 말한 친구를 알수 있었다. 그리고 아버지의 그 생각이 어디서부터 비롯되었는지 알았다. 아버지는 겉으론 부정하고 있었지만 할아버지의 생각을 그대로 이어받은 것이다.

할아버지는 아버지의 이름 속에 자신의 생각을 담았다. 무공에 대한 끊임없는 열망을 이어가길 바라는 마음으로 무필(武必)이라 이름 붙인 것이다. 아버지는 그런 할아버지에게 자신의 마음을 전하고자 연자심의 이름 속에 뜻을 담았다. 자심(子心)이란 이름은 연무필이 할아버지에게 전하고자 했던 말이었다.

평생 할아버지를 부정했지만 할아버지의 뜻을 따라 하루도 게을리하지 않고 무공을 익혔고, 할아버지의 생각을 이어받은 아버지……

그런 아버지에게 무엇으로 대답을 해야만 할까?

"삼이를 선실로 옮기거라. 그리고……"

고 노인이 차례로 구양수와 연화를 봤다.

"자네들은 당분간 이 아래쪽으로 내려오지 마시게."

"무슨……?"

구양수가 조금 못마땅한 얼굴이 되었다. 고 노인의 말투엔 강압이라든가 위압감은 없었지만 거역하지 못할 힘이 들어 있는 것 같았다. 구양수는 그런 느낌에 익숙하지 않았다. 그는 비록 나이는 어렸지만 명령을 내리는 자였고, 다른 사람 위에 군림하던 자이다. 더욱이 허름한마의를 입은 해로수 노인이 주는 압력에 굴복하고 싶은 마음은 털끝만큼도 없었다.

고 노인은 구양수의 표정이 어떻든 개의치 않았다.

"곧 태풍이 몰려올 것 같네. 때가 이르지만 태풍에게 왜 이렇게 일찍 왔냐고 불평할 수도 없는 노릇 아닌가."

"태, 태풍이라고요?"

연화의 목소리가 심하게 떨렸다.

구양수가 기이한 눈으로 그녈 봤다. 바로 옆에 벼락이 떨어져도 눈 하나 깜빡이지 않을 것 같은 그녀가 두려움에 떠는 모습은 신선한 충격이었다. 하지만 그것도 잠시, 그녀의 두려움이 현실이란 생각이 들자 가슴속에서부터 불안감이 엄습했다.

운현도를 다녀왔던 여러 사람을 통해 태풍이라는 것이 얼마나 무서운 것인지 들었다. 하지만 지금까지도 태풍이란 막연한 상상 속의 일이며 자신과는 상관없는 자연재해라 여기고 있었다.

"지금 시기가 태풍이 불어올 때가 아니지 않습니까?"

연화의 물음에 고 노인이 고개를 끄덕였다.

"아니지, 아니고말고. 하지만 하늘의 일을 사람이 결정하는 건 아니질 않는가. 왜냐고 물어봐야 가르쳐 줄 하늘도 아니고."

"피해갈 방법은 없나요?"

고 노인은 대답하지 않았다.

연화는 갑자기 온몸의 힘이 빠져나가는 것을 느꼈다. 바닷가에서 어린 시절을 보낸 그녀는 태풍의 무서움을 너무도 잘 알고 있었다. 태산처럼 높은 파도와 무엇이든 쓸어가 버리는 바람은 잔혹 무비한 사신이었고, 그녀의 마음속 깊은 곳에 숨겨진 공포였다. 게다가 이곳은 배다. 육지라면 도망칠 곳이라도 있겠지만 배 위에서 도망칠 곳이란 어디에도 없다.

침묵이 길어지자 불안감이 가중됐다. 이런 불안감을 무마하려는 듯 노구겸이 큰 기침을 하며 말했다.

"노련한 뱃사람들이 많은데 큰일이야 있겠소."

하지만 그것은 공허한 외침 같았다. 그리고 구양수는 비로소 얼마나 큰 위험 앞에 놓여 있는지 느낄 수 있었다.

구양수가 물었다.

"언제 태풍이 옵니까?"

그의 말이 끝나기 무섭게 배가 기우뚱거렸다. 구양수의 얼굴이 창백해졌다.

"아직은 아니네."

고 노인이 고개를 저었다.

"본격적인 폭풍의 영향권에 들어가는 것은 이르면 내일, 늦어도 모레 새벽은 돼야 할 걸세."

"운현도까진 얼마가 남은 겁니까?"

"바람만 좋다면 사나흘 정도 거리지만 우린 그쪽으로 못 가네."

"못 가다니! 그게 무슨 말씀이죠?"

구양수의 물음에 노구겸이 대신 말을 이었다.

"운현도는 태풍의 오른쪽에 있고, 태풍의 위험 지역이 오른편이오."

"그 말은 방향을 바꿔 되돌아간다는 이야기요?"

"되돌아갈 수도 없소. 태풍이 우리보다 빠르니까. 그래서 태풍의 왼쪽으로 가야 하오. 어떻게 하든 왼쪽으로 가면서 태풍이 지나갈 때까지 머무를 장소를 찾거나 표주(漂躊)를 해야 하오."

"그럼 근처에 배가 머물 만한 곳이라도?"

노구겸이 고개를 저었다. 고 노인은 입을 열었다.

"이 근처는 자세히 알려진 바가 없는 곳이라 운이 좋아 무인도라도 발견한다면, 아니, 산호초지대라도 발견한다면 거기서 닻을 내리고 태풍이 지나갈 때까지 머물 수도 있겠지만 그건 그야말로 운일 뿐, 사람 목숨을 운에 맡길 수야 없지 않은가. 우린 어떻게 하든 태풍의 왼쪽으로 피하고 표주를 하며 파도와 싸워야 하네."

"왼쪽은 안전한 겁니까?"

고 노인이 고개를 저었다.

"오른쪽보다는 낫다는 거지 안전하다는 뜻은 아니라네."

"우린 무얼 하면 되겠습니까?"

연화의 물음이었다. 고 노인이 지그시 그녀를 쳐다보며 말했다.

"빌어주게. 천신도 좋고, 부처도 좋아. 그저 무사히 빠져나갈 수 있도록."

구양수가 쓰게 웃었다. 자신들이 할 수 있는 일이 고작 하늘에 비는 것밖에 없다니 화도 나지 않았다.

"자, 그만 올라들가시게. 우린 이곳에서 해야 할 일이 있으니까."

구양수와 연화가 힘없는 발걸음으로 선창을 빠져나갔다.

연자심은 왕삼을 들쳐 업고 선실로 향했다. 무심결에 들어서던 연자심의 발걸음이 멈춰졌다. 등불도 없는 어두운 선실 한가운데 장방이 우두커니 서 있었다.

"무슨 일이 생긴 거냐?"

그의 고저없는 목소리는 듣는 것만으로 한기를 느끼게 했다. 왕삼을 침상에 뉘여놓은 연자심이 창고에서 일어난 사건을 빠짐없이 이야기했다. 이야기가 끝날 때까지 장방은 슬픈 눈으로 왕삼을 바라보기만 했다.

그의 하염없이 슬픈 눈을 보며 연자심은 장방의 마음을 조금은 이해할 수 있을 것 같았다. 그런 슬픈 눈을 할 수 있는 건 세상에 한 사람밖에 없다.

그것은 아버지의 눈이었다.

장방이 왕삼의 상처 가득한 손바닥을 쓸어 만지며 가만히 말했다.

"놈!"

단지 한마디였지만 백 마디 말보다 더 큰 정과 슬픔, 안타까움이 담겨 있는 것 같았다. 코끝이 시큰해진 연자심이 고개를 돌렸다. 장방은 조심스런 손길로 왕삼의 흐트러진 옷깃을 바로잡았다.

그리고 천천히 일어서는 그의 주위에선 북풍 한설처럼 매서운 바람이 불었다. 연자심이 흠칫 놀라 한 걸음 물러섰다.

장방의 입가에 그린 것처럼 희미한 미소가 떠올랐다. 그것은 바라보는 것만으로도 가슴이 시린 살소(殺笑)였다.

연자심은 그의 분노가 불러올 폭풍이 얼마나 끔찍할 것인지 상상조차 되질 않았다. 세상에 아버지의 분노보다 파괴적인 것이 있을까! 지금 장방은 분노의 칼을 뽑아 든 것이다.

다급한 연자심이 재빨리 말했다.

"태풍이 오고 있답니다."

"그래서?"

장방의 싸늘한 반문.

연자심은 아무런 말도 할 수 없었다. 하지만 막아야 했다. 분노로 벌어질 수 있는 무작위적인 살인은 결코 있어서는 안 되는 일이다.

그가 발걸음을 옮겼다. 연자심이 그의 앞을 가로막았다.

"뭐냐?"

"참으세요."

"참아? 이걸 참는다면 남자가 아니지. 사내라면 모욕을 참지 않는다. 비켜라."

"안 됩니다."

"어째서냐?"

"해도 삼이가 합니다. 어르신이 나서면 일만 복잡하게 될 뿐입니다."

장방의 눈에 잠시 갈등이 일었지만 이내 사라졌다. 그가 다시 발걸음을 옮겼다. 연자심은 움직이지 않았다.

"네가 날 막는다며 네 녀석부터 가만두지 않겠다. 비켜라."

"못합니다."

그의 입가에 미소가 짙어졌다.

연자심이 급히 왼 다리를 반 보 뒤로 빼며 어깨를 틀었다. 최단 거리를 일직선으로 쏘아져 오던 장방의 손이 한 치의 차이를 두고 비켜 나갔다.

그의 눈이 날카롭게 빛났다. 예상치 못한 결과였지만 예측하지 못한 것은 아니다. 연자심이 무공을 익히고 있다는 것은 이미 알고 있었다.

비켜 나갔던 그의 손이 기이하게 호(弧)를 그리며 다시 한 번 연자심의 가슴을 치려 했다. 순간 연자심이 오른 손등으로 그의 손목을 슬쩍 밀어 방향을 틀었다.

목표를 잃은 그의 손이 집게처럼 변해 연자심의 손목을 잡아채려 했다. 연자심은 물에 젖은 손을 털듯 가볍게 손을 털었다. 그 한 수로 장방의 손을 떨쳐 버린 연자심이 한 걸음 물러섰다.

"역시 네 녀석은 보통이 아니었어. 넌 누구냐?"

"장 어른, 제발."

장방의 미간에 작은 주름이 생겼다. 자신의 권각술이 매우 뛰어난 편은 아니지만 고수를 상대로 비도를 던질 수 있는 시간과 거리를 얻을 수 있는 정도는 익히고 있었다. 하지만 연자심의 권각술은 예상한 것을 뛰어넘고 있었다.

"네 손재간은 꽤나 훌륭하지만 이것도 막을 수 있겠느냐?"

장방이 손을 들어올렸다. 손가락 사이에 네 개의 비도가 머리를 내밀고 있었다. 그의 미소가 더욱 짙어졌다.

연자심이 한 걸음 더 물러섰다. 막상 부딪쳐 본 맨손의 장방은 두렵지 않았다. 그의 권술은 충분히 상대할 수 있지만, 비도를 든 그는 공포 그 자체였다. 그의 전신에서 서서히 피어오르는 살기는 막괴강이나 남철곤과는 차원이 달랐다.

혹시 이것이 진정한 살기인가?

마른침을 삼키며 연자심은 이 난관을 어떻게 피해가야 할지 고민했다. 장방의 차갑게 불타오르는 분노가 그를 집어삼키고 불태우고 있었다.

"그만 하시게."

목소리는 위엄이 담겨 있었지만 한없이 부드러웠다.

장방은 이미 누군가 와 있음을 알고 있었지만 연자심에게서 시선을 떼지 않고 말했다.

"어떻게 참을 수 있겠소."

"그렇다고 십대고수의 하나인 유성비 방일위가 어린아이에게 화풀이를 할 수는 없는 노릇 아닌가. 그리고 자네가 나선다면 삼이는 어쩌라는 것인가?"

연자심이 깜짝 놀라 눈이 휘둥그레졌다. 장방이 십대고수의 일인이라니 믿을 수 없는 일이었다.

칼날처럼 날카로운 살기가 장방의 몸에서 세차게 뿜어졌다. 밝혀져서는 안 될 비밀이 드러나는 것은 결코 있어서는 안 되는 일이다. 유성비 방일위는 과거에 죽었다. 그리고 남은 사람은 소면비도 장방이어야 했다.

고 노인이 천천히 선실 안으로 들어왔다.

"내 이럴까 해서 뒤쫓아왔건만……."

질책이 가득 담긴 고 노인의 말, 그러나 장방의 살기는 변함이 없었다.

"잊으라 하진 않겠네. 말리지도 않아. 강호의 은원이란 끊임없이 돌고 도는 것이니까. 하지만 지금은 아니네. 당장에 우리 모두의 목숨이 경각에 달려 있으니까. 은원은 잠시 접어두고 일단은 살아야 하지 않겠나."

"태풍이 온다는 것이 사실이오?"

고 노인이 고개를 끄덕였다.

"내일 저녁이나 밤늦게 태풍의 영향권에 들어갈 것 같네."

장방의 미간이 좁혀졌다. 활화산처럼 용솟음치던 그의 살기가 눈녹듯 사그라졌다. 잠시 생각에 잠겨 있던 그가 힐금 왕삼을 보았다.

"무슨 일이 있어도 저놈은 살아야 하오."

그의 목소리엔 애절함이 담겨 있는 것 같았다.

"모두에게 그런 사람이 하나쯤 있는 것 아니겠나. 자네에게 삼이가 그렇듯 내게도 반드시 살려야 할 사람이 있네."

장방이 기이한 눈으로 고 노인을 보았다. 지금까지 수 년을 청룡호에서 함께 지냈지만 그가 누군가를 위해 무엇인가 하겠다는 의지를 보이는 것은 처음이었다. 그는 늘 방관자였고, 세상을 초탈한 사람처럼 보였다.

고 노인이 소매 속에서 무엇인가를 꺼내 장방에게 던졌다. 낡은 천에 쌓인 물건은 손가락만한 크기였다.

장방이 천을 풀어헤쳤다.

"이, 이것은!"

그의 눈이 찢어질 듯 커졌다.

"선물일세. 자네가 아니라 삼이에게 주는 것이네. 그리고 그것이 있으면 마지막 초식을 완성할 수 있겠지."

"어, 어디서 이것을……."

고 노인은 빙긋 웃기만 했다. 연자심은 장방의 손에 들린 것이 한 자루의 비도라는 것을 알지만 그것이 무엇을 의미하는지는 몰랐다.

"설마 그분의……."

고 노인이 손을 들어 그의 입을 막았다.

"아무렴 어떤가."

하늘이 무너져도 절대로 놀라지 않을 것 같던 그가 한동안 말을 잇지 못했다.

"저도 눈이 멀었었군요. 태산이 눈앞에 있어도 알지 못하다니……
죄송합니다. 선거를 더럽힌 죄를……."

"과거의 일을 들추어서 무엇 하려나. 어차피 그곳을 떠날 생각이었고, 미련은 없네. 그리고 그렇게 떠남으로써 난 평생의 친구를 만날 수 있었지."

고 노인이 연자심의 어깨에 손을 올렸다. 그 손길은 할아버지인 연상인의 손처럼 한없이 따뜻했다. 그의 손아귀에 살짝 힘이 들어갔다. 연자심은 묵직한 손이 느껴지자 마음이 편안히 가라앉는 것 같았다.

"내가 반드시 살려야 할 아이네. 내 하나뿐인 친구의 손자이자, 친구와 나의 모든 것을 이어받은 아이지."

장방은 뚫어지게 연자심을 바라보다 천천히 입을 열었다.

"한 가지 부탁을 하고 싶네."

"예?"

장방의 달라진 말투에 연자심이 곤혹스런 표정을 지었다.

"삼이를 돌봐주게, 이 녀석의 평생 친구로 남아주게."

절대로 남에게 부탁 같은 건 하지 않을 장방이 간곡한 어조로 부탁을 하고 있었다. 연자심은 그가 말하는 친구의 의미를 알았다. 고 노인과 할아버지 연상인처럼 평생의 지기가 되어달라는 말이다.

"삼이는 이미 제 친구입니다."

장방이 만족한 듯 희미하게 웃었다.

"비록 모자람이 많은 아이지만 잘 부탁하네."

그리고 고 노인을 보며 말을 이었다.

"어르신 고맙습니다."

고 노인이 고개를 살짝 저었다.

"재물이 지나치게 많으면 지킬 수 없고, 부귀하여 교만하게 되면 스스로 재앙을 불러들이고, 공을 이루고 나면 제때에 물러나야 하는 것이 하늘의 도라고 했지."

연자심은 고 노인이 말하는 내용이 도덕경의 한 구절이라는 것을 알고 있었다.

금옥만당 막지능수 부귀이교 자유기구 공축신퇴 천지도(金玉滿堂 莫之能守 富貴而驕 自遺其咎 功遂身退 天之道)라. 이는 뜻한 바를 이루었으면 마땅히 물러야 한다는 것이다.

장방이 무엇을 이루었는지, 혹은 이룰 수 있을지 몰라도 고 노인은 분명 충고를 하고 있었다.

장방이 굳은 얼굴로 손바닥 위에 놓인 비도를 보며 말했다.

"이것은 제가 사용하지 않겠습니다."

한 자루의 비도, 그것이 무엇을 의미하는지 연자심은 알지 못했다. 하지만 그 한 자루의 비도가 장방에게 주는 의미가 얼마나 큰 것인지는 듣지 않아도 알 수 있었다.

"믿네."

말을 마친 고 노인이 연자심을 잡아끌었다. 연자심은 그를 따라 선실을 나왔다.

"궁금하겠지."

연자심이 고개를 끄덕였다.

"난 그곳에서 살았다."

"아!"

예상은 했었지만 이 한마디로 연자심은 두 사람의 관계를 명확히 알 수 있었다. 고 노인은 십절존사의 진정한 후계자였고, 장방은 그곳에

침범한 사람 가운데 하나였다.

연자심은 자신의 마음이 의외로 담담한 것에 스스로 놀라고 있었다. 전설처럼 여겨지던 인물의 후계자를 눈앞에 두고도 마음이 편안한 것은 그가 할아버지의 친구라는 사실을 먼저 알았기 때문이라 생각했다.

"사부님에게 이끌려 그곳에 들어갔고, 무공을 이어받았다. 세월이 흘러 사부님이 돌아가시고 홀로 그 섬을 지키며 살았지. 그러던 어느 날 사람들이 찾아왔다. 그들은 사부님의 흔적을 발견하곤 싸우기 시작했지. 아마도 욕심 때문이었겠지만 난 그때 생각했어. 이들은 어째서 싸우는 것일까, 하고 말이야. 싸우는 그들이 싫었고, 살인은 더욱 싫었다. 그래서 그들이 원하는 걸 줬다. 하지만 모두 준 건 아니다. 최후의 초식을 뺐어. 미완이었지만 그것만 가져도 충분하다고 생각했으니까. 그렇게 그들을 떠나보냈는데 그것이 실수였다. 다시 돌아올 줄은 몰랐거든. 사람의 욕심이란 끝이 없다는 것을 모른 거지. 그들은 모자란 마지막 초식을 찾기 위해 돌아왔다. 그래서 난 그곳을 떠났지. 장방에게 준 비도엔 유성비의 마지막 초식을 완성시킬 방법이 들어 있다. 난 그것이 사용되길 바라지는 않지만 삼이에게 필요할 것이라 생각했다."

연화가 잘 모르고 있는 것일까? 연화의 이야기와 고 노인의 이야기는 달랐다.

"이것은……."

고 노인이 품속에서 장방에게 준 것보단 조금 더 큰 천 꾸러미를 꺼냈다.

"선물이다."

고 노인이 빙긋 웃으며 목소리를 낮췄다.

"사부님이 내게 남긴 유일한 것이지."

연자심이 꾸러미를 받아 풀어보니 열 개의 붉은 보석이 매달린 목걸이였다.

"제가 이런 걸……."

여인이 쓰는 목걸이를 준다는 것도 의아했고, 그냥 보기에도 엄청난 가치를 지닌 물건 같았다.

"사부님이 무공에 천재시기도 하셨지만 뛰어난 장인이기도 하셨다. 그분은 자신의 무기를 모두 직접 설계하고 만드셨거든. 그런데 어느 날 갑자기 이걸 만드시곤 말씀하시더구나. 언젠가 며늘아기가 생긴다면 주고 싶다고 말이다. 분명 사부님은 자신의 죽음을 예견하고 계셨던 거야. 죽음을 눈앞에 두고 못난 제자의 미래를 걱정하신 거겠지. 나도 나이가 드니까 그 마음을 조금은 이해할 수 있겠더구나. 자식을 낳아 대를 잇는다는 것은 단지 부모가 됐다는 뜻만이 있는 게 아니라, 내가 이 세상에 살았다는 증거가 되는 거니까. 하지만 난 평생 홀로 살았다. 아마도 자신이 없어서 그랬을 거라 생각한다. 한 자리에 머물러 살며 자식을 키워 나갈 자신이 없었거든. 그리고 세상에 내가 왔다간 흔적을 남기고 싶지도 않았다. 사부님처럼 흔적없이 조용히 떠나고 싶었는지도 모르겠다. 하지만 인연이 닿아 네 할아버지를 만났고, 너를 봤다. 네가 연상인의 손자라는 것을 알았을 때 난 하늘의 운명이란 것을 믿게 됐다. 하늘이, 돌아가신 사부님이 내게 마지막으로 기회를 준 것이라고 말이다. 그것은 널 만난 정표로 주는 것이다."

연자심은 물끄러미 목걸이를 내려다봤다. 더 이상 붉은 보석 목걸이는 목걸이가 아니었다. 그것은 십절존사의 마음과 고 노인의 마음이

담긴 것이다. 그리고 그것엔 두 사람을 잊지 말고 기억해 달라는 의미
또한 담겨 있다.

연자심이 조심스럽게 목걸이를 갈무리했다.

이렇게 평범하게 건네주고 건네받은 목걸이가 수십 년간 수많은 사
람들의 피를 빨아들이는 마물이 될 줄은 이때는 전혀 예상하지 못했
다.

고 노인이 발걸음을 멈췄다.

"십팔로를 모두 배웠겠지!"

연자심이 고개를 끄덕였다.

고 노인이 희미하게 웃었다. 그리고 주먹을 가볍게 연자심을 향해
내밀었다.

"십구로다. 회륜영(回輪影)이라 이름 붙였다."

연자심의 눈이 커졌다. 암영권에 십구로가 있다는 이야기는 듣지 못
했다. 할아버지가 가르쳐 준 것은 모두 십팔로뿐이었다. 과연 십구로
는 어떤 모습일까? 연자심이 마른침을 삼키며 고 노인의 주먹을 보았
다.

아무것도 없었다. 그저 허공을 향한 한 번의 주먹질 이외에는 아무
것도 없었다. 그의 손이 원래의 자리로 돌아갔다.

연자심은 이것이 어떤 의미인지 알 수 없었다. 일체의 다른 동작이
배제된, 어떻게 보면 아이들이 장난을 칠 때 내지르는 주먹처럼 너무나
단순했다. 자신이 잘못 본 것일까? 아니면 숨겨진 어떤 것이 있는 것일
까? 그가 심각하게 고민을 하고 있을 때,

퉁—

짧은 울림 소리가 나며 그의 상체가 기우뚱거렸다. 급히 오른발을 뒤로 빼며 중심을 잡아야 했다.

"이것이?"

절대로 이해할 수 없는 일이다. 주먹을 내지르고 거둔 후에 다가오는 충격이란 상식적으로 이해가 되지 않았다.

암영권의 십오로부터 십팔로까지가 경(勁)의 단계다. 일권, 일각에 아름드리 나무를 가루로 만들 수 있다. 하지만 고 노인의 수법은 달랐다.

그의 표정이 서원의 원주처럼 근엄하게 변했다.

"십팔로는 암경(暗勁)의 완성이었고, 연형은 그것으로 자신의 일은 끝났다고 했다. 아마 연형도 사부님처럼 자신의 목숨이 얼마 남지 않았다는 것을 깨달은 것 같다. 그렇지 않았다면 분명 그는 자신의 손으로 회륜영을 만들려고 했을 테니까. 사람은 기다릴 수 있지만 하늘은 기다림을 모른다는 말처럼 연형은 자신의 시간이 끝났다는 것을 알고 서둘러 네게 십팔로를 전하려 돌아갔다고 생각한다."

묵직한 돌덩이가 가슴을 누르고 있는 것 같았다. 할아버지가 돌아와야만 했던 이유가 그것 때문이었을까? 할머니와 아버지의 냉대를 받을 것이란 것을 알면서도 돌아와야 했던 이유일까?

"연형이 떠나고 십 년을 참구한 끝에 암경(暗勁)의 마지막 단계이자 화경(化勁)의 초입이랄 수 있는 회륜영을 완성시켰다. 그리고 이것이 네게 주는 또 하나의 짐이다. 회륜영을 너머 진정한 화경에 이르는 초식이 네게 남겨진 숙제다."

연자심은 내심 고개를 저었다. 고 노인이 보여준 회륜영은 까마득히 높은 경지다. 아직 암영권의 십팔로조차도 모두 깨우치지 못한 자신에게 회륜형보다 높은 경지의 초식을 만들어달라니 상상조차 되질 않았다.

고 노인은 지금까지 짓고 있던 근엄한 얼굴을 버리고 푸근한 얼굴로 웃었다.

"미리 걱정할 필요는 없단다. 회륜영은 네가 십팔로를 모두 깨우치면 자연스레 길이 보일 것이야. 그때가 되면 기는 아이가 걷기 위해 기는 걸 버리듯 십팔로를 버리고 새로운 길을 찾을 수 있을 게다. 사부님은 너무나 다양한 무공에 심취하셔서 일찍 그 끝을 보기가 어려웠지. 나 역시 그러했고, 네 할아버지도 그러했어. 하지만 넌 다르다. 우린 상대를 이기기 위한 욕심으로 온갖 무공을 익혔지만 넌 사심없이 그저 좋아하는 하나를 배웠다. 그러기에 다른 게야⋯⋯. 잊지 말거라. 진정한 무공이란 말이나 글로 전해줄 수 있는 것이 아니다. 지금의 이 느낌, 이 생각을 기억해라. 그리고 이것이 연형처럼 내가 할 수 있는 마지막 일이다."

그가 다시 한 번 손을 들어 천천히 내밀었다 거두어들였다. 연자심은 다가올 충격을 대비했다. 그러나 아무런 일도 일어나지 않았다. 그가 어리둥절한 표정을 지을 때 등 뒤에서 쿵 하는 작은 소리가 들렸다. 소리의 진원지로부터 시작된 떨림이 나무 벽을 타고 움직이며 천장과 바닥으로 흘러갔다.

연자심을 남겨두고 고 노인은 떠났다.

하지만 그가 남긴 회륜영의 위력은 그대로 남아 연자심의 발바닥을 통해 온몸으로 생생히 전해지고 있었다. 연자심이 뒤로 돌아 회륜영에

타격을 입은 나무 벽을 만졌다. 나무 표면이 먼지처럼 부서져 나갔다. 그리고 남은 자리는 마치 대패로 밀어놓은 것처럼 매끈했다.

이것을 어찌 사람의 힘이라 할 수 있을까?

놀란 눈으로 벽만 바라보는 그는 석상처럼 움직일 줄 몰랐다. 한참 동안 매끈해진 벽을 바라보던 그가 발걸음을 옮겨 고 노인의 뒤를 따라갔다.

두 사람이 사라진 후 선창의 문이 조금씩 열렸다. 탁소정이 빼꼼히 밖을 내다보았다. 아무도 없음을 확인한 그녀가 사공정의 귀를 잡아끌었다.

"아팟!"

"너, 이런 데 숨어 있지 말라고 했지. 사내자식이 조금 놀림받았다고 숨기나 하고."

말하는 내내 탁소정은 연자심과 노인이 사라진 곳을 흘금거렸다. 두 사람의 대화를 전부 듣지는 못했다. 노인의 목소리는 낮았고, 배 안을 떠도는 소음에 띄엄띄엄 들렸다. 하지만 분명한 것은 노인이 연자심에게 무엇인가를 주었다는 것과 무공에 대한 이야기를 했다는 것이다.

노인이 연자심에게 준 것이 무엇일까? 무공비급일까? 아니면 알려지지 않은 무기일까?

그녀가 연자심이 매만지던 벽을 보았다. 매끈하기 그지없는 벽은 목수가 공들여 마무리를 한 것 같았다.

도대체 어떤 수단으로 이 벽을 이렇게 만든 것일까?

고 노인이 시전한 회륜영을 알지 못하는 그녀는 오한이 든 것처럼 떨어야 했다. 십대고수의 일인으로 권절이라 불리는 아버지 탁인기조차도 이런 일은 불가능했다. 아니, 사람의 힘으로 이런 일이 가능하리라곤 생각하지 못했다.

"그만 잡아당기고, 이거 좀 놔!"

사공정이 계속 귀를 잡고 있는 탁소정의 손을 뿌리쳤다.

"난 숨은 거 아냐."

"그러면?"

"친구를 만나러 왔을 뿐이라고."

"친구! 여기에 무슨 친구가 있어, 누구?"

그녀는 절대 믿지 못하겠다는 얼굴이었다.

"있어, 연자심이라고."

이름을 듣자마자 그녀의 얼굴이 절로 찌푸려졌다. 다시 한 번 벽을 봤다. 보는 것만으로도 소름이 돋는 것 같았다. 만일 노인이 강호에 나온다면, 아니, 노인의 무공을 배운 연자심이 강호에 나온다면 십대고수란 위명도 하루아침에 사라질 것이 아닐까.

세상 그 어떤 무공이 십대고수의 무공을 뛰어넘을 수 있을까? 그것은 단 하나 찾지 못한 십절존사의 마지막 무공뿐이다. 그렇다면 노인은 누굴까.

하나 더하기 하나가 둘인 것처럼 너무나 간단한 추리다. 십절존사의 죽음은 이미 알려진 사실이다. 게다가 백 년 전에 활동한 사람이 지금까지 살아 있을 리가 없다. 그렇다면 남은 것은 하나, 노인은 십절존사의 제자이고, 연자심은 그를 잇는 사람이다.

왠지 웃기는 일이란 생각이 들었다. 고금 제일고수라고 불리는 십절존사의 무공이 이런 허름한 배에서 전해지다니 누가 믿을 수 있을까. 하지만 분명 조금 전 노인은 십절존사의 마지막 무공을 전했다.

그녀는 재빨리 사방을 둘러봤다. 어디에도 사람의 흔적이나 인기척은 없었다. 마른침을 삼킨 그녀가 두근거리는 가슴을 애써 가다듬었다.

이것은 기회다. 노인이 연자심에게 준 것을 얻을 수 있다면 아버지는 십대고수의 일인이 아니라 천하제일고수가 된다.

힐금 사공정을 보았다. 그의 말이 어디까지 진실인지는 몰라도 연자심과 친구라 했다. 게다가 사공정은 무공에 관심도 없고, 자신을 보자마자 창고로 뛰어 들어가 구석에 쭈그리고 앉아 귀를 막아버린 그는 고 노인과 연자심의 대화를 듣지 못했다.

이는 분명 하늘이 준 기회였다.

청룡호의 맨 아래층 선창은 선부들로 북적였다. 노구겸의 지시로 창고의 짐을 옮기고, 허술한 곳을 덧대 보강하는 작업이 이루어지고 있었다.

"이제 나무가 없어!"

선 내의 유일한 목수인 마씨가 소리를 질렀다.

"없으면 빈 선실이나 삼판을 뜯어서라도 가져와!"

짜증이 섞인 노구겸의 목소리가 울려 퍼졌다. 마씨가 투덜거리며 삼판으로 뛰어올라 갔다.

"이봐, 그게 아니잖아. 가로로 덧대지 말고 세로로 하라니깐. 그리고 이쪽에서 저쪽으로 보를 가로질러야지. 끝을 들란 말이야. 내 말 안 들려? 뭐야, 이 돼지는 왜 아직 여기 있는 거야. 뒤쪽 창고로 옮기라니까."

보다 못한 노구겸이 직접 뛰어들어 배의 중앙에 덧대는 가로보를 들어 올리는데 발밑으로 돼지 한 마리가 지나갔다. 때마침 나무판자를 메고 들어오는 연자심이 눈에 띄자 큰 소리로 외쳤다.

"자심아, 그건 놓고 저 돼지부터 어떻게 해봐라!"

서둘러 선미의 창고로 돼지를 몰아넣은 연자심이 나무판자를 나르기 위해 삼판으로 올라가려 할 때 그를 막아선 두 사람이 있었다.

"무슨 일로……?"

"그냥 놀러 왔어."

사공정이 해맑게 웃었다. 빙긋 웃던 연자심이 탁소정을 힐금 봤다. 그녀는 모르는 척 딴청을 피웠다.

"그런데 무슨 일이 있는 거야?"

사공정의 물음에 연자심이 머뭇거렸다. 탁소정이 기이한 눈으로 연자심을 보았다. 두 사람의 시선이 부담스러운 연자심이 서둘러 말했다.

"곧 아시게 될 텐데, 태풍이 오고 있답니다."

"태풍!"

호기심 가득한 사공정의 눈이 반짝였다. 그도 태풍에 대한 이야기는 들어 알고 있었다.

"태풍이라니?"

탁소정의 물음이었다.

"왜 몰라! 엄청난 바람과 파도, 비가 내린다고 하잖아."

그녀가 대답을 하는 사공정을 째려봤다. 머쓱한 사공정이 딴청을 피웠다.

"지금 태풍이 올 시기가 아니라고 들었는데?"

"저도 잘 모르지만 때 이른 태풍이라고 합니다. 그래서 지금 태풍을 맞이할 준비를 하는 중이지요."

"아!"

"두 분도 선실로 돌아가셔서 태풍이 지나갈 때까지 나오지 마십시오. 전 해야 할 일이 있어서."

연자심은 두 사람 사이를 지나 곧장 삼판으로 올라갔다. 두 사람은 멀찍이 떨어져 연자심의 뒤를 쫓았다.

"선실로 안 갈 거야?"

"응? 으응!"

사공정의 물음에 건성으로 대답하는 그녀의 눈은 계속 연자심의 뒤만 쫓았다.

"너 말이다."

"응?"

"저 사람하고 친하게 지내라."

"……."

사공정이 힐금 그녀의 얼굴을 보고 다시 앞을 봤다.

"왜 연형에게 관심있어?"

"뭐라고!"

그녀가 주먹을 들어올렸다. 사공정이 두 손을 들어 그녀의 주먹을 막는 시늉을 하자 차마 때리지 못하고 슬그머니 내려놓았다. 어차피 아쉬운 건 자신이다. 사공정을 때리는 것보단 살살 달래서 이용해야 했다.

"그는 어떤 사람이냐?"

"왜?"

"네가 친구라고 하니까 알아보려는 거 아냐. 사공 백부님에게 네가 어떤 사람을 사귀는지 나중에 말해 줘야 한단 말이다."

아버지 이야기를 하자 잠시 인상을 쓰던 사공정이 말했다.

"매우 똑똑하고, 재미있고, 좋은 사람이야."

"그게 뭐야?"

"뭐라니?"

"사람을 평가할 땐 말이다. 어떤 점이 좋고, 어떤 점은 좋지 않다. 그런 기준을 설정하고 말을 해야지. 단지 똑똑하고, 재미있고, 좋은 사람이라면 저 밖에도 쌓이고 쌓였을걸."

"정말 그렇게 생각해?"

사공정의 갑작스런 물음에 탁소정이 고개를 갸우뚱거렸다.

"친구를 사귈 땐 기준을 정하면 안 되는 거야. 그런 게 있으면 친구가 아니라 동료가 되는 거지. 그리고 저 밖에 나가 아무리 뒤져 봐도 똑똑하고, 재미있고, 좋은 사람이 몇 명이나 될 것 같아? 내가 보기엔 단 한 사람도 없다고."

탁소정이 쓰게 웃었다. 어쩌면 그의 말이 맞는지도 몰랐다. 하지만 자신의 기준과 사공정의 기준은 다르다. 강호를 종횡하는 사람치고 완전히 믿을 수 있는 자가 몇이나 되며, 삼 푼쯤 자신을 감추고 있지 않은 사람이 몇이나 될까. 모두가 상대보다 우위에 서기 위해서 조금씩 자신을 위장하기 마련이다.

그녀는 앞서가는 연자심의 등을 바라봤다. 사공정은 그를 친구라 여기는지 몰라도 상대는 무서운 이빨을 감춘 맹수였다.

"그리고 연형은 보통 선부가 아니라고."

"그건 또 무슨 말이냐?"

"내가 조금 알아봤지. 화 소저가 잘 알고 있더라고."

"화 소저? 화백란!"

그녀가 못마땅한 얼굴이 되었다. 연화를 등에 업고 거들먹거리는 화백란이 싫었다.

"그녀가 그를 어떻게 알아?"

"화 소저의 사저인 강 소저가 연형하고 매우 친하다고 하더라고, 어릴 적에 남매처럼 자랐다나."

"그래!"

탁소정은 입맛이 썼다. 그와 연화가 그렇게 가까운 사이라면, 그가 십절존사의 무공을 얻었다는 것을 알게 되면 어떻게 될까? 그녀는 분명 다른 십대고수를 물리치기 위해 십절존사의 무공을 빼돌려 그녀의 사부에게 가져갈 것이다.

"연형은 말이지."

사공정은 큰 비밀이라도 알려주듯 주위를 살펴보며 목소리를 죽였다.

"연경의 남릉서원에 공부하러 가는 길에 잠시 이 배의 선부로 일하는 거래."

"뭐?!"

그녀의 눈이 휘둥그레졌다.

"설마 황사(皇師)와 한림 원주를 배출했다는 그곳?"

사공정이 고개를 끄덕였다.

"난 처음부터 연형을 알아봤다고. 연형은 선부라고 하기엔 어딘가 이상했으니까."

스스로를 자랑스러워하는 사공정을 일별하고 탁소정은 다시 한 번 연자심을 봤다. 겉으로 보기엔 다른 선부와 별다르지 않았다. 오히려 너무 평범해 선부들 사이에 끼어 있는 것이 자연스러울 정도다. 하지만 사공정의 이야기가 사실이라면 그는 하늘에 오르기 위해 때를 기다리는 잠룡이었다.

그녀의 가슴이 뛰기 시작했다.

바람이 거세게 불었지만 아직 비는 내리지 않았다. 수평선 너머에선 먹구름이 빠른 속도로 일어서고 있었다. 조금 있으면 비바람이 몰아칠 것이다. 파도에 부딪친 배가 치솟았다 떨어졌다. 시간이 흐를수록 파고(波高)가 높아지고, 배는 점점 더 큰 소리로 비명을 질러댔다.

선주는 배를 고 노인에게 맡겨 버린 채 선실로 내려갔다. 무사들도 그를 따라 선실로 가버렸다.

"드디어 시작인가! 예상보다 빠르군."

고 노인은 수평선에서 시선을 떼지 않고 말했다.

"어떻게 될 것 같습니까?"

배가 요동칠 때를 대비해 움직이는 물건을 치우러 왔던 연자심의 물음이었다.

고 노인이 고개를 설레설레 저었다.

"하늘이 하는 일을 누가 알 수 있을까? 사람은 사람의 법으로 살지만 뱃사람은 바다의 법으로 살지. 바다의 법은 곧 하늘의 법, 살고 죽는 것은 하늘에 달린 거야."

수평선을 따라 길쭉하게 늘어서 있던 먹구름이 불쑥 치솟아올랐다.

"후유."

길게 한숨을 내쉬며 노구겸이 망루로 올라왔다.

고 노인이 물었다.

"격벽(隔壁)의 보강 작업은 끝났는가?"

"대충은 끝났습니다."

격벽은 선창을 구획으로 나눠 막아 선체의 하부가 파손되더라도 다른 구역에 물이 스며들지 않도록 막는 벽이다. 청룡호에 격벽은 모두 열세 개였다.

"수고했네. 돛을 내리고 표주(漂舟)를 하세."

표주란 태풍으로 인해 항해가 어려울 때 돛을 내리고 파도를 피하는 방법이다.

고 노인의 지시에 노구겸이 돛잡이들을 향해 외쳤다.

"돛은 절반으로, 표주를 한다."

돛을 접어도 점점 거세지는 바람에 배의 속력은 줄어들 줄 몰랐다. 좌우를 열심히 살피던 노구겸이 급하게 소리쳤다.

"좌현에 파도다! 타(舵)를 우현으로!"

"타를 우현으로!"

사람들의 입에서 입으로 복명 소리가 전달됐다.

좌측에서 밀려오는 파도를 넘기 위해 배는 급히 회전을 시도했다. 하지만 사방에서 몰아치는 작은 파도가 배의 회전을 방해하고 있었다.

연자심이 붙박이 탁자에 매달렸다. 반쯤 기운 배는 당장이라도 물속으로 가라앉을 것만 같았다.

기울었던 배가 서서히 균형을 잡아갔다.

노구겸이 눈앞에 펼쳐진 파도를 보며 말했다.

"제길, 아직 시작도 안 했는데 이런 파도라니."

하얀 포말을 담장의 처마처럼 머리에 이고 있는 파도는 까마득히 높은 벽처럼 보였다.

"타는 고정, 파도가 온다!"

몰아치는 파도 소리가 귀청을 울렸다. 청룡호는 파도의 경사면을 따라 흐르며 뒤로 밀려갔다. 눈앞에 거대한 파도의 벽이 밀려들었다. 연자심은 숨이 막힐 것 같은 공포를 느껴야 했다. 파도의 벽을 향해 돌진하는 청룡호가 선수를 치켜들며 돌고래처럼 하늘로 솟아올랐다.

연자심은 자연의 놀라운 힘 앞에 할 말을 잃어버렸다. 거대한 청룡호가 하늘을 날고 있었다. 파도가 눈 아래로 스쳐 지나갔다.

"내려간다. 충격에 대비하라!"

노구겸의 커다란 목소리가 파도에 묻혀 버렸다.

우지끈― 쾅!

공중을 날던 배가 바다에 떨어지는 순간 청룡호가 비명을 질렀다. 입수의 충격으로 바닷물이 치솟아 삼판을 휩쓸고 지나갔다.

난간을 잡고 버티던 노구겸이 재빨리 자세를 바로 했다.

"보고하라."

"선수 이상 없음."

"선미 이상 없음."

"선체 이상 없음."

멀리서부터 차례로 보고가 올라왔다.

"타를 우현으로. 비가 온다. 다들 미끄러지지 않게 주의하라."

장대 같은 빗방울이 쏟아져 내리기 시작했다. 큰 파도 뒤를 잇는 작은 파도에 청룡호는 술 취한 사람마냥 비틀거렸다.

노구겸이 연자심의 어깨에 손을 얹었다.

"자심이 넌 내려가라."

"괜찮을까요?"

방금 전 보았던 엄청난 파도에 걱정이 되어 물었다. 노구겸이 빙긋 웃었다.

"걱정 마라. 뱃놈에게 이 정도는 아무것도 아니다. 이제 시작이다. 진짜는 이제부터 올 놈들이지. 하지만 걱정 마라. 반드시 널 연경에 데려다줄 테니까."

걱정하지 말라며 어깨를 두드리는 그의 손에서 미약한 떨림이 전해졌다. 힐금 고 노인을 보았다. 눈이 마주치자 고 노인이 희미하게 웃으며 고개를 끄덕였다.

"자연의 힘 앞에 두려움이 없는 사람이라면 이미 죽은 사람뿐이지. 인간이라면 당연히 두려움을 느끼고, 그렇기에 이겨 나갈 수 있는 거란다."

연자심이 계속 뒤를 돌아보며 망루를 빠져나갔다. 굳은 얼굴로 사방을 살피던 노구겸이 어깨의 힘을 빼곤 짧게 한숨을 내쉬었다.

"이건 미친 짓이에요. 이런 배로 폭풍을 헤쳐 나간다니."

"그렇다고 배한테 화를 낼 수야 없지 않은가."

"배한테 화를 내는 게 아닙니다. 단지 왜 이리로 와야 했느냐는 거죠. 운현도에 갈 배는 얼마든지 있을 텐데."

"자네가 이 배를 탄 게 사 년이 다 돼가지?"

"그걸 어떻게……."

"이 배는 말이야. 사 년에 한 번씩 정기적으로 운현도를 오가는 배거든. 이번이 다섯 번짼가. 각 문파에서 중요한 사람들을 실어 나르는데 아무 배나 사용할 수는 없지 않은가. 거기다 어중이떠중이들이 모두 운현도에 몰려가는 것은 절대 원하지 않지. 그래서 그들이 믿을 수 있는 배를 이용하는 거야. 그리고 한 번 운현도에 갔다 온 후엔 항상 선부를 모두 바꾸지."

노구겸이 미간을 좁혔다.

"그건 몰랐군요. 어쩐지 보수가 좋더라니……."

지난 4년간 내 집처럼 지내던 배다. 이번 항해를 끝으로 하선을 해야 한다니 벌써부터 섭섭한 마음이 드는 것 같았다. 애써 보수에 대한 이야기로 서운함을 달래려다 문득 고 노인의 말속에서 뜻밖의 사실을 깨달았다.

"어르신은 몇 번이나 다녀오신 겁니까?"

"글쎄……."

고 노인이 희미하게 웃었다. 그때 배가 좌우로 심하게 요동을 치다 위로 치솟아올랐다. 어느 틈엔가 바다는 온통 하얀 포말로 가득했다. 노구겸이 짧게 숨을 들이켰다. 바다를 하얗게 만드는 거품은 불규칙한 바람이 일으킨 잔파도가 서로 부딪쳐 만들어낸 것이다. 본격적인 폭풍의 영향권에 들었음을 알았다.

포말이 가득한 잔파도를 밀어내며 거대한 물결이 일었다.

"타는 고정, 닻을 내려라!"

노구겸이 외친 소리에 복명이 이어졌다.

"이번엔 조금 큰 거다. 모두 정신 차려! 앞 돛은 내리고, 뱃머릴 세워 버틴다."

"훌륭한 선택이군."

고 노인의 칭찬에 노구겸이 쓰게 웃었다. 하지만 안심하긴 일렀다. 조금 전보다 더 큰 파도가 밀어닥쳤다. 쿵 하는 소릴 내며 뱃머리가 파도를 들이받았지만 내려진 닻의 하중에 걸려 떠오르지 않았다. 청룡호는 파도를 가르며 빠져나갔다.

"닻을 이용해 표주한다!"

바람이 점점 더 거세지고, 비스듬하게 떨어지던 빗줄기가 수평에 가까울 정도로 변했다. 묵묵히 앞을 바라보는 노구겸의 얼굴엔 암울한 기색이 역력했다.

하층 선실로 내려오는 동안 연자심은 뛰는 심장을 진정시키려 애를 써야 했다.

바람이 미치고, 바다가 미쳐 가고 있었다.

출렁이는 물결이 거대한 청룡호를 가랑잎처럼 흔들어놓았다. 돛을 높이 올리고 위풍당당한 모습으로 바다를 헤쳐 나가던 청룡호가 날개를 반쯤 접은 채 파도를 따라 표류하고 있었다.

삼판 아래로 내려온 그는 불 꺼진 어두운 통로를 따라 걸었다. 배가 날카로운 소리를 내며 울부짖었다. 등줄기를 따라 흐르는 찌릿한 감각은 온몸의 털을 곤두서게 했다. 갑자기 숨이 막힐 것 같은 두려움이 몰려왔다. 어둠과 폐쇄된 공간이 연자심의 마음을 갉아먹고 있었다. 아무렇지 않게 돌아다녔던 통로가 맹수의 좁은 창자처럼 느껴졌다.

애써 두려움과 공포를 몰아내며 벽을 따라 걷던 그가 발걸음을 멈췄다. 어둠 속에서 손끝에 느껴지는 벽의 매끄러운 감촉이 너무나 생생했다.

연자심은 다시 한 번 고 노인이 펼쳤던 회륜영을 기억했다. 도대체 어떤 수단으로 이렇게 만들었을까? 그는 그저 한 번의 주먹질을 보여주었을 뿐이다. 자신의 일권에 대해 어떤 설명도, 덧붙임도 없이 그저 보여준 것으로 끝을 맺었다. 그의 입에서 한숨이 새어 나왔다. 아무리 생각해도 모를 일이다. 고개를 절레절레 젓던 연자심이 쓰게 웃었다.

할아버지도 미처 깨닫지 못한 경지다. 그리고 고 노인조차도 이 한 초식을 위해 십 년의 세월을 보내야 했다. 그런 것을 한순간에 알아내려 조바심을 내다니 바보 같은 짓이다. 손바닥으로 벽을 한 번 쓸어보곤 발걸음을 옮겨 선실로 들어갔다.

붙박이 등불이 희미하게 밝혀진 선실에는 장방과 왕삼이 함께 있었다. 장방은 지난 하루 동안 요리를 할 때 빼곤 줄곧 왕삼의 곁에 붙어 있었다.

"아직도 그런가요?"

장방이 힘없이 고개를 끄덕였다.

왕삼은 깨어난 후에도 초점없는 눈으로 멍하니 벽만 쳐다봤다. 눈앞에 손을 가져가 흔들어도 반응을 보이지 않았다. 그는 마음을 닫고 자신 속에 숨어버린 것 같았다.

"어쩌면 내가 지은 죄를 삼이가 받고 있는지도 모르겠다."

장방의 목소리에서 슬픔이 가득 묻어나는 것 같았다.

"사십 년 전, 난 아버지와 함께 운현도에 들어갔다. 그곳에서 많은 사람이 죽었지. 탐욕이 부른 당연한 결과지만 매일 사람이 죽어 나가고, 아버지와 나는 살아남기 위해 애썼다. 그러던 어느 날 기적처럼 십절존사의 유성비를 얻었지만, 날 지키려다 아버지는 돌아가시고 말았다. 난 살아남기 위해 숨어야 했지. 숨어서 유성비를 익히며 빠져나갈 기회를 노렸지만 기회는 쉽게 오지 않았다. 팔 년, 끔찍한 시간이었지. 하지만 난 살아남았고, 탈출할 수 있었다."

이야기하는 동안에도 장방은 왕삼에게서 눈을 떼지 않았다. 연자심은 그의 이야기가 자신에게 들려주기 위한 것이 아닌, 왕삼에게 들려주고 싶어하는 것이라 생각했다.

슬픈 과거란 잊혀지지 않는 법이다. 슬픈 과거란 때때로 불쑥 찾아온다. 장방에게 오늘은 기쁜 날이기도 했지만 슬픈 날이기도 했다. 인생의 철칙처럼 하나를 얻으면 하나를 잃는다.

꿈에도 그리던 유성비의 마지막 비도를 얻었지만, 깨어날 줄 모르는 왕삼이 그의 가슴을 흔들어놓았다.

"운현도에서 빠져나오자마자 아버지의 복수를 위해 많은 사람을 죽였다. 십 년 동안, 원수를 찾아다니며 싸웠다. 그러면서 얻은 이름이 유성비 방일위. 하지만 말이다. 가장 아름답고 행복해야 할 젊은 시절을 복수를 위해 끊임없이 떠돌며 죽음과 싸워야 하는 것만큼 비참한 것은 없었다. 그걸 서른이 넘어서야 깨달았지. 그래서 이름을 버렸다. 하지만 비도는 버릴 수 없었지. 그것은 아버지의 목숨과 바꾼 것이니까. 그래서 이름을 버리고 난 웃기 시작했다."

소면비도 장방의 탄생은 시작부터가 슬펐다.

장방이 왕삼의 손을 잡았다.

"이름을 버렸으면 비도도 놓았어야 옳은 일인지도 모른다. 장방은 장방으로서 살아가면 되었을 것을……. 그렇다고 후회는 하지 않는다. 후회란 언제 해도 늦은 거니까."

말을 끊고 왕삼을 바라보는 그의 눈에는 후회의 빛이 떠올라 있는 것 같았다. 그가 말을 이었다.

"몇 년 동안 강호를 떠돌다 남창(南昌)까지 흘러들어 갔고, 그곳에서 한 여인을 만났다. 부모가 남긴 작은 주루를 홀로 운영하던 그녀는, 아버지를 잃고 운현도에서 혼자 발버둥치던 것을 기억나게 했다. 딱히 할 일도 없던 난 그곳에 머물기로 결정하고, 그녀의 주루에서 요리를 하며 지냈다. 참으로 편안한 생활이었지만 그마저도 오래가지 못했다. 사방으로 세를 불리던 흑룡당이 주루가 있는 지역을 차지하곤 보호비를 걷어가려 했다. 그녀는 맹렬하게 거부했지. 난 그녀가 그렇게 하리라곤 미처 생각지 못했다. 사람들을 모으고 설득해 흑룡당과 정면으로 부딪쳤다. 결과가 어땠는지 아느냐? 흑룡당의 지부장을 물리쳤단다. 굉장했지, 칼을 든 무인들 앞을 가로막고 자신부터 죽이고 가라 했거든. 그녀가 나서자 모든 상인이 뒤를 따랐고, 흑룡당 지부장은 대처할 방법을 찾기가 어려웠지. 그 자리에서 사람을 해친다면 상인들의 반발을 살 테고, 일을 제대로 처리 못한 자신의 목이 먼저 달아날 테니까.

적당한 선에서 타협이 필요했지. 그런데 운명이란 묘한 것이거든. 때마침 시찰을 나왔던 흑룡당의 당주인 거경이 그곳에서 그녀를 보았다. 그는 강인한 그녀를 마음에 들어했다. 그리고 그녀도 그가 싫지는 않은 것 같았지. 거경은 젊고, 힘이 있고, 예의가 있었으니까. 문제는 거경은 이미 혼인을 한 몸이라 그녀를 첩으로 들이려 했고, 그녀는 그러고 싶지 않아 했지. 하지만 젊고 패기 넘치는 거경은 그녀의 의견을 무시하고 자신의 뜻을 관철시키고 말았다."

배가 크게 휘청거렸다. 나무로 만든 배가 단말마의 비명을 질러댔다. 삐거덕거리는 소리가 사방에서 들렸다. 당장이라도 배가 두 동강 날 것만 같았다.

장방은 나둥그러지려는 왕삼을 붙잡았다. 그는 배가 요동치는 소리가 들리지 않는 사람 같았다. 어린아이처럼 왕삼을 품에·안은 그가 다시 입을 열었다.

"그녀가 떠나고 주루를 내가 맡았지. 평온한 일상이 돌아온 것 같았다. 난 그녀가 행복하기만을 바랐지. 하지만 서너 달 뒤에 돌아온 그녀는 밝지 않았다. 입을 굳게 다문 그녀에게 물을 수도 없었지. 사나흘 조용히 있던 그녀가 입을 열었다. 본부인의 투기에 버틸 수가 없었다고. 슬퍼하는 그녀에게 내가 해줄 수 있는 거라곤 위로의 말 몇 마디뿐이었지. 그리고 며칠이 지나도 그녀는 돌아갈 생각을 하지 않았다. 완전히 주루로 돌아온 사람처럼 행동했지."

말을 끊은 그가 조용히 왕삼을 내려다봤다.

연자심은 이제부터 시작될 이야기는 왕삼과 직접적인 관련이 있는 내용이라고 생각했다.

"평범한 날이었다. 날은 더웠고, 초저녁이 되자 귀뚜라미가 시끄럽게 울기 시작했지. 우린 평소처럼 저녁에 올 술꾼들을 맞이할 준비를 하고 있었다. 하지만 이경이 지나도록 손님은 오지 않았다. 그녀는 그런 이상함에 개의치 않는 것 같았어. 무료한 시간이 이어졌지. 그리고 삼경 말이 되어갈 때 흰 천으로 얼굴을 가린 여자가 들어왔다. 난 직감적으로 그녀가 기다리던 사람이라 생각했다. 그래서 자리를 피해줬지. 하지만 그래선 안 되는 거였다. 내가 그 자리에만 있었어도 수많은 사람들이 고통을 당하지 않아도 됐을 텐데……."

장방이 왕삼의 머리를 쓸어 넘겼다.

"주루에 돌아왔을 때 그녀는 피투성이가 되어 있었지. 지금도 생생하게 들리는 것 같아. 희미한 목소리로 '아이만은……. 제발 내 아이만은' 하는 이 말을 듣는 순간 피가 거꾸로 치솟는 것 같았다. 거경의 본부인은 아이가 없었거든. 그런데 덜컥 첩으로 들어간 그녀가 아이를 가진 거야. 그러니 가만둘 수 없었겠지. 죽어가면서도 끝내 뱃속의 아이 걱정만 하는 그녀에게 내가 해줄 수 있는 거라곤 손을 잡아주는 것뿐이었다. 난 사람이 죽어가는 순간이 그렇게 길 줄은 몰랐다. 수많은 사람을 죽였지만 그렇게 곁에서 사람이 죽어가는 것을 보는 것은 처음이었으니까. 그녀는 정말로 애를 썼다. 오로지 뱃속의 아이를 살리기 위해서 끈질기게 버티고 버텼지만 이미 늦었지. 그래서 난 내가 할 수 있는 마지막 일을 했다."

장방이 손을 들어올렸다. 검지와 중지 사이에 시퍼런 비도가 머리를 내밀고 있었다.

"이것으로 그녀의 숨통을 끊었지. 우스운 일이지만 비도를 찌를 때 그녀가 고통스럽지 않기를 바랐다. 그리고 그때만큼 손을 떨어본 적도 없다. 어떤 사람과 싸워도 난 냉정했고, 망설임없이 비도를 던져 숨통을 끊을 수 있었다. 하지만 차마…… 차마 비도가 그녀의 숨골을 뚫고 들어가는 것을 보지 못했다. 죽어가면서도 뱃속의 아이만 걱정하는 그녀가 너무 가여워서 난 눈을 감았다. 눈을 떴을 때 그녀는 죽어 있었고, 난생처음 죽음 앞에서 눈물을 흘렸다. 아버지가 죽었을 때도 울지 않았는데 말이지. 그녀를 씻기고 새 옷을 갈아입힐 때쯤 거경이 찾아왔다. 급하게 달려왔는지 구겨진 옷에, 신발 한 짝도 보이지 않았지. 그는 그녀가 죽은 것도 모르고, 내가 그녀에게 옷을 입히는 모습에 겁탈이라도 하는 것으로 착각했는지 무작정 달려들었지. 그의 도는 빠르고 잔인했다. 난 미처 준비하지도 못한 채 그의 칼을 맞았지. 그때 비도한 자루만 있었어도 상처 따위를 입는 일은 없었을 텐데. 그녀의 시신을 수습하면서 칼을 지닐 수는 없었다. 그래서 일단 몸을 피할 요량으로 그곳을 빠져나갔다. 하지만 생각보다 상처가 깊었는지 얼마 가지 못해 쓰러졌고, 죽어가던 나를 구해준 사람이 삼이의 아버지다."

이후의 일은 왕삼에게 들어 대충은 알고 있었다.

"화씨세가에서 종살이를 하던 왕삼의 아버지가 날 구했고, 거기서 잠시 숨을 돌린 후 좀 더 안전한 곳으로 몸을 숨겼다. 상처를 치료하고 그녀의 복수를 하러 돌아왔을 때 화씨세가가 불타고 있었다. 복수심에 불탄 거경의 짓이었지. 불타는 화씨세가에 뛰어들어 삼이의 아버지를 찾았다. 그는 상처를 입은 몸으로 타오르는 불길 속에서 삼이를 끌어 안고 어떻게든 삼이를 살리려 애쓰고 있었다. 난 두 사람을 모두 구하고 싶었지만 사방으로 번진 불길을 보며 삼이 아버지가 말하더구나.

자긴 틀렸으니까 두고 가라고, 대신에 삼이를 남들처럼 평범하게 살게 해달라고, 그는 그렇게 죽었다. 난 화씨세가를 빠져나오자마자 한달음에 흑룡당을 찾아가 닥치는 대로 죽이기 시작했다. 마지막으로 거경을 쓰러뜨리고, 그녀를 죽게 한 여자를 찾아냈다. 한 줌도 안 돼 보이는 여자였지. 난 그녀를 보며 생각했다. 평생 후회하게 만들어줘야겠다고. 태어나 보지도 못한 아이를 위해서, 불에 타 죽은 삼이의 아버지를 위해서, 그리고 얼굴조차 보지 못하고 죽은 아이 엄마를 위해서도. 그녀의 한쪽 얼굴을 뭉개 버리고 한쪽 눈알을 빼서 먹여 버렸다."

묵묵히 듣고 있던 연자심이 번쩍 고개를 들어 그를 보았다.

장방과 막괴강이 싸우던 날 나누었던 뜬금없는 대화가 어디서부터 비롯된 것인지 알 것 같았다. 막괴강이 말한 외눈으로 셀 수도 없는 계절을 보아온 사람은 거경의 아내였다.

연자심이 장방을 바라보다 인기척에 고개를 돌려 선실의 입구를 보았다. 짙은 청색 무복을 입고 있는 네 사람이 서 있었다.

장방은 그들의 기척이 들리지도 않는지 연자심에게 시선을 고정한 채 입을 열었다.

"막괴강은 그녀의 동생이다."

"……."

막괴강은 묵묵히 서서 장방을 노려보고 있었다. 그가 입을 열었다.

"태풍이, 하늘이 널 벌주기 전에 내 손으로 끝을 봐야겠다."

그가 발을 들어 선실 안으로 옮겨놓으려 했다.

"그 발이 닿는 순간 넌 죽는다."

시선조차 돌리지 않은 장방의 차디찬 목소리가 그의 발길을 붙들었다.

막괴강이 피식 웃었다. 그리고 마저 발을 옮기려 했다.

"날 더 이상 화나게 하지 마라. 이미 충분히 화가 나 있으니까."

장방이 천천히 고개를 돌려 막괴강을 보았다. 눈이 마주치자 막괴강의 어깨가 움찔거렸다. 찌르는 듯한 그의 시선은 감히 마주할 수 없을 정도로 깊고 차가웠다.

막괴강은 당혹스러운 느낌이었다. 지금까지 봐왔던, 그리고 며칠 전에 손을 나누었던 장방은 어디론가 사라지고 남은 것은 난생처음 보는 사람이었다.

고저없는 장방의 목소리가 이어졌다.

"지금의 너는 과거의 거경보다 강하다는 것을 안다. 하지만 거경도 내 일초를 받지 못했다."

감정이 섞이지 않은 그의 목소리는 지옥의 끝에서 들려오는 신음 소리 같았다. 막괴강이 발끈했지만 장방의 꿰뚫는 듯한 시선에 옴짝달싹할 수 없었다. 그의 말대로 지금의 자신은 과거 남창의 최고고수였던 대금도 거경보다 강하다. 그래서 충분한 자신감을 가지고 있었다.

연자심이 마른 입술을 적셨다. 왕삼을 끌어안은 채 막괴강을 노려보는 장방은, 불타는 화씨세가에서 왕삼의 아버지를 끌어안고 분노에 떠는 모습을 연상시켰다. 그는 그때의 장방으로, 아니, 유성비 방일위로 돌아가려는 걸까.

큰 파도가 들이쳤는지 충격이 배를 휩쓸고 지나갔다. 장방은 왕삼을 꼭 끌어안고 버텼고, 막괴강 일행은 통로의 벽에 매달렸다. 충격의 여파는 가셨지만 심하게 기울어진 배는 당장이라도 뒤집힐 것만 같았다.

"돌아가라. 지금은 아니다. 아직 때가 되지 않았다."

"때? 싸움에도 때가 있었나."

태풍의 거대한 위력에 언제 가라앉을지 모르는 상황에서도 막괴강은 복수의 의지를 잃지 않았다. 오히려 더욱 불타오르고 있는 것 같았다.

연자심이 미간을 찌푸렸다. 모두가 힘을 합쳐도 모자랄 판에, 복수심에 불타 아무것도 돌아보지 않았다. 막괴강의 목적은 지금 당장 죽더라도 그전에 장방의 목숨부터 끊어야겠다는 것이다.

그렇게 원한이 컸던 것일까? 자신의 안위조차 생각하지 않을 정도로 원한이 깊은 것일까? 연자심은 이해할 수 없었다.

"누님에겐 때가 있었나? 네 단검에 난자당한 반쪽의 얼굴과 텅 비어버린 눈으로 하루하루 스스로를 죽여가고 있다. 누님에게 남은 것은 오로지 너를 향한 복수뿐이다."

"강호의 원한은 돌고 도는 것. 난 할 일을 했고, 네 복수는 인정한다. 하지만 지금은 아니다. 돌아가라. 이미 한 번 네 목숨을 살려주었으니 그 정도는 요구할 수 있겠지."

"넌 누구냐!"

버럭 소리를 지르는 막괴강의 목소리가 심하게 떨리고 있었다. 그랬다. 지난번 싸움에서 자신은 전력을 다했지만 장방은 아니었다. 그것을 인정할 수 없었다. 장방에게 당한 것은 예측할 수 없는 불의의 일격일 뿐이라고 굳게 믿었다. 하지만 그의 입으로 진실을 듣는 순간 걷잡을 수 없는 격노에 휩싸였다.

"넌 소면비도 장방이 아니다!"

"나는……."

짧은 순간 망설이던 장방이 힐금 왕삼을 보곤 말을 이었다.

"장방이다. 돌아가라."

단호한 장방의 말속에는 폭풍조차 질식시킬 것 같은 살기가 배어 있었다.

피가 흐를 정도로 아랫입술을 씹던 막괴강이 무거운 발걸음으로 사라져 갔다.

"괜찮을까요?"

"누구? 아……!"

장방이 씁쓸하게 웃었다. 힐금 막괴강이 서 있던 곳을 바라본 그가 입을 열었다.

"삼이가 깨어 있었다면……. 아마 비도를 날렸을지도 모른다. 하지만 생각을 바꿨다. 그놈을 상대하는 것은 내가 아니다."

장방이 품에 안은 왕삼을 내려다봤다.

연자심이 짧게 숨을 들이켰다. 그는 왕삼으로 하여금 막괴강을 상대하게 만들 작정이다. 과연 그럴 수 있을까? 막괴강의 살기에 원초적인 두려움을 가진 왕삼이 그를 제대로 상대할 수 있을까?

"무인이 되기로 했으면 철저하게 무인의 삶을 살아야겠지. 그러기 위해서 삼이가 반드시 넘어야 할 산이 저놈이다. 그렇지 못하면 삼이는 반쪽짜리 무인일 뿐이다."

그의 논리는 옳았다. 왕삼이 무인으로 살아가려면 살기를 두려워해서는 안 된다. 그가 가진 살기의 공포를 떨쳐 버릴 방법은 막괴강을 물리침으로써 가능했다.

"잔인하다 생각하겠지. 무섭다고도 생각하겠지. 하지만 무인이다. 목숨을 칼날 위에 올린 채 살아가는 사람이다. 독하지 않으면 무인이 아니다."

장방은 자신이 경험한 것들을 토대로 왕삼을 만들어가려 하고 있었다. 눈앞에서 죽어간 아버지, 운현도에서 홀로 팔 년을 숨어 살아온 경험이 그의 깊숙한 곳에 자리잡아 모든 것을 결정하고 있었다.

문득 연자심은 왕삼이 누군가의 손에 의해 죽는다면 이 배에서 살아남을 수 있는 사람은 고 노인밖에 없을 것이란 생각이 들었다. 등허리가 싸늘하게 식어가는 것 같았다. 폭풍은 배 밖에만 있는 것이 아니라 안에도 있었다.

하루 반나절, 돛잡이들은 선수에서 선미까지 매어놓은 줄에 몸을 묶고 삼판을 유린하는 파도와 싸우고 있었다. 네 시진마다 한 번씩 교대하고 있었지만 목숨을 걸고 바다와 싸운다는 건 너무나 힘든 일이었다. 시간이 흐를수록 모두의 얼굴엔 암울한 미래가 드리워져 있었다.

"저거 보이나?"

앞을 주의 깊게 바라보던 고 노인이 손가락으로 가리켰다. 노구겸이 그곳을 보았다. 한참 동안 노려보던 그의 눈이 반짝였다.

"……섬!"

수평선 너머로 어릿한 섬의 그림자가 보이는 것 같았다. 그의 얼굴이 조금 밝아졌다.

"우현에 섬이 보인다!"

노구겸이 소리쳤다. 돛잡이들이 환호성을 질렀다. 살아날 희망이 생긴 사람들이 힘주어 돛 줄을 잡았다.

"알고 계셨습니까?"

"아니, 몰랐네, 이쪽에 섬이 있다는 것은. 우린 지금 항로에서 많이 벗어나 있으니까."

노구겸이 고개를 끄덕였다. 땅에도 길이 있듯 바다에도 길이 있다. 안전하게 오갈 수 있는 항로를 벗어나면 언제 어디서 위험이 닥쳐올지 알지 못한다. 경험이 아무리 많은 해로수라 해도 모든 바다를 알고 있는 것은 아니다.

청룡호는 폭풍에서 조금이라도 안전한 곳을 찾기 위해 원래의 항로를 크게 벗어났고, 파도에 한참 동안 밀려다녔다. 하늘의 별이 보이지 않는 이상 이곳이 어디쯤인지도 알 수 없었다.

"운이 좋은 거로군요."

"그래, 운이 좋은 모양이야."

"어르신께선 처음부터 계속 운현도를 오가신 겁니까?"

조금 여유가 생긴 노구겸이 내내 궁금했던 이야기를 꺼냈다.

"그런 건 아니지. 내 앞선 사람이 하나 있었으니까. 십여 년 전에 그가 죽고, 내가 그 자리를 이은 거야. 선부야 쉽게 구한다지만 해로수는 구하기가 매우 어렵지."

그의 말대로 바닷길을 잘 아는 해로수를 구하기란 쉽지 않은 일이다. 게다가 운현도라는 듣도 보도 못한 섬에 대해 아는 사람은 쉽게 찾을 수 없다.

고개를 끄덕거리던 노구겸이 다시 물었다.

"그런데 운현도에 십절존사의 무공이 있긴 한 겁니까?"

"왜 관심있나?"

노구겸의 물음에 고 노인이 빙그레 웃으며 반문했다.

"전혀요. 가지고 있는 것도 제대로 익히지 못했는데 그건 찾아 뭐 하겠습니까."

"자넨 검술을 몇 년 익힌 거지?"

고 노인의 엉뚱한 물음에 머리를 긁적이던 그가 답했다.

"십 년 조금 넘었습니다."

고 노인이 잠시 눈을 감았다. 그의 목소리가 낮아졌다.

"십대고수를 알고 있지?"

노구겸이 고개를 끄덕였다.

"그들은 십절존사의 무공을 얻고 나서 십 년 만에 강호십대고수라는 이름을 얻었지."

노구겸의 눈이 휘둥그레졌다. 단지 십절존사의 무공을 얻었다고 십 년 만에 절정의 고수가 되었다는 것이 믿겨지지 않았다.

"뭔가 특별한 방법이라도 있었던 건가요?"

"글쎄, 십대고수 본인들 외에 그걸 누가 알 수 있을까. 하지만 한 가지, 그들은 십절존사의 무공을 얻기 전에도 고수라 불리던 사람들이었으니까 십절존사의 무공을 좀 더 쉽게 익힐 수는 있었겠지. 그보다 자네가 직접 부딪쳐 봤으니 더 잘 알 것 아닌가."

잠시 의아해하던 노구겸이 말했다.

"혹시, 남 공자의 편법이!"

"사방편이라고 하는 거네. 본래 십절존사의 것이었지만 남 공자의 아버지인 남학우가 얻었지."

"굉장한 무기더군요."

노구겸이 손바닥을 슬쩍 내려다봤다. 그날 입은 상처가 아직 남아 있었다.

고 노인이 빙긋 웃었다.

"십절존사의 무공은 장점을 극대화시키는 것이라고 하지. 단점 따위는 무시할 정도로 말일세. 그리고 완전한 기술이기 때문에 가능한 것이지."

"완전한 기술이요?"

"그래, 공격과 방어에 대한 완벽한 투로를 계산에 둔 방법이지. 그래서 직설적이고 다른 변칙이 없지. 가능한 모든 상황에 맞도록 만들어진 것이기 때문에 투로만 익히면 되는 거네. 자네의 무공은 하나의 검로마다 하나의 뜻이 있고, 그 뜻을 체득해야 비로소 다음 단계로 이행할 수 있지만 십절존사의 무공은 그저 투로를 완벽하게 익히면 다음 단계로 넘어갈 수 있다고 하지."

노구겸은 그런 무공이 있으리라곤 상상하지 못했다.

"그야말로 궁극의 무공이군요. 하지만 초식에 의(意)가 없이 무조건 투로만 익힌다는 것은 왠지……."

"자네만 그런 생각을 한 건 아니네. 처음 십절존사가 등장했을 때 너무나 강하고 사이했기에 그의 무공이 정종이 아닌 마공이다, 사공이다, 더 심한 경우 악귀의 무공이라 폄하했던 사람들이 있었지. 하지만 직접 부딪쳐 보곤 십절존사의 무공이 그렇지 않다는 것을 깨달았기에 모두가 인정한 것이지. 십절존사의 무공은 완전한 전투 기술이라네."

"이길 방법은 없는 건가요?"

"글쎄, 당금 강호에서 십대고수를 이길 수 있는 사람은 십대고수뿐

일 게야. 하지만 모르지. 앞으로 어떤 사람이 나타나 십대고수를 모두 꺾어버릴지. 언젠가 그럴 날이 있으리라 난 믿고 있네."

과연 그럴 수 있을까? 완전한 전투 기술이라 불리는 십절존사의 무공을 꺾을 수 있을까? 영원히 불가능할 것 같았다.

"완전함이란 말이지, 끝을 뜻하는 것이 아니네. 인간의 완전함이란 불안정하기 때문이지. 지금은 완전해 보이지만 시간이 흐를수록 완전함에도 허점이 있다는 것을 알게 되고, 흠집을 찾아낼 수 있겠지."

배가 심하게 출렁거렸다. 노구겸이 소리쳤다.

"정신 차려! 아직 안전한 게 아니다!'

수평선 너머로 흐릿하게 보이던 섬이 완전한 모습을 갖추고 있었다.

"하형, 어딜 가는 거야?"

"답답해서 나가봐야겠어."

"폭풍이 몰아치는데 어딜 가겠다는 거지?"

"사흘이나 이렇게 갇혀 있었어. 얼마나 더 이래야 하는 건지 우리도 알 권리가 있는 거 아냐?"

"그렇긴 하지만 괜히 나갔다가……. 구양수가 선실에서 나오지 말라고 했는데."

"구양수 따위의 말을 듣느니 차라리 개의 말을 듣겠어. 도형은 여기 있어. 나 혼자라도 나가서 알아보고 올 테니까."

"하, 하형!'

도헌은 자신을 뿌리치고 나가는 하판낙을 바라보다 뒤를 따라갔다. 하판낙이 바깥으로 통하는 문의 거대한 빗장을 벗기고 문을 열었다.

귀를 울리는 바람과 파도가 문을 통해 쏟아져 들어왔다. 뒤에 서 있던 도헌이 놀라 재빨리 몸을 피했지만 이미 흠뻑 젖은 후였다.

하판낙은 난간에 의지해 선주가 기거하던 망루로 향했다. 성난 파도와 바람에 놀라 움직일 줄 모르던 도헌이 급히 하판낙의 뒤를 따라갔다.

두 사람의 걸음은 느렸다. 선실 안에서 느끼던 폭풍과 바깥에서 직접 맞이하는 폭풍은 완전히 달랐다.

"하, 하형, 돌아가자."

"여기까지 왔는데 돌아가다니, 조금만 더 가면 되는데."

도헌이 고갤 돌려 바다를 봤다. 저절로 눈이 질끈 감겼다. 오금이 저려 발걸음이 제대로 떼어지지 않았다. 망루 위로 한 계단, 한 계단 오를 때마다 배의 요동이 더욱 심하게 느껴졌다. 파도에 밀린 배가 기우뚱거리자 머리 위로 파도가 보였다. 도헌은 양손으로 난간을 붙잡고 눈을 감았다. 당장에라도 바다에 떨어져 버릴 것 같았다.

"도형, 뭐 해?"

하판낙이 도헌의 어깨를 흔들었다.

"아, 아냐."

도헌은 푹 젖은 몸에서 흐르는 땀줄기를 느꼈다. 호흡이 심하게 거칠어졌다.

"어서 올라가자고."

하판낙은 성난 파도가 보이지도 않는지 성큼성큼 계단을 뛰어올라갔다. 도헌은 질린 얼굴로 그의 등을 바라보며 힘겹게 계단을 올랐다.

제1막

배반낭자(杯盤狼藉)

제4장

풍치도(風致島)

소심한 얼굴, 용감한 얼굴, 바보 같은 얼굴, 똑똑하고, 지적이고, 게으르고, 행복하고, 슬프고, 태평하고, 화난 얼굴들.

—누군가의 말

풍風치致도島

쾅—

바람에 밀린 문이 활짝 열렸다. 두 사람이 들어서자 안에 있던 두 사람이 돌아봤다.

노구겸이 의아한 눈으로 두 사람을 보았다. 두 사람은 지금 여기 있어서는 절대로 안 되는 사람들이었다.

"무슨……?"

비에 흠뻑 젖은 하판낙과 도헌이 옷에 묻은 물기를 털어냈다. 도헌이 열린 문을 닫았다. 하판낙은 나이에 어울리지 않아 보이는 코밑의 팔자수염을 매만지며 말했다.

"지금 어떻게 되어가고 있는 건가?"

노구겸의 미간에 주름이 생겼다. 이제 갓 스물이나 되었을까. 운현도에 가는 사람들 중 가장 나이가 많은 편에 속하는 두 사람이었다.

"뭘 말이오?"

"상황이 어찌 되느냐고, 폭풍의 한가운데서 배가 어찌 되어가는지 알지도 못한 채 이렇게 죽을 수는 없잖아."

"저기, 저 섬으로 가고 있소."

노구겸이 멀리 보이는 섬을 가리켰다.

"저긴 어딘가? 설마 저곳이 운현도는 아닐 테고."

"모르오."

"몰라?"

하판낙이 눈을 치켜떴다.

"선부가 어딘지 모르면 누가 알아?"

"태풍이 잠잠해지면 어딘지 알 수 있을 거요. 하지만 지금은 누구라도 알 수 없소."

청룡호가 파도를 타고 불쑥 솟아올랐다 가라앉았다. 하판낙과 도헌이 급하게 벽을 붙잡고 버텼다. 돛대를 빼고 배에서 가장 높은 곳인 망루의 요동은 선실에서 겪던 것과는 비교가 되지 않았다. 마치 나뭇가지 끝에 매달려 휘청거리는 것 같았다.

파랗게 질린 얼굴의 두 사람을 일별하고 노구겸은 바다로 눈을 돌렸다. 파도가 다시 한 번 밀어닥쳤다. 청룡호가 파도의 낮은 바닥에 위치하자 파도의 높이가 배보다 훨씬 높아 보였다. 도헌과 하판낙은 숨을 쉬기 어려울 정도로 두려움을 느꼈다. 이어 엄청난 물이 삼판을 가득 채웠다. 두 사람은 배가 물속에 가라앉는 것처럼 느껴졌다. 삼판을 유린하던 파도가 빠져나가자 배는 다시 물 위로 떠올랐다.

"휴우!"

고비를 넘었다고 생각한 노구겸이 안도의 한숨을 내쉬었다. 이제 조금만 가면 섬이다. 섬 근처에 안전한 곳을 찾아 닻을 내리고 버티면서 파도와 싸운다면 지금처럼 위험하진 않을 것이다. 물론 암초가 있다면 곤란하겠지만, 배가 좌초해도 섬에 올라 구조를 기다릴 수 있는 길이 있다.

"두 분은 얼른 내려가 계시오."

노구겸이 재촉했지만 조금 전 파도에 겁을 집어먹은 두 사람의 발길은 쉽사리 떨어지지 않았다. 게다가 망루에서 내려다보는 삼판은 엄청난 물이 쉴 새 없이 들락거리는 곳이었다. 도헌은 저런 곳을 자신이 지나쳐 왔다니 도저히 믿겨지지 않았다.

그때였다. 배가 휘청 하며 한쪽으로 쏠렸다.

"뭐야?"

노구겸이 망루 밖으로 고개를 내밀어 사방을 살펴보았다. 파도가 높기는 했지만 배를 이 정도로 휘청거리게 할 만큼 커다란 파도는 없었다. 고개를 빼서 아래를 살펴보던 노구겸의 눈이 휘둥그레졌다.

"상층 선실 문이 열렸다. 빨리 닫아!"

바닷물이 삼판을 가로질러 열린 선실 문 안으로 쏟아져 들어가고 있었다. 배가 더욱 심하게 기울어졌다.

"모두 깨워서 물을 퍼내라고 해."

소리치던 그가 고개를 돌려 두 사람을 보았다.

"문을 열어놓고 온 건가?"

"뭐라고?"

하판낙의 반문에 노구겸이 버럭 소리를 질렀다.

"선실 문을 열어놓고 왔냐고!"

"……."

도헌이 기겁한 얼굴이 되었다. 바깥으로 통하는 문을 닫지 않고 그냥 나와 버린 것이다.

"제기랄, 제기랄!"

노구겸의 분노가 극에 달했다. 조금만 더 가면 빠져나갈 구멍이 있었는데 코앞에서 난관을 만나 버렸다.

"피해 상황을 보고하라."

"상층 선실에 안쪽으로 물이 허리까지 찼습니다."

"선창으로 물이 내려오기 시작합니다."

배의 내부는 기밀이 완벽하지 않았다. 그렇다고 허술하게 되어 있지도 않았다. 상층 선실에 가득 찬 물이 천천히 아래층으로 흘러내리고 있었다.

노구겸은 급해졌다. 상층 선실에 물이 차면 배의 중심이 위로 올라와 위험했다. 상층에 가득한 물이 쓰러지기 직전의 팽이처럼 배를 흔들어 자칫 큰 파도라도 만나면 뒤집히기 쉬웠다.

"어르신이 여길 잠시 맡아주십시오. 전 내려가 상태를 보고 와야겠습니다."

고 노인이 대답도 하기 전에 노구겸은 쏜살같이 망루를 빠져나갔다. 상층 선실은 온통 물바다였다. 승객인 소년, 소녀들이 놀라 우왕좌왕하고 있었다. 구양수와 연화가 사람들을 독려해 한쪽 구석으로 몰아가고 있었다.

노구겸은 도끼를 들어 상층 선실의 통로 한가운데에 커다란 구멍을 내버렸다. 선실에 가득한 물이 구멍을 통해 하층 선실로 쏟아져 내렸다. 그는 지체없이 구멍으로 뛰어들었다. 물과 함께 쓸려 아래층에 도달한 그가 다시 한 번 도끼로 바닥을 내리 찍었다. 그렇게 차례대로 바닥에 구멍을 뚫어 물을 선창에 몰아넣었다.

맨 아래층 선창은 격벽이 있어 물이 들어와도 다른 곳으로 흘러가지 못했다. 노구겸은 이틀간 철야를 하며 격벽을 보수했던 것을 다행으로 여겼다.

급한 불을 끈 그가 서둘러 망루로 올라왔다. 술에 취한 듯 비틀거리던 배가 중심을 잡아가고 있었다.

"두 사람은 빨리 내려가시오."

노구겸의 말에 멀뚱히 구경만 하던 두 사람이 머쓱한 얼굴로 망루를 빠져나갔다.

"이번엔 선실 문을 닫는 것을 잊지 마시오."

두 사람이 문을 나서기 전에 던진 노구겸의 한마디에 발끈했지만 저지른 잘못이 큰지라 아무런 대꾸도 할 수 없었다.

난간에 매달리다시피 아래로 내려온 두 사람이 삼판에 닿았다.

"망할 선부 놈들."

하판낙은 노구겸이 있는 망루를 쏘아보았다.

"얼른 갑시다, 하형."

도헌이 그를 잡아끌었다. 그때 파도가 삼판을 쓸었다. 세찬 파도에 넘어진 두 사람이 삼판을 뒹굴었다. 돛잡이들이 굴러가는 두 사람을 보며 웃었다. 삼판의 끝까지 굴러간 두 사람이 벌떡 일어섰다. 그리고 사나운 눈초리로 돛잡이들을 노려봤다. 그들은 웃음을 참으며 두 사람을 외면했다.

살기 어린 눈으로 한참 동안 돛잡이들을 노려보던 두 사람이 선실로 돌아갔다.

섬은 점점 더 가까워졌다.

"앞 돛과 뒤 돛을 접고, 주 돛만으로 섬 주위를 선회한다."

닻을 내릴 알맞은 장소를 빨리 찾아야 했다. 주변에 암초가 없고 큰 파도를 피할 수 있을 만한 곳이 필요했다.

돛잡이들이 돛을 내리려 했다.

"으악!"

"사람이 빠졌다!"

비명 소리에 고 노인과 노구겸이 놀라 내려다보니 돛잡이들이 삼판을 굴러다니고 있었다.

"제기랄, 구명줄이 끊겼다."

선수에서 선미까지 이어진 구명줄이 끊겨 바람에 채찍처럼 휘날리고 있었다. 두 치 굵기의 구명줄이 사방을 후려칠 때마다 엄청난 폭음 소리가 들렸다.

노구겸은 아연한 얼굴이 되었다. 연쇄 폭발이 일어나듯 좋지 않은 일들이 연이어 벌어지고 있었다. 허공을 가로지른 구명줄이 절반쯤 내려져 있는 돛을 후려치자 요란한 소리를 내며 돛포가 찢겨져 나갔다.

목숨을 구하기 위해 설치한 구명줄이 흉기가 되어 위협하고 있었다. 선부들은 바닥에 납작 엎드려 고개를 들지도 못하고 비명만 질러댔다.

노구겸이 피가 나도록 아랫입술을 깨물었다. 바람에 휘날리는 홍기를 제압할 자신이 없었다. 구명줄의 굵기와 무게는 혼자서 감당할 수 있는 것이 아니다. 하물며 바람에 휘날리는 구명줄을 어떻게 할 수 있을까. 하지만 어떻게든 방법을 찾아야만 했다.

그가 서둘러 삼판으로 내려가려 했다. 하지만 뜻을 이루지 못했다.

"내가 가지."

말을 마친 고 노인이 망루의 창밖으로 몸을 날렸다. 노구겸이 놀라 고개를 망루 밖으로 내밀었다.

고 노인은 삼판 위에 내려서자마자 허리를 쓸어오는 구명줄을 보았다. 두 치(6㎝) 굵기의 구명줄이 살아 있는 뱀처럼 꿈틀거리며 허공을 날고 있었다.

망루에서 고개만 내밀고 있는 노구겸은 안타까운 시선으로 노인을 보았다. 돛포를 단숨에 찢어버리고, 사람을 날려 버리는 구명줄의 위력은 어떠한 무기보다 위협적이었다. 그런 밧줄이 힘도 제대로 쓰지 못할 것 같이 깡마른 노인을 향해 날아가고 있었다.

노구겸의 염려를 아는지 모르는지 고 노인의 안색은 편안하기만 했다. 그는 침착하게 손을 내밀어 날아오는 구명줄의 끝을 잡아 살짝 들어 올렸다. 자석에 이끌리듯 구명줄이 손을 따라 움직였다. 춤을 추듯 머리 위로 크게 원을 그린 손을 털자 구명줄이 날아가 돛대에 휘감겼다.

노구겸은 입을 딱 벌린 채 그의 묘기를 지켜봤다.

구명줄이 돛대에 완전히 감기자 고 노인이 다가가 끝을 잡았다. 그리고 조심스럽게 구명줄의 끊긴 부분을 보았다. 그의 주름진 이마가 꿈틀거렸다. 낡거나 삭아서 끊어진 게 아니었다. 누군가 정교한 칼 솜씨로 구명줄에 상처를 내놓았다.

"뭐 해, 빨리 돛을 내려야지. 피해 상황은?"

사태가 해결되자 노구겸이 재빨리 명령을 내렸다. 돛잡이들이 서둘러 돛을 내리려 달려갔다.

"두 사람이 없다."

노구겸이 주먹으로 난간을 내려쳤다. 구명줄에 의지하고 있던 사람 중 미처 피하지 못한 두 사람이 바다로 날려가 버렸다.

돛잡이들이 돛대에 매달려 돛을 내리려 애를 쓰고 있었다.

쿠쿠쿵.

배를 뒤흔드는 충격에 모두가 바닥에 쓰러져 버렸다.

"또 뭐야?"

쓰러진 노구겸이 벌떡 일어나 던진 물음에 누군가 소리쳤다.

"산호초지대다."

"망할."

구명줄이 끊어지는 바람에 돛을 제때 접을 수 없었다. 설상가상으로 수심을 살피는 선부마저 휘날리는 구명줄을 피하다 산호초지대를 보지 못했다.

"엎친 데 덮친 격이로군."

끔찍한 일들이 한꺼번에 벌어져 버렸다. 평생 있을 불행이 반 시진 만에 모두 일어났다.

끼기기긱.

등골을 섬뜩하게 하는 소리에 배가 진저리를 쳤다. 노구겸은 그 소리가 자신의 생살을 갉아내는 것 같았다. 배가 산호초지대를 스쳐 지나가고 있었다. 그는 선체가 무사하기를 빌었다.

잠시 후 피해 상황을 알리는 보고가 올라왔다.

"오 번 번, 육 번 선창 침수."

자신의 바람을 저버린 채 배는 심각한 위기 상황에 놓여 버렸다. 하판낙과 도헌이 선실 문을 열어놓는 바람에 들어온 물을 빼기 위해 두 개의 창고를 희생했다. 그리고 방금 산호초지대에 두 개의 창고를 잃었다.

열세 개의 격벽으로 나뉜 열네 개의 선창 중 네 개에 물이 차버렸다. 당장은 격벽 때문에 가라앉지는 않겠지만, 배에 물이 찰수록 흘수(吃水)가 깊어진다. 깊어진 흘수 탓에 배는 더 깊은 바다 쪽으로 나가야 했다. 하지만 그마저도 쉽지 않았다. 구명줄이 세 개의 돛 중 중앙에 있는 주 돛을 못 쓰게 만들었다. 이 상태로 높은 파도가 온다면 버티기 힘들었다.

노구겸은 이 상황을 어떻게 헤쳐 나가야 할지 답답하기만 했다. 선주는 폭풍이 시작되자마자 선실에 틀어박혀 버렸다. 이해할 수 없는 일이었지만 그의 명령이었다. 일흔두 명의 소년과 소녀, 마흔여섯 명 선부들의 목숨이 자신의 손아귀에 놓여 있었다.

눈을 감자 연무필이 떠올랐다. 연무필이라면 이런 경우 어떻게 대처할까? 그라면 분명 답을 알고 있을지도 모른다. 수많은 죽음의 고비를 넘어선 사람에겐 확고한 신념과 의지가 있다.

자신의 신념과 의지란 어떤 것일까?

더 늦기 전에 결단을 내려야 했다.

"돛포부터 찢어."

지금 당장 해야 할 일은 찢어진 돛을 내리는 것이다. 섬 주위의 바람은 예측을 불허한다. 거침없이 달리던 바람이 섬에 부딪치며 예측할 수 없는 바람을 만들어낸다. 이런 바람에 휘말리기 전에 돛을 접어야 했다.

돛잡이 둘이 돛대를 기어올라 가 돛을 찢기 시작했다. 하지만 무지막지한 바람과 흔들리는 배가 그들의 손을 더디게 만들었다.

휘잉.

바람 소리가 변했다. 돌풍이 청룡호를 뒤흔들었다. 돛포를 찢던 두 사람이 바람에 날려가지 않으려고 돛대를 부여잡고 버텼다. 찢어진 돛포가 바람에 펄럭이는 소리가 요란했다.

우드득.

뼈가 부서지는 듯한 소리가 났다. 노구겸이 믿을 수 없다는 얼굴로 주 돛을 보았다. 돌풍에 돛포가 찢어지는 것이 아니라 돛대를 휘청거리게 만들었다.

"망할 놈의 구명줄!"

구명줄이 돛만 찢은 게 아니라 돛대에까지 충격을 준 것 같았다. 하지만 아무리 구명줄이 강하게 후려쳤다고 돛대가 상처를 입다니 이해할 수 없는 일이었다.

'이젠 끝이로군.'

노구겸이 고개를 설레설레 저었다. 주 돛이 부러져 버린다면 항해 불능의 상태나 마찬가지다. 앞 돛과 뒤 돛만으로 파도와 싸울 수는 없었다.

그때 고 노인이 돛대를 기어오르는 모습이 보였다. 노구겸의 눈에 희망의 빛이 생겼다. 구명줄을 가볍게 다루던 그의 솜씨라면 충분히 돛포를 찢어내고 배를 구할 수 있을 것 같았다.

고 노인은 돛을 찢고 있던 두 사람을 내려 보내고 찢어진 돛을 보았다. 돛포를 잇는 밧줄이 찢어진 돛포를 휘감아 더 이상 찢어지지 않게 버티고 있었다. 고 노인이 허리춤에서 단검을 빼내 밧줄을 한칼에 잘라 버렸다. 그리고 돛포에 매달려 옆으로 이동하며 중간 중간 매어진 밧줄을 끊어냈다.

콰쾅.

암초에라도 부딪친 듯 엄청난 충격파가 배를 휩쓸고 지나갔다. 기울어진 배는 금방이라도 뒤집혀질 것 같았다. 난간을 붙잡고 매달려 있는 노구겸의 얼굴에 절망의 그림자가 드리워졌다.

"어르신!"

통곡과도 같은 그의 외침 소리는 몰아치는 파도와 바람 속에 흩어져 버렸다. 옆으로 기운 배가 파도에 휩쓸렸다. 노구겸은 눈을 비비고 다시 한 번 돛대를 보았다. 돛이 있어야 할 자리가 텅 비어 버렸다. 믿기지 않는 사실에 망연한 그는 배가 파도에 밀려 섬에서 멀어져 간다는 것도 모르고 있었다.

비와 바람에 씻겨 버린 눈물을 뒤로하고 부서진 배는 무정한 바다를 표류하기 시작했다.

바다는 참으로 기묘한 생물 같았다. 싸워 이기려는 상대는 기필코 굴복시키려 하지만, 바다에 순응하는 순간 용서를 베풀듯 관대함을 보인다.

햇볕이 송곳처럼 따갑게 느껴졌다. 한 줌의 바람도 없는 바다는 지난 며칠간의 광란을 뒤로하고 완전한 침묵 속에 빠져들었다. 하지만 광풍과 험한 파도의 흔적만은 청룡호에 고스란히 새겨져 있었다.

연자심은 망연한 얼굴로 바다를 보았다. 폭풍이 지나고 들었던 가장 충격적인 사실은 고 노인의 실종이었다. 아직 듣지 못하고 하지 못한 이야기들이 많은데 그는 돛과 함께 사라져 버렸다.

"미안하구나."

노구겸의 목소리엔 자책감이 가득했다. 자신이 조금만 더 주의 깊고 굳은 신념과 의지가 있었다면, 고 노인이 희생되는 일은 없었을 것이다.

"살아 계실까요?"

"난 살아 계실 거라 믿는다. 바로 옆에 섬이 있었으니까. 분명 거기로 가셨을 거라 생각한다."

"배는 어떤가요?"

"사실대로 말한다면 겨우 떠 있는 상태다. 빨리 육지를 찾아야 한다."

"근처에 육지가 있나요?"

"글쎄……."

노구겸은 쓸쓸하게 웃었다. 폭풍 속에서가 아니라 지금이야말로 행운이 필요한 때다. 하지만 하늘은 필요할 때 항상 외면한다.

"운이 필요하다, 지독한 운이. 하지만 걱정 마라. 죽었다가 살아 돌아온 나다. 이 정도로 무너지지 않는다."

걱정 말라는 듯 연자심의 어깨를 툭툭 쳐주곤 삼판을 가로질러 갔다. 그곳에는 청룡호의 승객들이 모여 있었다. 노구겸이 상황을 설명하자 모두의 낯빛이 어두워졌다.

"……그래서 모든 것을 통제할 수밖에 없습니다. 식수는 하루에 두 번뿐이고, 식사 역시 마찬가지입니다. 그리고 마지막으로 배를 수리해야 하는데 사람이 부족하니 여러분의 협조를 부탁드립니다."

"알겠소. 모두의 목숨이 걸린 문제니까 서로 협조해서 이 어려움을 극복해 봅시다."

구양수가 수긍하자 모두 고개를 끄덕여 동의했다.

노구겸은 부상자를 뺀 나머지 사람들을 모두 동원해 배를 수리하기 시작했다. 선체의 구멍을 막고 선창에 가득한 물을 퍼내고 바람이 불면 출발할 수 있도록 준비를 마쳐야 했다.

밥통을 든 연자심과 장방이 삼판으로 나왔다. 왕삼은 아직도 제정신을 차리지 못하고 있어 장방의 얼굴이 좋지 못했다. 두 사람이 삼판에 식사를 내려놓자 선부와 승객이 삼삼오오 모여 함께 식사를 했다. 그 모습에 연자심은 묘한 상념에 빠졌다. 삼판에서의 식사는 항상 망루를 기점으로 선수는 승객인 소년과 소녀들이, 선미는 선부들의 자리였는데 지금은 한자리에 모여 있었다. 연자심은 왕삼이 이 모습을 보면 어떤 표정을 지을지 궁금했다.

"바다 한가운데서 이게 뭐 하는 짓인가?"

노구겸을 찾은 장방의 물음이었다.

"그럼 어쩌겠소. 가만히 내버려 두면 딴생각을 할 텐데."

슬쩍 돌려 이야길 했지만 장방이 이해한다는 듯 고개를 끄덕였다.

그냥 내버려 뒀다간 또 어떤 장난을 치게 될지 알 수 없었다.

"이렇게 함께 뒤섞여 일을 하게 되면 조금 더 큰일이 닥쳐도 슬기롭게 이겨 나갈 수 있을 것 같지 않소?"

"그렇긴 하네만, 저들의 생각마저 바뀌는 건 아니라고."

"그건 나도 알고 있소. 당분간만 서로 협조하면서 조용히 지내보자는 거요."

"뭐, 그런 건 자네가 알아서 하고, 움직일 수는 있겠나?"

"바람이 불면 가능하긴 하지만……"

그가 말꼬리를 흐렸다.

"무슨 일인가?"

"타가 부러져 버렸소."

"뭐야! 타……"

노구겸이 급하게 장방의 입을 막았다.

"그건 나중에 걱정하시오. 지금은 움직이는 게 먼저요. 타가 없더라도 남은 돛만으로 해류를 따라가면 항해는 가능하니까. 바람만 순조롭다면 어렵진 않을 거요."

"바람이 순조롭지 못하면?"

"그건 그때 가서 문제요. 어차피 지금 여기서 타를 수리할 수는 없소. 만약 나무를 구할 수 있는 섬이라도 있다면 거기서 나무를 구해 타를 수리할 수는 있겠지만……"

"끙!"

장방이 앓는 소리를 내며 말했다.

"얼른 어떻게든 해결해야 될 거야. 식량도 그렇지만 물이 없어. 이

대로 물을 쓰다간 며칠 못 간다고."

한마디 던진 그가 뒤돌아 가버렸다. 노구겸의 이마에 굵은 주름이 하나 더 생겼다. 식사가 끝나자 사람들은 다시 배를 수리하는데 매달렸다.

그렇게 이틀이 지나고 기다리던 바람이 불었다. 바람의 품에 안긴 청룡호가 다시 한 번 물살을 가르며 항해를 시작했다.

"지금 어디로 가는 거요?"

노구겸은 기이한 눈으로 질문을 던진 사내를 보았다. 후리후리한 키에 긴 팔다리와 어깨 위로 삐죽한 검수가 인상적인 사내는 승객들의 인솔자로 배에 올랐지만, 구양수에게 모든 일을 맡긴 채 모습을 드러내지 않아 까맣게 잊고 있었다.

"글쎄요."

"글쎄… 라니?"

"아시다시피 해로수가 없소. 그래서 여기가 어디쯤인지 정확하게 알지 못하오. 거기다 배가 파손돼 원하는 데로 조정할 수도 없소. 지금은 바람을 따라가며 가장 가까운 항구를 찾고 있소."

"……"

잠시 침묵하던 그가 말했다.

"운현도로 가야 하오."

"뭐요?"

"운현도로 가서 사 년 전에 그곳에 들어간 사람들을 데리고 와야 하오."

"해로수가 없다고 하지 않았소. 게다가 이렇게 부서진 배로 어떻게 운현도를 찾겠소."

"그래도 가야 해."

노구겸의 얼굴이 일그러졌다.

"그렇게 말해 봐야 소용없소. 운현도의 위치를 아는 해로수가 실종
돼 버렸소. 어느 쪽으로 가야 하는지도 모른단 말이오."

"방향은 내가 알고 있소."

노구겸이 기이한 얼굴로 그를 보았다. 그는 해로수가 아니라 전형적
인 무가의 무인이다. 그런데 어떻게 운현도의 위치를 안다고 하는 것
일까? 믿을 수 없다는 노구겸의 표정을 읽었는지 사내가 말을 이었다.

"걱정 마시오. 내가 가라는 방향으로만 가면 되오."

"미안하지만, 그래도 안 되겠소."

"어째서?"

"주 돛이 부러지고, 타도 고장났소. 지금 상태로는 바람을 따라 흘러
가는 것뿐이오. 거기다 창고에 있던 물과 식량이 바닷물에 못 쓰게 돼
버렸소."

"근처 섬이라도 찾아 타와 돛을 수리하고 식량도 구한 후에 가면 되
질 않소."

"그건 너무 위험한 일이오."

"아니, 충분히 가능한 일이니 따르시오."

"모두를 위험에 처하게 할 수는 없소. 이미 선부 둘과 해로수를 잃
었소."

"결정은 우리가 하오."

사내는 그 말을 남겨두고 나가 버렸다. 노구겸은 사내에게서 불길한

냄새가 나는 것을 느끼며 멀리 수평선을 보았다. 태양이 바다를 붉게 물들이며 바다 속으로 빠져들고 있었다.

연자심은 삼판에 등불을 설치했다. 삼십여 개의 등불이 밝혀진 삼판에 승객들이 하나둘 모여들었다. 선부들은 무슨 일이 벌어지고 있는지 궁금했지만 차마 묻지 못하고 힐금힐금 눈치만 보고 있었다.

운현도로 가는 소년과 소녀들의 인솔자인 당위평은 심각한 얼굴로 조용히 바다를 바라보고 있었다.

구양수가 다가왔다.

"무슨 일로 모이라고 하는 겁니까?"

"모두 모이면 말하겠소."

무거운 듯한 분위기에 구양수는 고개만 갸웃거렸다. 평소 입이 무겁고 행동거지가 바른 사람이었는데, 지금은 어딘가 조급해 보였다. 당위평과 함께 아이들을 인도하던 다른 사내가 다가왔다.

"모두 모였소."

고개를 끄덕이던 당위평이 사람들 앞에 섰다. 뱃놀이라도 나온 듯 옹기종기 모여 수군거리는 아이들에게 큰 소리로 말했다.

"모두 모이라고 한 것은 이 배의 항로 때문이오."

웅성거림이 커졌다.

"항로라니?"

누군가의 물음에 당위평이 이맛살을 찌푸리며 말했다.

"모두 우리가 운현도로 가고 있다는 것을 잊은 거요?"

차갑고 습한 밤바람이 사람들 사이로 불었다. 옷깃을 흔드는 미풍이 폭풍이 가져간 기억을 되돌려 났다.

"음……."

누군가 낮은 신음 소리를 냈다.

"태풍 때문에 늦춰진 시간을 만회하기 위해선 한시라도 빨리 운현도로 방향을 잡아야 하오."

"하지만 이런 배론 갈 수가……."

"여러분이 오길, 아니, 이 배가 오길 기다리는 사람들을 생각해 보시오. 그들이 어떤 심정이겠는지. 시간이 얼마 남지 않았소. 더 늦기 전에 빨리 움직여야만 하오."

사람들의 얼굴이 굳어졌다. 기다리는 사람을 생각하면 반드시 가야 하겠지만, 모두가 원해서 운현도에 가는 것이 아니다. 대부분의 사람들은 어쩔 수 없는 선택이었다.

운현도가 무릉도원이라고 하더라도 한창 꽃다운 나이에 그곳에서 사 년이나 갇혀 지내길 원하는 사람은 없었다. 차라리 폭풍에 휘말려 배가 부서지는 것이 잘됐다고 여기는 사람도 있었다.

당위평의 말이 이어졌다.

"어쩌시겠소. 앞으로 이보다 더 큰일이 많이 생길 거요. 그때마다 지금처럼 도망치겠소? 사문과 가문의 존장께 폭풍 때문에 되돌아왔다고 고하려 하시오?"

사문과 가문을 언급하자 모두의 얼굴이 변했다. 어떤 사람은 자부심이 가득한 표정이었고, 어떤 사람은 괴로운 표정이었다.

"당장 처한 상황이 조금 어렵다 하여 쉽게 포기할 사람은 없으리라 믿소."

그것은 분명 강요였다. 하지만 누구도 반발하지 않았다. 그가 말을 하기 전까지는.

"우리더러 모두 죽으라는 건가?"

모두의 시선이 한곳으로 모아졌다. 등을 돌린 채 바다를 내려다보던 남철곤이 천천히 몸을 돌렸다.

"그게 무슨 말이오?"

"이 배의 상황을 보고도 몰라? 이 배는 지금 당장 가라앉아도, 아니, 벌써 가라앉지 않은 게 이상할 정도라고. 그런데 이런 배로 거길 가자고? 모두 함께 죽자는 거지, 그건."

"사 년을 기다린 사람과 가문의 존장을 생각하시오."

"우린 천재지변을 만난 거라고, 사람의 힘으론 어쩔 수 없는 상황이야. 그런데 여기서 가문이 어쩌고 존장이 어쩌고 해봐야 그 사람들은 수천 리나 떨어져 있다. 가문이나 존장이 여길 와서 우릴 살릴 게 아니라면 그따위 자부심은 개나 줘버려."

"어떻게 그런 생각을……."

당위평이 놀란 표정을 감추지 못했다.

"조금 현실적이고, 솔직한 것뿐이야. 어쨌든 난 반대야. 이런 다 부서진 배로 거길 가다간 먼저 용궁 구경부터 하게 될걸. 이건 내기를 해도 좋아. 분명 내가 따게 될 테니까."

남철곤의 말도 일리는 있었다. 지금 상황은 지극히 좋지 않았다. 이런 상황에서 운현도로 향했다간 다시는 땅을 밟지 못하게 될 위험이 컸다.

"하면 어쩌고 싶다는 거요?"

구양수의 물음이었다.

남철곤이 힐금 그를 보곤 말했다.

"말하면 뭐 하겠소. 가문이고, 사문이고, 존장이고 간에 우리가 살고 봐야 하는 거 아니오?"

몇몇 사람이 남철곤의 의견에 동조를 하는지 고개를 끄덕였다.

"맞소! 우리가 살아야 그런 것도 있는 거요."

하판낙이 불쑥 끼어들었다. 남철곤이 불쾌한 얼굴로 그를 노려봤다. 하판낙이 그의 눈을 피해 바다 쪽으로 고갤 돌렸다.

"그렇다 해도 돌아갈 날을 사 년 동안 하루하루 기다린 사람들을 생각하면 아니 갈 수도 없지 않겠소. 만약 여러분이 그 섬에 있고, 배를 기다리고 있다면 어떨 것 같소? 여러분이 여기서 돌아간다면 그들은 사 년을 더 그곳에 있어야 하는데, 추후에 뭐라 변명을 하시겠소?"

남철곤으로 인해 분열되려는 분위기에 찬물을 끼얹는 당위평이었다. 운현도에서 기다리는 사람들은 남이 아니다. 그들은 가족이고 형제였다. 흔들리는 사람들의 마음이 제자리를 잡아갔다.

"무리라는 것을 알면서 가겠다면 말리지 않아. 하지만 분명 내가 반대했다는 것을 잊지 마."

"무리하려는 게 아니오. 우선 항해에 문제가 없도록 배를 수리한 후에 출발할 거요."

모두가 의아한 얼굴이었다. 이런 망망대해 어느 곳에서 배를 수리한단 말인가.

"더 이상 다른 이견(異見)이 없으면 예정대로 진행하겠소."

당위평의 종료 선언에 모두 자리를 떴다. 모두 선실로 돌아가자 기다렸다는 듯 노구겸이 다가왔다.

"어쩌자고 이러는 게요. 지금 배의 상황이 보이지도 않소?"

"나도 충분히 인식하고 있소."

"그런데 어째서?"

당위평이 매달린 등불을 걷고 있는 연자심을 불러 등불 하나를 가져오게 했다. 그리고 품속에서 조심스럽게 접힌 서찰을 꺼내 바닥에 펼쳤다. 바람에 날려가지 않도록 눌러놓고 그는 하늘을 살피기 시작했다.

노구겸은 그가 펼쳐 놓은 종이를 보았다. 그는 자신의 눈을 의심했다. 이런 해도(海圖)를 본 적이 있다. 병영에서 군사 작전에 사용하는 해도로, 고위 군관 이외에는 절대로 열람할 수 없는 극비 사항이었다. 이런 지도를 개인이 가지고 있다는 것만으로도 반역이었고, 삼족이 멸하는 형을 받게 된다.

별의 위치를 살피던 당위평이 나침반을 꺼내 해도의 방향을 맞췄다.

"우린 지금 이 근방에 있소. 그리고 여기에 섬이 하나 있군."

당위평이 가리키는 데로 해도를 살펴보던 노구겸은 뭔가 이상한 점을 느꼈다. 이 해도는 보통의 군사 해도가 아니었다. 누군가 깨알 같은 글씨로 해도에 수많은 첨삭을 해두었다.

"이 해도는……?"

당위평은 노구겸이 자신이 가리키는 곳을 보지 않고 해도 자체에 흥미를 보이자 눈살을 찌푸렸다.

그것을 아는지 모르는지 노구겸이 말했다.

"배를 타기 전에 난 군영에 있었소. 이런 해도는 군영에서도 보기 힘든 거요."

잠시 놀란 얼굴의 당위평이 안색을 바로 하며 말했다.

"알고 있소. 하지만 이건 군영에서 가져온 것이 아니라 내 아버님이 손수 제작한 것이오."

해도를 보고 있던 노구겸이 그를 봤다. 감회에 젖은 듯 해도를 보던 당위평이 말했다.

"평생을 이 해도 한 장에 바치셨소. 그 덕에 내가 있는 것이고."

등불을 들고 서 있던 연자심은 그의 뒷말에서 뭔가 사연이 있음을 느꼈다. 그는 또 어떤 사연이 있는 것일까. 세상에 사연이 없는 사람이 없겠지만 검은 든 자들의 사연은 너무 슬펐다. 고 노인이 그랬고, 장방이, 막괴강이 그랬다.

이 사내의 사연은 과연 어떤 것일까?

지도를 자세히 들여다보던 노구겸이 낯익은 글자를 발견했다.

당위평이 그 글자를 가리키며 말했다.

"우린 여기 있고, 여기가 운현도요. 다섯 치라⋯⋯. 이 해도의 한 치가 배로 하루 거리니까 대략 오 일 정도 떨어진 곳에 있소."

"그건 정상적인 상태일 때 이야기고, 지금의 상태로는 오분지 일의 속도밖에는 낼 수 없소."

"그러니 속도를 높여야겠지요. 아직 열흘 정도 시간이 있으니까. 그 안에 배를 수리하고 전력으로 달리면 가능할 거요."

"수리라니? 어디서?"

당위평이 해도를 자세히 들여다봤다. 연자심이 등불을 가까이 하는 척하며 해도를 보았다. 대륙의 해안선에는 도시의 이름이 빼곡하고,

바다에는 점점이 찍힌 섬들로 가득했다. 그리고 섬의 옆에는 작은 글씨로 섬의 이름과 섬의 상태에 대한 간략한 설명이 써 있었다.

"이곳에서 수리를 하고 갑시다."

당위평이 가리키는 곳을 보았다.

"풍(風). 치(致). 도(島)?"

"여기라면 배를 수리하고 식량과 물을 구할 수 있을 거요."

노구겸이 힐금 망루를 보았다. 태풍이 지나갈 때까지 선실에서 꼼짝도 하지 않던 선주가 그곳에 있었다.

"선주와 상의를 해야겠소."

"좋도록 하시오."

노구겸이 망루에 다녀오는 동안 당위평은 삼판의 난간에 기대 바다를 내려다보고 있었다. 연자심이 등불을 모두 걷어내 한자리에 모아둘 때쯤 그가 돌아왔다.

"선주님이 그리하라 하셨소."

이미 결과를 알고 있었다는 듯 당위평이 희미하게 웃었다. 그가 선실로 사라지자 노구겸이 한숨을 내쉬며 말했다.

"일이 점점 꼬여가는구나."

"잘되겠지요. 그런데 혹시 고 노야가 계실지도 모를 섬에 대해선……."

"아!"

잠시 고 노인에 대해 잊고 있던 노구겸이 이마를 쳤다.

"잠시 기다려라. 내가 그 사내를 만나보고 오마."

그가 서둘러 달려가고 삼판에서 기다리던 연자심이 부러진 돛대로 다가갔다. 아름드리 나무로 만든 돛대는 절반이 흉물스럽게 부서져 버렸다.

돛대를 만져 보던 연자심은 밑동에 감긴 밧줄을 보았다. 밧줄은 선수에서부터 길게 이어져 있었다. 노구겸에게서 고 노인이 바람에 휘날리는 밧줄을 잡아 이곳에 감았다는 이야기를 들었다. 다시 한 번 고 노인의 무공에 놀라움을 금치 못했다. 돛대조차 부러뜨릴 수 있는 괴물 같은 밧줄을 한 수에 제압할 수 있는 사람이 그 말고 또 있을까.

"음?"

무심코 밧줄을 살펴보던 그가 이상한 점을 발견했다. 중앙 부분은 힘에 못 이겨 끊어진 듯한데 가장자리 부분은 예리한 칼로 잘려 있었다. 그가 밧줄을 열심히 들여다볼 때 노구겸이 올라왔다.

"뭐냐?"

연자심이 열심히 들여다보는데 호기심을 느낀 그가 물었다.

"밧줄이 조금 이상합니다."

"응?"

노구겸이 밧줄을 손으로 만져 보았다.

"누군가 마치 예리……."

그가 손을 들어 연자심의 입을 막았다. 실룩이는 노구겸의 눈이 갸름해졌다.

"이거 재미있어지는군."

다시 한 번 유심히 밧줄을 살펴보던 그가 고개를 들어 돛대를 보았다.

"등불 하나만 줘봐라."

연자심이 내민 등불을 들고 노구겸은 날렵한 솜씨로 돛대를 오르기 시작했다. 부러진 곳까지 오른 그는 등불을 이리저리 비춰가며 부러진 자리를 세심하게 살펴보곤 내려왔다.

"어떤 놈이 재미있는 장난질을 쳐놨군. 구명줄과 돛대에 장난질이라, 죄질이 나쁜 놈일세."

빙긋 웃는 노구겸의 눈에서 잔혹한 살기가 흘러나왔다. 그 살기에 반응해 온몸의 잔털을 곤두세우던 연자심이 문득 떠오르는 것이 있었다.

어째서 다를까? 지금까지 느꼈던 사람들의 살기는 모두 달랐다. 막괴강의 살기, 남철곤의 살기, 장방의 살기, 그리고 노구겸의 살기는 전부 달랐다.

장방의 살기는 숨이 막힐 것 같은 무한의 공포라면, 막괴강의 살기는 상대를 깔아뭉개는 힘이었다. 남철곤의 살기가 정제되지 않은 폭발하는 느낌이라면, 노구겸의 살기는 늪처럼 모든 것을 빨아들이고 있었다.

그중에 최강은 역시 장방의 살기였다. 단지 살심을 품는 것만으로 상대를 무한한 공포에 빠지게 만들 수 있는 장방의 살기는 다른 사람들의 것과는 차원이 달랐다.

살기란 사람을 해쳐야만 생기는 것이 아닐까. 상대를 죽여야겠다는 진실한 마음이란, 사람을 죽여보지 않은 자는 절대 알 수 없는 기분일 게다. 그렇다면 그는 도대체 몇 명의 사람을 죽여 그런 살기를 만들었던 것일까?

옆집 아저씨처럼 평범해 보이는 장방의 진정한 모습을 떠올린 연자심이 오한이 든 듯 몸을 떨었다.

"넌 모른 체해라."

"예?"

"넌 여기서 벌어지는 일에 한걸음 물러나 있어. 그게 좋아. 나쁜 일이든 좋은 일이든 넌 일체 관여하지 말고 모르는 척 외면해. 모든 일은 내가 알아서 할 테니까. 서생이 피를 묻히는 일은 좋지 않아. 넌 백부 장님의 뜻을 이어받아 높고 훌륭한 사람이 되어야 하니까. 내 말 알아듣지!"

투박하지만 진심이 가득 묻어나는 말투에 연자심은 가슴이 뭉클해짐을 느꼈다. 누가 있어 이렇듯 자신을 걱정해 줄 수 있을까.

연자심은 대답을 하려다 혹시 그가 자신이 무공을 익히고 있음을 알고 있는 것이 아닐까 하는 생각이 들었다.

아버지처럼 어떤 일에든 절대 관여하지 말라는 뜻은 자신이 무공을 익히고 있음을 알고 있다는 것을 반증했다.

어쩌면 아버지도 이미 알고 있지 않았을까? 그래서 더욱 우려했고, 어떤 일이 생겨도 믿을 수 있는 사람에게 연경까지 가는 길을 부탁했던 것은 아닐까. 노구겸이라면 분명 아버지의 부탁을 목숨 걸고 해낼 것이다.

연자심은 의문을 가슴에 품은 채 고개를 끄덕였다.

"예!"

"좋아."

그가 푸근한 웃음을 지으며 연자심의 어깨를 토닥였다.

"그런데 혹시 말이다……."

"네?"

"……"

호탕한 성품의 노구겸답지 않게 말을 끌었다.

"무슨 일이라도……?"

"…형이라고 불러주면 안 되겠냐?"

그의 말이 너무 빨랐다. 하지만 알아듣지 못할 정도는 아니었다. 말을 꺼내놓고 소심한 모습을 보이는 노구겸은 새색시 앞에 선 신랑 같았다.

연자심은 솔직해지기로 마음먹었다.

"진작부터 그렇게 생각하고 있었습니다."

"그러냐?"

"예, 형님!"

그가 호탕하게 웃었다. 그의 웃는 모습을 보자 유쾌해진 연자심도 같이 웃었다.

"난 말이다. 뱃놈에 나이가 좀 많고, 거기다 배우질 못해서 겨우 쉬운 글자나 몇 개 알고, 배운 검법도 제대로 익히지 못해 칼부림이나 조금 할 줄 아는 놈이다 보니 말이야. 내심 걱정을 했지. 혹시 이런 미천한 사람을 형이라 불러주는 것이 싫은 것은 아닐까 하고."

자기비하적인 그의 말에 연자심이 고개를 저었다.

"천만에요. 저도 기쁘고, 아버님도 기뻐하실 겁니다."

"그럴까? 내 소원 중 하나가 말이다. 백부장님을 사부님이라 불러보는 거야. 백부장님 앞에서 제가 이만큼 사부님의 검법을 터득했습니다, 하고 보여 드리면서 말이지."

"아마 지금의 검법만으로도 흡족해하실 겁니다. 전 그때 형님의 검술을 보면서 아버님의 검술이 생각났으니까요."

노구겸이 머리를 긁적였다.

"아직 멀었지. 타고난 재주가 미천해서 말이야. 열심히 하는데도 아직 이 모양이니 백부장님이 내 꼴을 보셨으면 당장에 달려와 치도곤을 내리셨을 게다. 이런 날은 술이라도 한잔 거나하게 해야 하는데, 상황이 여의치 못하니 나중에 하자꾸나."

"참, 그런데 가셨던 건……?"

잠시 밧줄과 돛대 때문에 잊고 있었다. 노구겸이 얼굴을 찌푸렸다.

"대강의 위치는 알 것도 같은데, 배가 성했으면 그쪽으로 들렀다 가도 되겠지만, 지금 상태로는 풍치도로 먼저 가야 할 것 같구나. 하지만 걱정 마라. 섬에 도착만 하셨다면 걱정없다. 나는 혼자 무인도에 떨어져도 몇 달은 문제없는데, 그 노인네라면 몇 년은 충분히 버틸 수 있을 거다."

노구겸이 그렇다면 그런 것이다. 고 노인에 대한 생각은 일단 접어두었다.

"그런데 풍치도란 섬에 대해선 알고 계십니까?"

"아니, 처음 들어보는 섬이야. 그리고 그 해도, 누군지 모르지만 정말 굉장한 노력이 들어간 거야. 운남(雲南)에서부터 산동(山東)까지 지형과 항구, 섬에 대해 자세히 기록한 거야. 그런 해도는 군영에도 없어. 뭐, 시간이 지나면 차츰 알게 되겠지. 지금부터 풍치도로 가야 하니까 너도 좀 쉬렴."

말을 마친 노구겸이 서둘러 자리를 떴다. 지금 청룡호에서 가장 바쁜 사람은 그였다.

순풍을 안은 배는 제법 속도를 높이고 있었지만 이전에 비해 너무 느렸다. 게다가 타가 부러져 돛대로만 배를 조정하느라 노구겸과 선부들은 한순간도 쉬지 못했다. 느릿하게 움직이는 배가 섬을 발견한 것은 하루가 지난 후였다.

"섬이다."

돛대 위에서 섬의 흔적을 찾던 선부의 외침 소리가 희망의 노래처럼 들렸다. 섬을 발견하고도 배는 느릿느릿 움직여 오후의 끝 자락이 보일 때가 돼서야 섬에 닿았다.

배가 닻을 내리자 서둘러 작은 연락선이 내려졌다. 소년과 소녀들은 한시라도 빨리 육지를 밟고 싶었지만, 무인도라는 것 외에 섬에 대한 정보가 너무나 적어 몇 사람을 선발대로 보내기로 결정했다. 어둠이 완전히 내린 풍치도로 청룡호의 호위무사 둘과 선부 둘이 들어갔다.

그들이 섬으로 들어가고 모두가 설레는 마음으로 소식을 기다렸다. 하지만 두어 시진이면 돌아온다던 선발대는 새벽이 되도록 돌아오지 않았다. 돌아오지 않는 사람들 때문에 청룡호에는 냉랭한 기운이 감돌았다.

막괴강의 얼굴은 잔뜩 굳어져 시퍼렇게 날이 선 살기를 당위평에게 뿜어댔다. 자신의 수족처럼 여기던 세 사람 중 둘이 돌아오지 않고 있었다.

아침 해가 머리를 내밀자 막괴강은 사람들을 닦달하기 시작했다. 그리고 얼마 후 선발대의 구조대가 급조됐다.

막괴강과 마지막 남은 배의 호위무사, 당위평과 그의 일행 둘, 그리고 구양수가 함께했다. 그들이 배를 타고 떠나자 노구겸은 서둘러 배를 고칠 준비를 하기 시작했다.

선발대를 찾아 떠난 사람들이 반 시진쯤 지났을 때였다.

차앙—

검이 부딪치는 소리가 멀리서부터 들려왔다. 삼판에서 불안한 마음을 달래며 구조대를 기다리던 사람들의 얼굴이 한순간 굳어졌다.

차창—

연속적으로 검이 부딪치는 소리가 들렸고 거리가 가까워졌다. 모두가 목을 빼고 소리가 나는 곳을 보았다.

짙푸른 숲 속에서 다섯 사람이 뛰쳐나왔다. 그들은 곧바로 연락선 위에 올라 노를 젓기 시작했다. 그들의 뒤로 부산한 움직임이 느껴지던 숲은 침묵을 되찾았다. 바람이 불었고 나무가 파도처럼 물결 치고 있었다.

철벅철벅 하는 노 젓는 소릴 내며 연락선이 도착했다. 막괴강이 선두로 올라오고 구양수와 당위평이 올라왔다. 당위평의 얼굴이 돌덩이처럼 굳어 있었다. 여섯 사람이 섬에 올랐지만 당위평의 일행 중 한 사람이 돌아오지 못했다.

노구겸이 다가왔다.

"무슨 일이 생긴 거요?"

"모르겠소."

당위평이 고개를 저었다.

"숲 속에서 누군가 암습을 했소. 나무가 너무 많고, 어디서 공격하는지, 몇 명이나 되는지 전혀 알 수가 없었소. 너무 갑작스런 일이라 앞서 가던 사람이 미처 피하지 못하고 희생당했소."

모두가 놀란 얼굴로 당위평과 풍치도의 숲을 번갈아 보았다. 묵묵히 듣고 있던 노구겸이 말했다.

"떠납시다. 근처에 다른 섬으로 갑시다."

"다른 섬이라니?"

막괴강이 험악하게 인상을 쓰며 노구겸을 노려봤다.

"저기서 사람이 죽었다. 둘째와 셋째가 죽고, 선부도 둘이나 죽었어. 그런데 여기서 꼬리를 말고 떠나자고?"

"하면 몇 사람이 죽든 끝장을 보겠다는 거요?"

"원수를 갚아줘야지."

"그럼 남아서 원수를 갚으시오. 난 승객의 안전이 먼저요."

"뭐야!"

막괴강의 눈에서 불똥이 튀었다. 그가 검병에 손을 얹었다. 당위평이 그를 막아섰다.

"그만 하시오. 우리끼리 이럴 필요 있겠소. 지금 상황을 정확히 분석할 시간이 필요하오."

노구겸이 한동안 말없이 당위평을 바라보다 입을 열었다.

"상황은 간단하오. 저 섬에는 알 수 없는 사람들이 있고, 그들은 우릴 적으로 생각하고 있소. 그리고 우린 훤히 드러나 있고, 그들은 숨어서 우릴 지켜보고 있소. 이건 누가 봐도 우리가 절대로 불리한 경우요. 불리한 싸움을 자초하는 것은 지휘관으로서 절대 있을 수 없는 일이오. 싸움이란 자신이 유리할 때만 하는 거요. 그게 병법이오."

"병법은 그럴지 몰라도 우린 무사다. 무사는 불리하다고 싸움을 피하지 않는다. 정면으로 부딪쳐 받은 대로 돌려준다. 그게 무인으로서의 긍지다."

막괴강의 자부심 가득한 말투에는 선부 따위가 무인의 마음을 알 리 없다는 믿음이 가득했다.

노구겸이 씁쓸하게 웃으며 말했다.

"저들도 그렇게 생각해 줬으면 좋겠군. 서로 무사라고 말이야……."

말을 끊은 노구겸이 불타는 듯한 눈으로 막괴강을 노려봤다. 그가 흠칫 놀란 표정을 지을 때 벼락 같은 노구겸의 목소리가 터져 나왔다.

"야, 이 개자식아. 무사 놀이는 너 혼자 해. 긍지? 칼부림 조금 할 줄 안다고 당나귀 방귀 뀌는 소리 하지 말고 상황을 똑바로 보란 말이다. 상대는 우릴 그냥 적으로 간주하고 있어. 저놈들한테 나와서 정정당당하게 싸우자 그럼 예! 무사님 그리합죠, 하고 뛰어나올 거 같아? 여러 소리 할 거 없어. 다른 곳으로 간다."

잠시 말문이 막힌 듯 입만 뻥끗거리던 막괴강이 다짜고짜 검을 뽑아 들었다.

"잠시만 진정들하시고 내 말 좀 들어보시오."

구양수가 두 사람 사이에 끼어들었다.

"지금 상황에서 내부에서부터 분열이 생기면 어떻게 되겠소. 조금 침착해집시다."

"이건 침착으로 될 일이 아니오. 사람이 다섯이나 죽지 않았소."

"아니, 아직 확인된 건 아니오."

노구겸의 말에 구양수가 고개를 저었다. 그가 말을 이었다.

"조금 전에도 암습을 받고 한 사람이 쓰러졌을 뿐 그가 죽었다는 것은 확인하지 못했소. 계속된 암습에 일단 급히 몸을 피하긴 했지만 정확히 무슨 일인지 확인조차 못했소. 그리고 실종된 사람들도 죽지 않고 사로잡혀 있다면 어떻게 하시겠소? 그냥 버려두고 떠날 수 있겠소? 여긴 병부(兵部)가 아니라오."

노구겸이 한숨을 내쉬었다.

"하지만 안 죽었다고도 못하는 거 아니오. 암습을 할 경우란 두 가지뿐이오. 상대를 쫓아 보내거나, 아니면 상대를 반드시 죽여야 할 때 하는 거요. 쫓아 보내려 했다면 절대 상대를 상하게 하지 않소. 그저 위협할 뿐이지. 하지만 지금 상태를 보면 후자에 가깝소. 그래서 시간을 지체하면 할수록 위험이 커지는 거요."

"어째서?"

"암습부터 했다는 것은 자신들을 드러내고 싶지 않다는 것이고, 거리낌없이 공격했다는 것은……."

"살인멸구(殺人滅口)!"

"바로 그렇소. 비밀을 가진 자는 비밀이 밝혀질까 두려운 법이오. 그러니 우릴 여기에 수장시켜 살인멸구를 하려 할 거요. 어쩌면 지금 저들은 우릴 공격하려는 작전을 세우고 있는지도 모르오. 그러니 더 늦기 전에 이곳을 벗어나야 한다는 거요."

"으음……."

모두 낮은 신음성을 흘렸다. 노구겸의 이야기는 상당한 설득력이 있었다.

"배다!"

누군가의 외침 소리가 모두의 정신을 일깨웠다. 이리저리 두리번거리던 시선이 한곳으로 집중됐다.

"해적선이다!"

겁에 질린 선부의 외침 소리가 이어졌다. 검은 깃발을 높이 올린 커다란 배 한 척이 보였다.

막괴강이 앞으로 뛰어나왔다.

"싸울 수 있는 사람은 무기를 들어!"

삼판이 갑자기 시장통처럼 변했다. 모두 무기는 선실에 두고 나왔기에 사람들이 한꺼번에 선실로 몰려들었다.

"선부들은 모두 하층 선실로 내려가라!"

막괴강의 말이 있기도 전에 선부들은 이미 안전한 선실로 도망치고 있었다.

삼판의 혼잡은 극에 달했다.

쾅!

선체를 울리는 폭음 소리에 모든 동작이 일순 정지됐다.

흰 대리석 기둥 같은 모습의 연화가 진각을 밟았던 발을 바로 했다.

"정신 차리세요! 우린 강합니다. 저기 있는 해적보다 훨씬 더! 그러니 차분히 마음을 가다듬고 질서있는 행동을 보이세요."

그녀의 목소리는 낮았지만 모두의 귀에 똑똑히 들렸다. 들떴던 마음이 가라앉았다. 소년과 소녀들은 차례로 선실로 들어가 자신들의 무기를 들고 나왔다.

삼판의 난간에 줄지어 서서 다가오는 배를 보았다. 모두의 가슴속에는 흥분과 두려움이 공존했다. 몇 년간 무공을 익혔지만 목숨을 걸고 사람을 상대해 본 적은 없었다.

사람을 베는 기분은 어떨까?

사라졌던 노구겸이 허리춤에 한 자루 장검을 차고 양손에 가득 유등(油燈)을 들고 왔다. 그가 다가오는 해적선을 보았다. 해적선은 섬의 모퉁이를 빠져나와 바다로 나가 선회하고 있었다. 흘수(배가 물에 잠기는 정도)가 깊은 해적선으론 수심이 낮은 섬의 해변을 따라 운항할 수 없었다. 노구겸은 아직 그들을 맞이할 시간이 충분히 있음을 다행이라 여겼다.

두 다리를 어깨 넓이로 벌리고 허리를 쭉 편 노구겸이 입을 열었다.

"모두 주목!"

모두의 시선이 그에게 모아졌다. 개중에는 온몸에 잔뜩 힘을 준 노구겸의 모습이 어울리지 않았는지 피식피식 웃는 사람이 있다. 선부 옷을 입은 사내가 대장군 흉내를 내는 모습은 우스꽝스런 한 편의 경극 같았다.

그러나 노구겸은 그들의 그런 시선에 조금도 개의치 않는 얼굴이었다.

"시간이 없으니 짧게 이야기하겠습니다."

말을 끊은 그가 잠시 눈을 감았다 떴다. 그리고 낮지만 힘찬 어조로 말했다.

"이것은 전쟁입니다."

진중한 목소리는 마치 중대한 선언을 하는 것 같았다.

그리고 이 한마디가 가벼워지려는 사람들의 마음속에 파고들었다. 전쟁이란 단어는 그 자체만으로 사람을 흥분시킨다. 전쟁이 주는 살인과 광기, 피의 영상이 삼판을 순식간에 휘감았다.

"전쟁이란 자신을 지키고, 가족을, 친구를, 동료를, 모두를 지키는 숭고한 일입니다. 우리가 지키는 소중한 것들을 파괴하려는 적에게 우리의 정의가 무엇인지, 긍지가 무엇인지 보여줘야 합니다. 그리고 우린 반드시 승리할 것이며 적들에게 지옥의 쓴맛을 보여줄 것입니다."

노구겸이 손가락을 들어 체구가 좋은 사람들을 지목했다.

"지금 제가 가리킨 분들은 모두 앞으로 나와 이것을 하나씩 가져가십시오."

묘한 노구겸의 분위기에 취한 소년들이 나와 유등을 하나씩 들었다.

"저들은 우리의 측면을 그대로 돌격해 올 겁니다. 해적선의 선수는 철판을 입혀 배의 측면을 노리고 달려드는 게 통상적인 전법입니다."

그가 충돌 예상 지점을 가리켰다.

"유등을 가진 분들은 저 지점에서 좌우로 길게 서 있다가 가까이 오면 불붙인 유등을 돛을 향해 던져 주십시오."

"잠깐!"

당위평이 끼어들었다.

"저 배를 불태우면 곤란하오. 이 배를 고치는 것보단 저 배를 탈취해 운현도로 가는 게 좋을 것 같소."

구미가 당기는 제안이었다. 이렇게 부서진 배를 고쳐 가느니 해적선을 빼앗는 편이 훨씬 유리했다.

"그거 참 흥미로운 제안이로군."

막괴광이 찬성을 표하자 모두가 고개를 끄덕였다. 하지만 노구겸만은 기이한 시선으로 그를 보고 있었다.

뭔가 냄새가 난다.

당위평의 주위에서 썩은 냄새가 스멀스멀 피어오르고 있는 것 같았다.

"그 제안에 반대요."

모두의 시선이 다시 노구겸에게 모였다.

"어째서?"

"저 배를 탈취하기 위해서 몇 명이나 죽을지 생각해 보셨소?"

"여기 있는 우리가 그까짓 해적 따위에게 당할 것 같소?"

노구겸이 힘차게 고개를 끄덕였다.

"그렇소. 난 그렇게 생각하오. 저 배를 탈취하려 들다간 극심한 피해를 각오해야 할 거요. 그리고 이겼다 하더라도 아마 이중에서 내일 아침 해를 보지 못할 사람도 꽤 될 거요. 뭐, 절반 정도 살아남는다면 다행이고."

"뭐야!"

당위평이 벌컥 화를 냈다.

무기를 손에 쥔 소년과 소녀들의 얼굴에도 분노가 떠올라 있었다. 자신들을 무시하는 노구겸을 향한 분노가 삼판을 가득 메웠다.

"인정하기 싫다는 건 알지만 말이오, 훈련된 병사들과 싸워본 적 있소? 저들은 그런 훈련된 병사들과 싸워서 살아남은 사람들이오."

"홍, 병사 따위와 우릴 비교하다니 기가 막히는군."

하판낙의 비아냥거림이었다. 힐금 그를 노려보던 노구겸이 입을 열었다.

"여러분 개개인은 강할지 모르나, 한 손으로 열 손을 막아낼 수는 없소. 저들의 전법은 연환 공격이오. 그리고 한 치의 망설임도 없이 여러 분들의 가슴, 등, 사타구니, 다리, 어디든 상처 입힐 수 있는 곳이면 가리지 않고 공격해 댈 거요. 거기엔 남녀노소가 없소. 이게 바로 전쟁이오. 전쟁터에서 살아남은 병사를 우습게 보지 마시오."

"하지만 우리에게 배는 반드시 필요하오."

당위평의 강경한 어조에 노구겸이 이맛살을 찌푸렸다. 많은 사람이 희생될 걸 알면서도 굳이 배를 원하는 이유를 알 수 없었다. 문득 당위평이 이곳으로 오자고 한 이유가 혹시 이미 이곳에 해적이 있다는 것을 알고 있었던 것은 아닐까 하는 생각이 들었다. 아직은 근거없는 설부른 판단이다. 지금은 자신이 해야 할 일이 더욱 중요했다.

"배를 얻자고 목숨을 걸게 할 수는 없소."

"무슨 소란인가?"

새로운 인물의 출현에 모두 기이한 얼굴이 되었다. 뒷짐을 진 장방이 한심하다는 얼굴로 모두를 보았다.

"이 사람들이 해적선을 탈취하자고 하고 있소."

"하하하!"

노구겸의 대답에 힐금 다가오는 해적선을 보곤 장방이 시원스럽게 웃었다.

"어떤 놈이 그따위 소릴 하더냐?"

그의 말투가 변했다.

당위평이 짜증스런 얼굴로 장방을 보았다. 막괴강과 결투에서 멋진 솜씨를 보인 사람이긴 했지만, 그런 잔재주를 가지고 거들먹거릴 정도는 아니라고 생각했다.

"너냐?"

장방이 손가락으로 당위평을 가리켰다.

"나다!"

당위평이 살기를 피워 올리며 장방을 노려봤다. 그의 주위에 있던 사람들이 갑작스런 살기에 놀라 한 걸음 물러섰다.

재미있는 장난감을 얻은 아이처럼 장방이 빙긋 웃었다.

"죽고 싶냐?"

그저 평범하게 던진 말이었지만, 그 한마디가 거대한 검날이 되어 자신의 목을 베어오는 것 같았다. 당위평은 자신도 모르게 한 걸음 물러섰다. 그리고 물러선 뒤에야 자신의 실수를 깨달았다.

"무슨 사술이냐!"

"사술?"

장방의 미소가 더욱 짙어졌다.

"필요없는 부분이 어디냐?"

"……?"

"네 몸에 필요없는 부분이 어디냐고? 아프지 않게 잘라주마."

"이… 이."

한순간 극한의 분노에 휘말린 당위평이 말을 잇지 못한 채 더듬거렸다.

"이냐!"

장방의 말이 끝나기 무섭게 무언가 공중을 날아 당위평에 입속에 틀어박혔다.

"억."

비명을 지른 당위펑이 재빨리 입 안에 있는 것을 뱉어냈다. 부러진 이와 함께 완두콩만한 은덩이가 튀어나왔다.

모두 깜짝 놀라 아무 말도 할 수 없었다. 누구도 그가 움직이는 모습을 보지 못했다. 그저 날카로운 한줄기 빛이 그의 손에서 튀어나왔다는 것만은 똑똑히 보았다.

그가 던진 것이 은덩이가 아니라 칼이었다면 당위펑은 이미 죽은 사람이었다.

당위펑만큼, 아니, 더욱 크게 놀란 사람이 하나 더 있었다. 막괴강은 그저 놀란 눈으로 장방을 멍하니 바라보기만 했다. 폭풍이 치던 날 부딪쳤던 장방의 모습에서 그가 강할 거라고 생각은 했지만 이렇게 빠를 줄은 몰랐다. 지금의 상태로는 영원히 장방을 이길 수 없을 것 같았다.

"더 나설 놈 없냐?"

무시무시한 눈으로 한 바퀴 둘러본 장방이 노구겸에게 말했다.

"이제 자네가 알아서 하게. 아래층 일은 내가 처리하지."

장방이 자릴 비운 선실에서는 연자심이 왕삼을 돌보고 있었다. 왕삼은 그날 이후 지금까지 마음을 굳게 닫은 채 혼자만의 세계에 빠져 있었다. 아무것도 들리지 않고, 보이지 않는 세계에 빠져 돌아올 줄 몰랐다.

장방은 결코 포기하지 않았다. 왕삼이 건강하게 다시 돌아오리라 믿고 있는 것 같았다. 하지만 그가 깨어나지 않는 시간이 길어질수록 장방의 얼굴에는 수심이 가득하고, 가끔씩 풍기는 섬뜩한 기운은 숨이 막힐 것 같았다.

연자심은 그 섬뜩한 기운이 누굴 향하고 있는 것인지 알았다. 장방은 선부를 제외한 사람들에게 강한 적대감을 보이고 있었다. 그에게 선부를 뺀 모든 사람이 적이다. 지금 누군가 그의 비위를 거스른다면 주저없이 비도를 날려 버릴 것이다.

"삼아……."

연자심이 안타까운 심정으로 그의 이름을 불렀다. 하지만 왕삼은 멍한 눈으로 벽을 바라보고 있을 따름이었다. 짧게 한숨을 내쉬던 연자심이 번쩍 고개를 들었다.

'칼!'

열린 선실 문 앞에 물에 흠뻑 젖은 낯선 얼굴의 사내와 낯선 칼이 보였다.

사내와 눈이 마주쳤다.

연자심은 머리카락이 곤두서는 것 같았다.

겁에 질려 달려온 선부들이 해적이 온다고 소릴 질렀지만 별다른 감흥이 일어나지 않았다. 마치 먼 지방의 이야기처럼 흥미로운 일이 생겼구나 하는 정도였다.

하지만 눈앞에 칼은 진짜다.

심장이 싸늘하게 식어가는 것 같았다.

연자심이 짧게 숨을 들이켰다.

사내가 크게 한 걸음 내디디며 검을 일직선으로 찔렀다. 찌르기에서 필요한 건 오로지 속도다. 일체의 변식이 없는 단순한 찌르기만큼 빠르고 위협적인 것은 없다. 사내의 검은 전광석화처럼 빨랐다.

연자심은 오른발 뒤꿈치로 바닥을 찍었다. 무릎을 거쳐 허리로 올라오는 반동을 그대로 실어 몸을 틀었다. 검신(劍身)을 타고 한 바퀴 몸을 돌린 연자심이 자연스럽게 팔꿈치를 내밀었다.

뚜둑—

뼈가 부러지는 소리가 들렸다. 갈비뼈가 부러졌으리라.

부러진 갈비뼈가 폐를 찔렀는지 사내는 입에서 피를 뿜으며 달려들던 속도보다 더욱 빠르게 뒤로 날려갔다.

우지끈.

문설주가 부서져라 머리를 박은 사내가 허물어졌다.

안개처럼 뿜어낸 사내의 피가 연자심의 얼굴로 쏟아졌다. 연자심이 손바닥으로 얼굴을 쓸었다. 미끈거리는 느낌이 손 안에 가득했다.

갑자기 숨이 가빠왔다.

손에 묻은 피가 주는 흥분이 심장을 두 배, 세 배 빠르게 하고, 몸속을 흐르던 피가 이끌리듯 반응했다. 짧게 호흡을 가다듬었다. 그리고 조심스럽게 쓰러진 사내에게 다가갔다. 그가 막 쓰러진 사내를 뒤집으려 하는 순간 벽에서 검이 불쑥 솟아나왔다.

수평으로 쓸어오는 검은 나무 벽을 가르고 들어와 문설주와 함께 연자심을 베려 했다.

그것은 전혀 예상치 못한 것이었다.

문밖에 있던 자는 영악하기 그지없는 자다. 그는 사냥감이 걸려들 때까지 숨죽이며 기다리다 한순간 의표를 찌르는 공격으로 마무리를 하려 했다.

연자심이 손을 불쑥 내밀어 베어오는 검날을 손바닥으로 받쳐 들어울렸다. 지남철에 이끌리듯 검은 연자심의 손을 따라 방향을 틀었다.

"엇!"

놀란 외침 소리가 베어진 벽 저편에서 들렸다. 검은 주인의 통제를 벗어나 연자심의 의지에 따라 움직였다. 수평으로 베어오던 검이 사선을 그리며 연자심의 머리 위를 지나 천장에 박혔다.

연자심의 손은 거기서 멈추지 않았다. 춤을 추듯 머리 위로 크게 원을 그린 손이 벽을 때렸다.

쾅—!

부서지는 나무판자와 함께 벽 뒤에 있던 인물이 날아가 통로 반대편 벽에 처박혔다.

연자심은 식은땀을 닦아냈다. 하마터면 두 동강이 날 뻔한 순간을 암영권의 행인영(行引影)으로 검로를 비틀어 가까스로 위기를 넘겼다.

두 사람을 물리친 손을 내려다보았다. 부서진 나무판자에 상처를 입었는지 조금 찢어져 피가 흘러나왔다. 머리에 두르고 있던 건(巾)을 풀러 손에 감으며 힐금 뒤를 돌아봤다. 왕삼은 어떤 사태가 일어났는지 전혀 모르는 얼굴로 벽만 바라보고 있었다. 짧은 순간 연자심은 갈등했다. 그를 내버려 두고 나갈 수는 없다. 그렇다고 배 안까지 침범한 해적을 나 몰라라 할 수도 없었다.

거기다 두 사람의 연이은 암습에 온몸의 힘을 모두 써버린 듯 지쳐버린 상태였다.

쥐 죽은 듯 조용히 숨어 있을까?

하지만 통로에 널브러진 사람과 부서진 벽은 사람들의 이목을 끈다.

이 안에서 왕삼을 지켜가며 싸울 자신은 없었다. 그렇다고 정신이 없는 왕삼을 데리고 다른 장소를 찾을 수도 없었다. 가는 도중에 해적을 만난다면 그건 더욱 큰일이었다.

갈등하던 연자심이 결정을 내렸다.

"삼아… 삼아! 들어가, 들어가라고. 그래, 그렇게 가만히 있어. 절대 움직이지 말고."

연자심은 왕삼을 침상 아래로 밀어 넣었다. 그리고 크게 심호흡을 하며 성큼성큼 열린 선실 문으로 향했다.

"만약에 저 배의 불이 이 배로 옮겨 붙으면 어쩔 작정이오?"

구양수의 물음에 노구겸이 목에 걸고 있는 뿔피리를 들어 올렸다.

"이걸 불면 배가 회전할 거요."

"회전이라니?"

"선부들을 노가 있는 이층 삼판에 모아났소. 이 뿔피리 소리가 들리면 일제히 노를 꺼내 젓기 시작할 거요. 그럼 측면으로 달려드는 해적선을 피할 수 있을 테고, 그들이 불을 끄느라 혼잡할 때 뒤에서 공격을 가할 거요."

"아!"

구양수는 짧은 순간 침착하게 자신이 할 수 있는 모든 준비를 마친 노구겸에게 감탄했다. 보통 사람이라면 이런 상황에서 이렇듯 침착해질 수 없었다.

하지만 한 가지 잊은 게 있다.

"혹시 바다를 헤엄쳐 와서 아래쪽에서 공격해 온다면?"

"아까 요리사 장씨가 아래층은 책임진다고 하지 않았소."

"음……."

철석같은 믿음이었다. 물론 장방이 당위평에게 보여준 한 수는 놀랍기 그지없지만, 몇 명의 사람들이 숨어들어 올지 모르는 상황에서 노구겸은 요리사를 완전히 신뢰하고 있었다. 도대체 그 요리사는 누굴까? 궁금증이 일었지만 그에 대한 생각은 잠시 접어두기로 했다.

"병영에 계셨소?"

"한때는 장군이 꿈이었소."

그가 웃자 구양수도 웃었다. 노구겸이 말을 이었다.

"장군은 되지 못했지만, 훌륭한 장군님 아래서 최선을 다해 배웠소."

그의 얼굴에 하나 가득 존경심이 배어 나왔다. 문득 구양수는 이런 사람이 존경하는 인물이 누구인지 궁금했다. 누구이기에 떠올리는 것만으로 저런 표정을 지을 수 있을까.

"정말 훌륭한 분이신가 보오."

"그렇소. 세상에 다시없는 분이라 여기고 있소. 내겐 스승님이자 아버님 같은 분이오."

그의 말을 들었는지 두어 걸음 앞에 있던 연화가 갑자기 뒤를 돌아봤다. 그녀는 노구겸이 말하는 사람을 잘 알고 있었다.

흰 천으로 가려 얼굴이 보이지 않았지만 노구겸은 왠지 그녀가 미소를 짓고 있다고 생각했다.

연화가 갑자기 손을 들어 천중(天中)을 가리켰다. 그리고 크게 사람 인(人) 자를 쓰듯 팔을 움직였다.

그녀의 행동을 보고 있던 노구겸의 눈이 동그랗게 변했다. 입가에 장난기 어린 웃음을 짓던 그가 늘어뜨린 팔을 들어 그녀와 반대로 움직였다. 단순한 손짓이었지만 이는 연무필과 연화의 아버지인 강성룡이 대련을 하기 전에 하던 인사였다.

연화가 작게 고개를 숙여 인사를 하는 듯 보였다. 노구겸도 마주 고개를 숙였다.

구양수는 연화도 노구겸을 알고 있다는 걸 알았다. 문득 연자심과 연화의 관계, 그와 두 사람의 관계에서 하나의 사실을 유추해 냈다. 그가 존경하는 스승이자 아버님 같은 사람은 연자심의 아버지다. 그리고 어쩌면 노구겸처럼 연자심 또한 아버지에게 무공을 배웠을지도 모르겠다는 생각이 들었다. 아니, 그럴 가능성이 농후했다.

구양수는 언젠가 연자심과 한 번쯤은 부딪칠 것 같다는 강한 예감이 들었다. 근거도, 확신도 없지만 본능이 상대를 알아보는 것 같았다. 그와 싸우면 어떤 기분이 들까?

그가 자신의 이첨검을 과연 받아낼 수 있을까? 그날이 언제쯤인지는 모르지만, 그때가 빨리 왔으면 하고 바랐다.

이첨검의 검병을 잡았다. 이첨검의 떨림이 손끝에 전해졌다.

구양수의 입가에 잔잔한 미소가 떠올랐다.

'검이 그를 부르고 있다!'

연자심은 살며시 머리를 내밀어 밖을 살펴봤다. 어두운 통로엔 정적만이 가득했다. 설마 단 두 사람이 침입하지는 않았을 것이다. 모두 어디로 간 것일까? 삼판으로 나갔을까? 그건 아닌 것 같았다. 삼판 쪽은 너무나 조용했다. 그렇다면 남은 것은 아래쪽뿐이다.

바닥에 쓰러진 사람을 애써 외면하며 떨어진 검을 주워 들었다. 사방을 경계하며 한 걸음씩 조심스럽게 움직였다. 어디서 갑자기 칼이 날아들지 알지 못하는 상황에서 섣불리 움직일 수는 없었다. 그래도 한 가지 유리한 점은 자신은 이 배에 익숙하고, 상대는 그렇지 못하다는 것이다.

통로의 중간에 도달해 연자심은 발걸음을 멈췄다. 어두운 통로 한가운데 서 있는 사내가 풍기는 냄새는 죽음뿐인 것 같았다.

"장 어른!"

어디선가 바람이 불자 진한 피 냄새가 진동했다.

"몇 놈이나 그리 갔냐?"

"두 명이었습니다."

"몇 명 안 되는군. 선발대인가?"

연자심은 장방의 발 앞에 쓰러진 두 사내를 보았다. 모두가 인후에서 피를 흘리고 있었다.

"싸워본 적이 없느냐?"

"예? 예!"

"나도 처음에 사람의 목에 칼을 박아 넣곤 너처럼 식은땀을 흘렸다. 심장이 두근거리는 소리가 귀청을 울리는 것 같고, 얼마나 힘을 줬는지 팔다리의 근육이 아우성치는 것 같았지."

이런 상황에서 과거를 이야기하는 장방의 의도가 무엇일까? 장방은 틈만 나면 무엇인가를 전해주려 애쓰고 있었다.

"긴장을 풀어라. 내 손에 죽는 사람은 모두 그렇게 죽을 운명을 가지고 태어난 거다. 그리고 나도 언젠가 내 손에 죽은 사람들처럼 누군가의 손에 죽겠지. 물론 그리고 싶지는 않지만 말이야. 내 앞에서 죽음을 원하는 자에겐 기쁜 마음으로 죽음을 줘야 한다. 그것이 무인으로서의 예의다."

연자심은 장방이 들려주는 이야기가 자신에게 말하는 것이 아니라고 느꼈다. 그것은 모두 왕삼에게 들려주고 싶은 이야기였다. 그가 직접 말하지 못하게 될 때를 대비해 대신 전해줄 수 있는 사람으로 자신을 선택한 것이다.

"오는구나. 가보자."

장방이 앞장서 걸었다.

"준비!"

해적선이 이십여 장 가까이 다가왔다. 이제는 눈으로 상대를 확연히 알아볼 수 있는 거리였다. 손에 갈고리를 든 사내들이 해적들 맨 앞에 나와 있었다. 그중에 한 사내가 커다란 갈고리를 머리 위로 높이 쳐들며 외쳤다.

"우리는 해룡방이다!"

"투척!"

구양수의 명령이 떨어지자 삼십여 개의 유등이 한꺼번에 날았다.

퍼버벅.

유등은 한 치의 오차도 없이 해적선 위에 떨어졌고, 이내 불길이 치솟아올랐다.

해적들은 뜻밖의 공격에 놀라 허둥대는 모습이 역력했다. 몇몇 사내는 유등에 직격당했는지 온몸에 불이 붙은 채 바다로 뛰어들었다.

　뿌우웅.

　뿔피리 소리가 길게 이어졌다. 덜컹거리는 소릴 내며 노가 삐져 나왔다. 정지해 있던 배가 천천히 움직이기 시작했다.

　치솟는 불길에 혼잡한 상황 아래서도 해적선은 청룡호가 방향을 트는 것에 맞춰 뱃머리를 틀었다.

　"역시 생각보다 훈련이 잘되어 있는 것 같소."

　구양수의 얼굴이 조금 굳어 있었다. 해적이나 산적들은 위협이나 할 줄 아는 사람들로 생각했는데, 실제로 마주친 해적은 그리 호락호락한 상대가 아닌 것 같았다.

　"칼을 들어 남을 위협할 때는 그만한 각오가 필요한 법이 아니겠소. 저들은 모두 그렇소. 죽이지 않으면 죽는다는 생각으로 상대를 하오. 그런 상대야말로 진정 무섭고 두려운 상대가 아니겠소."

　구양수가 고개를 끄덕였다. 그리고 눈앞에서 불 구경을 하는 소년과 소녀들을 보며 내심 한숨을 쉬었다. 모두 어릴 때부터 무공을 닦아왔고 수많은 대련을 해왔지만, 실전을 겪어보지 못한 사람들이 대부분이었다.

　그런 그들 앞에 자신들이 배운 것을 써먹을 수 있는 좋은 기회가 생겼다. 이들에게 지금의 사태는 짜릿한 흥분을 안겨주는 흥밋거리에 가까웠다. 누구도 이 싸움에서 죽음을 겪어보리란 생각을 하는 사람은 없는 것 같았다.

　구양수는 이번 싸움이 이들에게 어떤 영향을 미칠 것인지 궁금했다.

　청룡호가 완전히 회전하기 전에 속도를 높인 해적선이 들이닥쳤다.

끼기긱.

해적선의 선수와 청룡호의 후미가 맞붙었다. 해적들이 갈고리를 내밀어 청룡호를 붙잡으려 했다.

"공격!"

제각기 무기를 든 소년과 소녀들이 함성을 지르며 이 장 거리를 뛰어넘어 해적선 위에 올랐다. 남은 사람들은 건너오려는 해적을 맞이하기 위해 앞 다투어 달려갔다.

그리고 마침내 피의 서막(序幕)이 시작됐다.

십여 명의 사람들이 좁은 통로를 가득 채우고 있었다.

장방은 곧장 그들을 향해 걸어갔다. 빠르지도 않고, 느리지도 않은 평상시와 다름없는 걸음이었다.

그들이 뒤늦게 장방과 연자심을 발견했다.

맨 뒤에 있던 사내가 들고 있던 커다란 도끼로 두 사람을 가리켰다.

"저것들 빨리 치우고 먼저 들어온 놈들부터 찾아봐라. 이것들은 뭐 하고 있는 거야."

"술통이라도 하나 발견했나 보죠."

"술! 이 자식들 모두 죽었……."

그는 더 이상 말을 잇지 못했다. 눈만 동그랗게 뜬 채 입만 뻥긋거리다 쿵 하는 소릴 내며 뒤로 넘어갔다. 그는 살아서도 비도를 보지 못했고, 죽어서도 비도를 보지 못했다. 그리고 자신이 죽어가고 있다는 것조차 알지 못했다.

"사람을 죽일 땐 말이다. 여러 가지 방법이 있지. 수백 번의 칼질을 하는 방법도 있고, 단 한 수에 미세한 상처로도 죽는 거다. 저자는 지금 자신이 어째서 죽는지도 모를 것이다."

장방은 마치 요리사가 자신의 요리에 대해 설명하는 것처럼 친절하기까지 했다.

사내들은 무슨 일이 벌어졌는지 깨닫지 못했다. 모두 비도를 보지 못했다. 대장인 듯한 사내는 급살을 맞은 사람처럼 몸을 떨다 쓰러졌을 뿐이다.

"처음 싸움을 하는 자는 긴장된 마음과 몸이, 최고의 초식과 힘을 쓰게 한다. 마치 이렇게."

퍼버버벅.

장방이 화려한 몸짓으로 두 손을 뿌렸다. 열두 자루의 비도가 한 사내의 전신을 난도질했다.

"아아악……."

고통에 겨워 괴성을 지르는 사내의 몸에서 뿜어져 나온 피가 통로와 벽에 한 폭의 혈화를 그렸다.

"하지만 고수는 필요한 곳에 필요한 만큼의 힘을 쏟는다."

그저 단순하고도 간단한 몸짓이었다. 눈에 보이지도 않을 만큼 빠른 비도가 허공을 가르고, 한 사내의 몸속으로 빨려 들어갔다. 그는 자신의 몸에서 무슨 일이 벌어지고 있는지 모른 채 천천히 무릎을 굽히며 앞으로 쓰러졌다.

"결과는 같다. 온 힘을 쏟아 죽이든 가벼운 방법을 쓰든 사람이 죽는다는 것은 마찬가지다. 단지 고통스럽게 죽느냐, 아니면 언제 죽는지도 모르게 죽느냐의 차이다. 너라면 어느 쪽의 죽음을 선택하겠느냐? 죽이지도 않고, 죽지도 않으려면 싸우지 않으면 된다. 하지만 그건 불가능한 일이지. 어떤 방법으로든 목숨을 걸든 아니든 사람이란 싸우게 되어 있는 거다. 싸워야 할 땐 싸워라. 자신의 모든 것을 걸고 부딪치는 것이 무인의 삶이다."

사내들은 얼어붙은 것처럼 제자리에 서 있었다. 그때 뿔피리 소리가 들렸다. 그리고 배가 움직이기 시작했다. 그리고 그것이 사내들의 정신을 일깨웠다. 앞에 서 있던 두 사내가 칼을 치켜들고 달려들었다.

"상대는 언제나 세 가지다. 첫 번째는 자기 분수도 모르고 덤벼드는 놈들이지."

두 사내는 눈에 보이지 않는 칼에 목이 꿰뚫려 쓰러졌다.

"두 번째는 겁에 질려 이러지도 저러지도 못하는 한심한 놈들이지."

여섯 자루의 비도가 날았다.

"마지막으로 자기 분수를 아는 놈들이다. 그래서 도망갈 기회만 노리고 있다가 친구든 가족이든 방패로 삼아 내빼는 놈들이다. 난 그런 놈들을 가장 경멸한다."

한 자루의 비도가 날았다. 달려가던 사내가 머리를 바닥에 처박으며 쓰러졌다. 그는 죽지 않았다.

"요추에 비도를 박았다. 죽지는 않겠지만 평생 두 발로 걸어다니는 것은 포기해야겠지."

장방이 연자심을 보았다.

"비정하다 할 수도 있다. 야차의 화신처럼 보일 수도 있겠지. 하지만 말이다. 내가 죽지 않으려면 죽여야 한다. 그것이 강호의 법칙이다."

장방이 연자심의 어깨에 손을 올려놓았다. 연자심이 움찔 어깨를 떨었다.

장방이 슬픈 눈으로 말했다.

"인간은 공평하기도 하지만 악독하기도 하다. 양자의 차이에 대해 누가 있어 옳다 그르다 말할 수 있겠느냐. 모든 것은 자신의 속에서 나왔고, 자신의 속으로 돌아가야 마땅할 뿐이다. 공평한 인간이 악독해지고, 악독한 인간도 마음속 어딘가에 공평함이 존재하는 거다. 그것이 모든 사람을 만족시킬 수 없는 공평함이라도 말이다."

그것은 항변 같았다. 질곡의 삶을 살아온 자가 세상에 내뱉는 항변은 연자심의 마음속에 깊이 파고들었다. 연자심은 말없이 눈을 감았다.

더 이상 그의 행동이 옳으냐, 그르냐, 혹은 선하냐, 악하냐의 문제가 아니다. 그는 충실하게 자신만의 선(善)을 지켜왔고, 앞으로도 묵묵히 그 길을 걸어갈 것이다. 그것이 장방의 길이자 한 남자가 걸어온 길이다.

그리고 그것이야말로 그가 왕삼에게 진정으로 하고 싶었던 말일 것이다.

"참으로 나쁜 분이시군요."

장방이 환하게 웃으며 고개를 끄덕였다.

"그래, 난 나쁜 놈이다."

연자심은 그가 어째서 이런 이야기를 들려주는 것인지 완전히 깨달았다. 고 노인이 비도를 주던 날, 그는 자신에게 왕삼과 평생의 친구가 되어달라 부탁했다.

그 의미가 지금에서야 확실해졌다.

장방은 왕삼의 미래의 담보로서 연자심을 선택했다. 태생적인 한계를 지닌 왕삼이 짊어지고 가야 할 삶의 무게를 줄이기 위한 그의 마지막 배려였다. 언젠가 왕삼이 힘들고 괴로울 때 자신의 이야기를 전해달라는 부탁이다.

"죽어랏!"

변성기를 거치지 않은 소년의 앳된 목소리가 자신의 공격을 알렸다. 평범하게 허리를 베어가는 소년의 검을 보며 사내가 구환도를 들어 올렸다. 넓은 구환도의 면으로 철통처럼 방어벽을 친 사내가 소년의 단조로운 공격에 쓰게 웃었다.

푹—

살을 파고드는 검날의 소리가 들렸다. 사내는 어떻게 자신이 검에 찔렸는지 알지 못했다. 꼬맹이 말고 또 다른 사람이 있던 것일까? 궁금증이 일었지만 사내는 끝내 확인하지 못했다.

"설마 현양검법을 막을 수 있을 거라 생각한 거야?"

친절한 소년의 물음에 사내는 대답 대신 고개를 떨궜다. 소년은 쓰러진 사내를 뒤로하고 또 한 번의 친절을 베풀 다음 사람을 찾아 주위를 두리번거렸다.

막괴강은 물 만난 고기처럼 사람들 사이를 헤집고 다녔다. 그는 사람을 죽이지 않았다. 그렇다고 그저 헤집고 다니는 것도 아니었다. 그가 지나간 자리에선 피가 흘러내렸다. 그 피는 자신의 피가 아니다. 그에 의해 팔과 다리가 잘린 해적들이 흘린 피였다.

한쪽 팔과 한쪽 다리를 잃은 해적들의 비명 소리가 끊임없이 들렸다. 하지만 그마저도 오래가진 않았다. 소년과 소녀들이 그들의 숨통을 착실하게 끊어놓고 있었다.

그리고 그의 이런 행위는 몇몇 사람에게 분명한 영향을 끼쳤다. 대단위의 전투에선 적의 숨통을 단숨에 끊어놓는 것보다 전투 불능의 상처를 입히는 쪽이 훨씬 유리하다는 것을 깨달은 것이다. 남철곤과 하판낙, 그리고 도헌이 그의 뒤를 따랐다.

무차별적인 살인은 극에 달했다. 그들은 자신이 무엇을 하고 있는지 알지 못하는 것 같았다. 아니, 해적을 사람이라 생각하지 않고 있었다. 마치 짐승을 사냥하는 사냥꾼처럼 바다로 뛰어들어 도망치는 사람들에게까지 암기를 던졌고, 물고기나 그물을 건져 올리는 긴 갈고리로 등을 찍었다.

바닥까지 훤히 들여다보이던 파란 바다가 붉게 물들었다.

노구겸은 씁쓸한 얼굴로 해적선을 건너다보고 있었다. 해적들은 무지했다. 충분히 싸울 수 있는 전력을 갖추고도 청룡호가 화물선이란 이유로 가볍게 생각했다. 그들에게 청룡호는 갑자기 생긴 행운일 뿐이라 그 행운을 즐기기 바빠 상대를 살피는 일을 게을리 했다.

게으름의 대가는 너무나 컸다. 그들은 나태와 죽음을 맞바꿔 버렸다. 해적선의 불길이 더욱 거세지고 시커먼 연기를 뿜어대기 시작했다.

'이것이 복(福)인가, 아니면 화(禍)인가.'

노구겸은 쉽게 단정할 수 없었다. 손쉽게 이긴다는 것은 분명 좋은 일이지만 과정이 좋지 않았다. 이런 승리는 좋든 나쁘든 후유증을 남긴다.

그가 길게 뿔피리를 불자 해적선에서 싸움을 벌이던 사람들이 속속 청룡호로 건너왔다.

불길에 휩싸인 해적선이 파도를 따라 점점 멀어져 갔다.

불타는 해적선을 바라보던 소년과 소녀들이 밝게 웃으며 자신들이 벌인 일에 만족감을 여과없이 드러냈다. 그들은 평생에 한 번 경험하기 힘든 해적과의 전투를 일방적으로 해치웠다. 훗날 누구에게나 자랑할 수 있는 자랑거리를 만들어낸 것이다. 그리하여 무차별적인 살인이 과장되고 치장되어 용맹한 행위로 바뀌어 버렸다.

콰쾅—

엄청난 폭음 소리가 울리며 해적선이 두 동강이 났다. 그에 맞춰 아이들이 환호성을 질렀다. 자신들의 승리를 완벽하게 만드는 축포였다.

노구겸의 표정이 굳어졌다.

'설마 화약!'

배를 두 동강이 낼 정도로 대량의 화약을 가지고 있다는 것은 화포를 가졌다는 말이다. 화약과 화포는 군대에서 철저하게 관리되는 무기다. 군선 이외에 어떤 배도 화포를 가질 수 없었다. 화약이나 화포를 가진 자는 역모(逆謀)에 해당하는 죄로 취급되며 끝까지 추적해 소탕(掃蕩)한다.

그런 위험에도 불구하고 화포를 가졌다는 것은 무엇을 의미하는가!

보통의 해적이 아니다. 분명 본거지를 가진 해적일 확률이 컸다. 본거지를 가진 해적들은 수군(水軍)의 가장 큰 골칫거리다. 그들은 수 척의 배를 가지고 한꺼번에 몰려다니며 약탈을 하고 바람처럼 사라졌다. 수군과 마주쳐서도 한 치의 물러섬 없이 싸움을 벌인다.

혹시 풍치도가 그들의 본거지인가?

어느 것도 단정 짓지 못하고, 알 수 없지만 불안한 예감이 엄습했다. 연무필의 가르침대로 지휘관은 언제나 최악의 상황을 염두에 두어야 했다.

시간이 촉박했다. 싸움은 아직 끝나지 않았다. 이제 막 시작했을 뿐이다. 눈앞의 승리에 도취한 아이들을 데리고 또다시 싸움을 할 수는 없었다.

어서 빨리 이곳을 벗어나야 했다.

그러나 이미 늦었다.

해적선이 나타났던 방향에서 한 척의 배가 머리를 내밀었다. 배는 천천히 바다를 향해 나갔다. 앞선 배와 동일한 항로를 그리고 있었다.

들뜬 기운이 채 가시기도 전에 나타난 배는 소년과 소녀들의 흥분을 가중시켰다. 또 한 번의 영웅적인 행위를 할 수 있는 기회였다. 게다가 이번엔 배를 불태우는 것이 아니라 빼앗기로 결정했다. 한 번 경험해 본 해적들의 배를 빼앗는 것은 자신의 손바닥을 뒤집는 것처럼 손쉬운 일로 생각됐다.

노구겸의 얼굴이 흙빛이 되었다.

절대로 벌어져서는 안 되는 일이 벌어졌다. 그가 쏜살같이 달려가 당위평의 멱살을 잡았다. 장방에게 창피를 당해 의기소침해하던 당위평의 눈이 역팔 자로 꺾였다. 아무리 방심하고 있었다 하더라도 선부에게 멱살까지 잡히다니 기가 막혀 말도 나오지 않았다.

"말해. 이 섬은 도대체 뭐냐? 풍치도엔 뭐가 있는 거냐?"

"무슨 짓이냐?"

뒤늦게 정신을 차린 당위평의 반문이었다.

"말해! 풍치도에 대해서 뭘 알고 있는지."

다가오는 해적선을 바라보던 사람들의 시선이 두 사람에게 모아졌다.

"나도 모른다."

"모르다니, 여길 오자고 한 건 너다. 어째서 하필이면 이곳이냐?"

"배를 수리할 만큼 큰 섬은 여기밖에 없었다."

"해적은?"

"모른다. 어쩌면 그들도 폭풍을 피해 여기에 와 있었는지 누가 알겠는가."

노구겸이 그의 눈을 똑바로 쳐다봤다. 두 사람의 눈이 짧은 순간 뒤엉켰다.

"제기랄!"

당위평을 노려보던 노구겸이 손을 놨다. 그 순간 당위평이 검을 뽑았다. 하루에 두 번이나 창피를 당할 수는 없다.

"뽑아라."

노구겸이 그를 외면했다.

"검을 뽑아보지도 못하고 죽고 싶진 않겠지? 날 능멸한 대가를 치러야 할 것이다."

장방에게 당한 분노가 배출구를 만나 한꺼번에 터져 나왔다. 하지만 노구겸은 싸울 의사가 전혀 없었다. 그는 작은 것과 큰 것을 구별하는 명확한 기준이 있었다.

"미안하오."

"이… 이."

뜻밖의 사과에 당위평이 말을 잇지 못했다. 정중히 사과를 하는 사람을 상대로 검을 휘두를 수도 없고, 모욕을 당하고 물러설 수도 없는 애매한 상황이었다. 게다가 모두가 지켜보고 있었다.

그의 곤란함을 구해준 것은 의외의 인물이었다.

장방이 앞서고 뒤이어 연자심이 한 사내를 들쳐 메고 올라왔다. 장방이 연자심의 어깨 위 사내를 잡아 내동댕이쳤다. 사내가 삼판을 몇 바퀴 굴러가다 당위평 발 앞에 멈췄다. 당위평이 사내를 내려다보았다. 눈알만 굴리는 사내의 팔다리가 꼬여 있음에도 전혀 움직이지 않았다.

"뭐요?"

"안 보이냐. 해적이다."

"……."

핀잔을 주듯 한마디 던진 장방이 노구겸에게 말했다.

"아래쪽으로 들어온 놈 중 하나다. 이놈이 말하길 배가 두 척이라는 거야."

노구겸이 바다를 가리켰다. 선회를 마친 해적선이 청룡호를 향해 방향을 틀었다. 아직 거리는 이백 장.

"저건가."

"그 외에 다른 것은?"

노구겸의 물음이었다.

"이 섬에 이들의 화약 창고가 있다고 하더군. 폭풍에 창고가 무너져 화약을 다른 곳으로 옮기려 한 모양이야."

"으흠……."

"그런데 말이야. 아주 재미있는 이야기를 들었지."

당위평이 끼어들어 비아냥거리듯 한마디 던졌다.

"왠지 듣고 싶지 않군."

말을 멈춘 장방이 당위평을 노려보며 말했다.

"듣고 싶지 않다면 나도 입 아프게 이야기할 필요가 없지. 모두에게 지옥에서 온 행운이 함께하길, 영원토록."

지독한 저주의 말을 남긴 장방이 미련없이 뒤돌아 걸어갔다. 장방과 왕삼의 관계를 알지 못하는 사람들은 그가 왜 이렇게 자신들에게 적대적인지 이해할 수 없었다.

당위평은 가벼운 농담 한마디에 발끈하는 장방을 보며 시근덕거렸지만 감히 덤벼들지는 못했다.

연자심은 씁쓸한 얼굴로 그들을 바라보다 장방의 뒤를 따랐다. 지금은 자신이 할 수 있는 말이 없었다. 장방과 왕삼의 기묘한 관계를 설명할 수 없었고, 그가 어떤 사람인지도 말할 수 없었다. 만일 두 사람의 관계와 장방에 대해 알게 된다면 이들이 왕삼에게 한 짓이 바로 죽음을 부르는 행위였다는 것을 알게 될 것이다.

노구겸이 미간을 좁히며 멀거니 장방과 연자심의 등을 쳐다봤다.

"온다!"

누군가 소리치자 모두 고개를 돌려 다가오는 해적선을 보았다. 어느 틈에 해적선은 백오십여 장 가까이 다가와 있었다.

모두 무기를 뽑아 들었다.

"음······."

해적선의 속도가 서서히 떨어져 거리가 백여 장쯤 되었을 때 완전히 정지했다. 거리는 멀었지만 해적선과 청룡호가 나란히 섰다.

"이 자식들아, 덤벼라! 여기서 개처럼 꼬리를 말고 도망을 치면 사내가 아니지!"

들릴 리도 없건만 누군가 지른 소리에 모두가 소리 내어 웃었다.

쿵—

해적선에서 불이 번쩍하고 흰 연기가 솟아올랐다.

"엎드려!"

노구겸의 다급한 목소리가 크게 울려 퍼졌다. 모두가 힐금 그를 보곤 피식 웃었다. 작은 일에도 호들갑을 떠는 듯한 노구겸이 곱게 보일 리 없었다. 수차례에 걸친 그의 위험하다는 경고는 선부들의 위험일 뿐 자신들에게는 하찮은 장난질 같은 것이다. 그것은 이미 해적을 소탕하며 증명된 일이다.

삼판장이라 대우를 해주었건만 분수에 넘치는 언행에 더 이상은 참을 수 없었다. 이번 기회에 자신들이 누구인지 똑똑히 알려줘야겠다고 생각했다. 하지만,

퍼엉—

엄청난 폭음과 함께 청룡호가 기우뚱거렸고, 배 옆에서 치솟은 물줄기가 삼판을 휩쓸었다.

"아악!"

"뭐야!"

저마다 한마디씩 내뱉으며 갑자기 덮친 물줄기에 기겁을 했다.

"엎드리라고 했잖아. 모두 반대쪽으로. 초탄은 거리 측정이다. 두 번째 탄엔 맞는다. 제기랄. 빨리 이쪽으로."

해적선에서 다시 불이 번쩍이고 연기가 치솟아올랐다. 그리고 포탄은 정확하게 청룡호의 난간을 부수고 들어와 삼판에 커다란 구멍을 냈다. 소년과 소녀들의 비명 소리가 난무했다. 그들은 화포의 위력을 전혀 모르고 있었다.

연이어 화포의 발사 소리가 들리고 청룡호는 잡아 올린 물고기처럼 퍼덕거렸다. 세 번째 포격은 뒤 돛의 옆구리를 치고 나갔다. 절반쯤 부서진 돛대가 자체의 무게를 이기지 못하고 부러진 망루를 덮쳤다. 망루의 중앙이 무너졌다.

여기저기서 비명 소리가 끊임없이 이어졌고 포탄이 떨어질 때마다 우왕좌왕 갈피를 잡지 못했다.

포격 연습용 배처럼 청룡호는 수십 발의 화포에 직격당했다. 영원히 끝나지 않을 것 같았던 포격이 멈췄다.

이곳저곳에 숨어 있던 사람들이 하나둘 고개를 내밀었다.

제일 먼저 일어선 노구겸이 배의 상태부터 살폈다.

"끝장났군."

청룡호는 처참하게 부서졌다. 길이가 십오 장에 폭이 삼 장이나 되는 거대한 배가 흉물스럽게 변했다. 청룡호를 원상태로, 아니, 항해가 가능할 만큼 수리하는 것도 불가능해 보였다.

"의원, 의원!"

여기저기서 의원을 찾는 목소리가 들렸다. 하지만 배에 정식 의원이 있을 리 없다. 팔다리가 부러진 아이들이 비명을 질러댔다. 장방의 저주처럼 지옥도가 펼쳐진 것이다.

『광기』 2권에 계속…